U0817395

大魚讀品
BIG FISH BOOKS

让日常阅读成为砍向我们内心冰封大海的斧头。

无声的音符

[美]
莉萨·吉诺瓦
著
姚瑶
译

Lisa
Genova

文化发展出版社
Cultural Development Press

图书在版编目（CIP）数据

无声的音符 /（美）莉萨・吉诺瓦著；姚瑶译．—
北京：文化发展出版社，2021.5
ISBN 978-7-5142-3381-0

Ⅰ．①无… Ⅱ．①莉… ②姚… Ⅲ．①长篇小说—美
国—现代 Ⅳ．①I712.45

中国版本图书馆 CIP 数据核字 (2021) 第 070586 号

版权登记号：01-2020-2286
Simplified Chinese Translation copyright © 2021 By Beijing Xiron Culture Group Co., Ltd.
EVERY NOTE PLAYED
Original English Language edition Copyright © 2018 by Lisa Genova
All Rights Reserved.
Published by arrangement with the original publisher, Scout Press/Gallery Books, a Division of Simon & Schuster, Inc.

无声的音符
著　　者：［美］莉萨・吉诺瓦
译　　者：姚　瑶

责任编辑：孙豆豆
出版发行：文化发展出版社有限公司（北京市翠微路 2 号　邮编 100036）
网　　址：www.wenhuafazhan.com
经　　销：各地新华书店
印　　刷：三河市冀华印务有限公司

开　　本：880mm × 1230mm 1/32
字　　数：187 千字
印　　张：9.5
版　　次：2021 年 8 月第 1 版　2021 年 8 月第 1 次印刷
定　　价：48.00 元
I S B N：978-7-5142-3381-0

如发现图书质量问题，可联系调换。质量投诉电话：010-82069336

序言

理查德正在迈阿密的阿什特艺术表演中心演奏舒曼[1]《C 大调幻想曲》第二乐章，这也是他个人独奏音乐会的最后一首曲子。音乐厅里座无虚席，但气氛不是很热烈。这个会场显然不像林肯中心或者皇家阿尔伯特音乐厅那样名声在外而令人敬畏，没错，就是这样，这场独奏会根本没什么大不了。

他身后既没有指挥家也没有管弦乐队，听众的目光都聚焦在他一个人身上。他喜欢这样。他喜欢占据他们全部的注意力。作为明星的感觉令他肾上腺素飙升。于他而言，独奏就好比跳伞。

但是整个晚上，他注意到自己的演奏只是浮于表面，并没有深入每一个音符。他的思绪游离在别处，飘向了回到酒店后将要吃下肚的牛排，飘向了旁人对自己不完美姿态的审视，以及对自己波澜不惊的演奏的评头论足。他并没有做到忘我，反而太过在意自己。

他的演奏完美无瑕。如今没有几个在世的钢琴家能够达到他这种水平，以零差错完成如此快速且复杂的段落。他向来偏爱弹奏这个乐章，尤其是第二乐章那浮夸的和弦，他热爱其中的力量与壮阔，纵然在情感上他并不能同其中任何情绪产生共鸣。

---

[1] 罗伯特·舒曼（Robert Schumann），19 世纪德国作曲家、音乐评论家。

他完全相信，哪怕不是所有听众，至少是大部分听众根本听不出其中的独特之处。可恶，大多数人恐怕从来没听过舒曼的《C大调幻想曲》。数以百万的人每天都在听贾斯汀·汀布莱克[1]，到死都没有听过舒曼、李斯特或者肖邦，一想到这些，他就心碎。

*结婚并不仅仅意味着一拍脑门戴上戒指。*很多年前，卡莉娜这么对他说过。今晚，他恰恰戴了戒指。他像穿上铠甲一样套上戒指，却不清楚自己为什么要这样做。乐章的最后部分即将演奏完毕，在飞往洛杉矶之前，明天晚上他还会在这里演奏。这趟巡演还剩下五周。等他回家的时候就该是夏天了。很好，他喜欢波士顿的夏天。

他弹奏了第三乐章“柔板”的最后一个乐句。音符温柔如水，庄严而充满希冀。每当弹到此处，他常常热泪盈眶，音乐中蕴含着温柔的脆弱性，表达如此细腻，因此泪水是他宣泄的渠道。但今晚的他无动于衷，他并没有满怀希望的感觉。

他弹下最后一个音符，乐声消失前在舞台上延宕了片刻，随后流向远处。音乐厅里鸦雀无声，片刻之后，这寂静的气泡被掌声戳破。理查德站起来，面向听众。他将手扣在腰部，手指掠过无尾礼服的衣摆，鞠躬。听众纷纷起立。此刻音乐厅的灯光亮了

[1] 贾斯汀·汀布莱克（Justin Timberlake），美国男歌手、演员、音乐制作人、主持人，前男子演唱组合超级男孩成员。

一些，他能够看清楚他们的面庞。他们笑容满面、热情洋溢。他们欣赏他、尊敬他。他再一次鞠躬。

人人都爱他。却也无人爱他。

一年后

第一章

如果卡莉娜是在沿着这条路向南或向北十五公里远的格利维采或比托姆长大，而不是在扎布热，那么她的整个人生都将截然不同。孩提时代，她就对此深信不疑。身在何处，同房产的关联有多密切，同命运就有多息息相关。

在格利维采，学习芭蕾是每个女孩天然的权利。格利维采的芭蕾舞老师是戈莎小姐，在俄罗斯《戒严法》[1] 颁布前，她是波兰著名的国家芭蕾舞团首席女演员。因此，在死气沉沉的格利维采，这算是家有一女的额外福利。得到这位技艺高超的老师的教导是每个年轻女孩至高无上的特权。她们穿着紧身连体裤、盘着圆发髻长大，怀揣薄纱般的希冀，盼着有一天能单脚旋转 [2] 着跳出格利维采。虽然那些在格利维采长大的女孩后来的命运不得而知，但她就是敢肯定，即便不是所有人，大多数人仍将纹丝不动地滞留在自己开始的地方。如今，女孩们不是学校老师就是矿工的妻子，那些得不到回应的芭蕾舞女演员 [3] 之梦都传递给了自己的女儿，她们便成了戈莎小姐的下一代学生。

---

[1] 《戒严法》，亦译《军事管制法》。即军事当局在紧急时期认为当地文官政府无法行使职权而对该地区实行临时统治。

[2] 单脚旋转为芭蕾舞当中的高难度动作。

[3] 原文为意大利语。

要是卡莉娜在格利维采长大，那她最不可能成为的就是芭蕾舞演员。她有一双骇人的脚，脚板臃肿肥大，几乎没有足弓。颀长的身躯与一双小短腿勾勒出坚硬的身体轮廓，这具身躯与其说是为了布雷舞步[1]而生，倒不如说更像一头奶牛。她永远也不可能成为戈莎小姐的得意门生。她的父母肯定早在她能穿上足尖鞋之前就不再拿珍贵的煤块和鸡蛋来供她上芭蕾舞课了。如果她的人生是从格利维采开始的，那么她仍将困在格利维采。

至于在这条路另一头的比托姆，女孩们压根儿就没有芭蕾舞课。比托姆的孩子们有天主教会。男孩们都要被培养成神职人员，女孩们则成为修女。要是卡莉娜在比托姆长大，她很可能会成为一名修女。她的父母可能会相当骄傲。若她选择了上帝，人生或许会知足且荣耀。

然而她的人生当中根本就不存在所谓的选择。她在扎布热长大，扎布热住着博罗维茨先生，他是城里的钢琴老师。他并不像戈莎小姐那样有声名显赫的背景，也没有专业教室。他就在自己的起居室里授课，房间里弥漫着猫尿、泛黄书籍和香烟的刺鼻气味。但他是个好老师。他一腔热忱，虽然严格，却不吝鼓励。最重要的是，他会教自己的每一个学生弹奏肖邦。

在波兰，肖邦同教皇约翰·保罗二世和上帝一样受人敬重。

---

[1] 一种芭蕾舞步，在中国被形象地描述为“插秧步”。

他们是波兰的圣三一[1]。

卡莉娜并没有生就一副芭蕾舞演员的柔软身体，却有钢琴家修长的手臂与手指，格外优雅。她仍旧记得博罗维茨先生给她上的第一堂课。那时她才五岁。那些锃亮的琴键，那一按下去就飘起的美妙音乐，音符的故事全由她的指尖娓娓道来。她当即就喜欢上了。和大多数孩子不同，她从来不需要别人命令她去练习。与此相反，她总是被要求别再练了。*别再弹了，去做作业。别再弹了，收拾一下餐桌。别再弹了，该睡觉了。*她对弹琴毫无抵抗力。直到现在也是。

最终，钢琴成了她的门票，走出压抑的波兰，去往柯蒂斯，去往美国，通往抵达之后的一切。*之后的一切事物。*那个简单的决定——学习钢琴——带来了一系列的连锁反应，就像鲁布·戈德堡机械[2]里的那颗球。要是她不曾弹奏钢琴，那么此时此刻，她就不可能到这里参加汉娜·朱的毕业派对。

她把自己的本田停在一辆奔驰旁边，路边停着的一长串车像是在跳康加舞，这最后一个空位，离汉娜家至少还有三个街区，她估摸这是自己能够找到的最近的位置了。她查看了一下仪表盘上的时间，迟到了半小时。很好。她会短暂地露个面，送上祝福，

---

[1] 基督教圣三一，指圣父、圣子、圣灵三位一体。

[2] 鲁布·戈德堡机械（Rube Goldberg Machine）是一种被设计得过度复杂的机械组合，以迂回曲折的方法去完成一些其实非常简单的工作，比如倒一杯茶，或打一只蛋等。设计者必须计算精确，令机械的每个部件都能够准确发挥功用，因为任何一个环节出错，都极有可能令原定的任务不能完成。

然后离开。

走在路上，高跟鞋敲击地面，像人体节拍器，她的思绪也一直随着这个节奏循序渐进。没有钢琴，她就永远不可能遇见理查德。要是从来没有遇见他，生活该是什么模样？她浪费了多少个小时放任自己沉溺于这样的幻想？如果统统加起来，这些时间会累积成一天又一天，一星期又一星期，或许更多。浪费掉的时间只多不少。不曾相遇，或许有可能，但也永远不可能。

要是从未离开祖国去深造钢琴，或许她永远也不会满足。她可能仍旧和父母生活在一起，睡在自己小时候的卧房里。或者，她恐怕已经嫁给扎布热的某个无趣男人——一个煤矿工人，赚钱艰难，却过得体面，而她则会是个家庭主妇，一手养大五个孩子。这两个糟糕的剧本对于现在的她来说都相当有吸引力，她痛恨承认其中的共同点：没有孤独。

如果她去的是伊斯曼而非柯蒂斯呢？她差点就去了。如果她当时随心所欲地选了，她将永远不会遇到理查德。可她永远也不会后退一步，以二十五岁的傲慢与无尽的乐观来假设自己还会有另一次机会，幸运之轮的指针会再一次嘀嗒嘀嗒停下来，那全能的箭头直直地指向她。为了另一次机会，她等了很多年。可有时候人生只会给你一次这样的机会。

但是，要是她未曾遇上理查德，那他们的女儿格蕾丝就将不复存在。卡莉娜想象着另一种可能的现实，在这个现实中，她并没有怀上这唯一的女儿，她发现自己不知不觉间竟然很享受这种可能，几乎到了期待这一切成真的程度。她很自责，竟然允许这么可怕的想法存在，为此，她深感羞耻。然而真相是，有了格蕾丝是又一个关键的、具有决定性的时刻，就像是选格利维采还是选比托姆，抑或是扎布热。*向左*带来了格蕾丝，并将卡莉娜同理查德拴在一起，套在她脖子上的绳索就像是牵狗的皮带或者绞索，在之后的十七年里，随时都可能要了她的命。*向右*则是没有被选择的那条路。谁知道路的那头又有什么在等着她呢？

沿着蜿蜒的石头小径踏入朱家的后院时，悔恨笼罩着她走过的每一步，就像跟在她脚边的一条狗。汉娜被圣母大学录取了，这是她的第一志愿。又一个要去念大学的钢琴生。上大学之后，汉娜就不会继续弹钢琴了。就像卡莉娜的大多数学生一样，汉娜学琴不过是为了能在大学申请中添上“擅长弹钢琴”这么一笔。在这方面，家长们的理由都差不多，并且总把自己搞得紧张兮兮还不肯承认。所以汉娜也只是走走过场，而她们每个星期共处的那半小时，对这一对师生来说不过是乏味的例行公事。

卡莉娜的学生中真正热爱弹琴的屈指可数，其中两个孩子甚至颇有天赋和潜力，只是他们没有一个对弹琴有足够的爱，促使他们对此不懈追求。你必须得爱它。她无法责怪他们。这些孩子都负担累累，压力过剩，全部精力都集中在进入“最好”的大学，根本就无暇摄入培育激情所需要的营养。没有阳光和水分持久地关爱，一株玫瑰是无法从一颗种子绽放成花朵的。

然而，汉娜并不只是卡莉娜的钢琴学徒。她从六岁起就是格蕾丝最要好的朋友，整个初中时代都是。一起玩耍、到彼此家里过夜、女童子军、足球、结伴去商场和电影院——在格蕾丝的童年时代，汉娜就像她的小妹妹。等到格蕾丝上了高中，汉娜依然留在初中，她们自然而然就进入了不同年龄段的社交圈。但她们没有一次争吵失和。与此相反，这对好朋友在平静的水流之上消极地随波逐流了很久才分开，却仍是毗邻之岛。她们依旧时不时地造访彼此。

汉娜里程碑式的毕业对卡莉娜来说本不是什么大事，但她又觉得意义非凡，就好像比起另一个被录取的钢琴生，她此刻承受的损失要更为巨大。记忆跳回去年的这个时候，那是格蕾丝又一次童年时光的终结。卡莉娜把给汉娜的卡片留在礼物桌上，叹了口气。

即便汉娜远在宽阔后院的另一端，卡莉娜还是立刻找到了她，她正站在跳水板的边缘，哈哈大笑，身后是一排湿淋淋的男孩和女孩，大部分男孩都在泳池里，呼喊她的名字，怂恿她做什么。卡莉娜等着看会发生什么。汉娜弹入空中，双腿蜷向胸部，以迅雷不及掩耳的速度扎入水中，泳池附近的家长们都被溅了一身水。他们抱怨着抹掉胳膊和脸上的水，却笑容满面。今天很热，瞬间飞溅的冰凉水花或许会让人精神焕发。在那些家长中，卡莉娜注意到了汉娜的母亲帕姆。

既然汉娜要去印第安纳州，卡莉娜猜测自己恐怕再也不会见到帕姆了。不久前，就在格蕾丝进入高中后不久，她们已不再每周四晚上出去喝一杯。过去几年里，就在汉娜开始每周钢琴课的前后，她们之间的友情逐渐缩减成一小把并不那么充裕的时光。忙于带着三个孩子满城跑，穿梭于那张令人眩晕的课外活动表，帕姆实在太过匆忙，甚至没时间进门，只能在引擎轰鸣的车里等汉娜。每个星期二下午 5:30，卡莉娜都站在门口，在帕姆驱车离开时冲她挥挥手。

今天卡莉娜差点就没来。她觉得一个人来有些不好意思。由于天性内敛，她很少谈及自己的婚姻，对于离婚更是绝口不提。要是理查德同样没有将秘密公之于众——十有八九是这样——那就不会有任何人知道个中细节。因而并没有什么素材能为一出好戏提供流言蜚语。总得有人是对的，也总要有人是错的。这一切都基于寂静的凝视、消失的闲聊以及用力拉扯出的假笑，卡莉娜知道自己会被捏造成什么模样。

女人们格外同情他。她们当然会。她们将他描绘成德高望重的名流。他值得同更漂亮、更感恩他的独特、同他更不相上下的人在一起。她们认定她嫉妒他的成就，憎恨他得到的喝彩，对他的盛名愤愤不平。她名不见经传，不过是小城镇里的三流钢琴教师，教那些对钢琴毫无兴趣的十六岁孩子弹奏肖邦。她有什么底气去做一名如此伟大的男性的妻子？

她们不知道，她们什么都不知道。

格蕾丝刚刚结束自己在芝加哥大学的第一学年。卡莉娜原本以为她会回家过暑假，并且来汉娜的派对，格蕾丝却决定留在学校，和数学教授一起在某个项目里实习。是关于统计学的什么项目。卡莉娜对于女儿被选中参与实习颇感骄傲，她认为这是一个很好的机会，内心深处却不免有一丝痛苦，一种似曾相识的失落。格蕾丝原本可以选择回家，和自己的妈妈共度暑假，可是她没有。卡莉娜明白生出这种被忽视甚至被抛弃的感觉很荒唐，她的情感却占据了理智的王座。她这个人就是这样搭建起来的，就像任何一座城堡，她的基石并非简简单单的线性排列。

格蕾丝高三那一年的九月，卡莉娜终于离了婚，恰恰一年之后，格蕾丝又去了一千英里以外的地方。先是理查德离开，接着是格蕾丝。卡莉娜想知道自己什么时候才能习惯于房间里的寂静、空洞，徘徊在每个房间里的回忆都像墙上的画作一样真实。她想念女儿讲电话的声音，想念她嘻嘻哈哈笑个不停的朋友，想念她散落在每个房间里的鞋，想念她掉在地板上的皮筋、毛巾和衣服，还有忘记关上的灯。她想念女儿。

她并不思念理查德。在他搬出去的时候，他的缺席更像是一种全新的出席而非离开。在他离开之后，甜美的平静接管了这个家，比起他本人和那膨胀的自我，这份平静如今填满了更多的空间。无论是当时还是现在，她都并不思念他。

然而独自前去这种家庭性的场合，身边却没有丈夫陪同，失衡的感觉就仿佛她是架在两条腿上的凳子面。在这种感觉中，她想他了。因为那种稳定的感觉。她四十五岁，离婚了，单身。在波兰，她会被视为耻辱。然而此刻她在美国，并且已经在这里过了半辈子。在美国的文化风俗里，她的情况稀松平常，并不丢人。尽管如此，她还是觉得难堪。你可以把一个女孩带出波兰，却无法将波兰从一个女孩身体里带走。

其他家长她一个都不认识，于是她深吸一口气，开始朝帕姆走去，这一小段路漫长而尴尬。卡莉娜花了长时间做准备。哪条裙子、哪双鞋子、哪副耳环，她吹了头发，甚至还在昨天修了指甲。图什么呢？她并不是为了给汉娜、帕姆或者其他家长留下深刻印象，也不是因为现场会有什么单身男士，她也不是正在寻觅什么男人。

她清楚这是为什么。要是这里有任何人看见她，并且心想，*可怜的卡莉娜，她的生活一团糟，她看起来也一样糟*，那她宁愿去死。另一个原因是理查德。帕姆和斯考特·朱同样是他的朋友。理查德肯定也受到了邀请。虽然她可以直接问帕姆理查德在不在宾客名单上，但那并不重要，她只是想提前有个准备，可她还是临阵退缩没有问。

所以就是这样了，他极大可能在这里，她甚至更阴暗地想到他出现的时候，胳膊上可能还挂着个正在交往的二十几岁的小妞，一张口就大放厥词。卡莉娜抿了几下嘴唇，确保口红涂匀了。

她站在后院里东张西望。他没有同帕姆和泳池边的那群家长在一起。卡莉娜又扫视了一下泳池、烧烤岛和草坪。她并没有看见他。

她来到泳池房，挤进帕姆、斯考特和其他家长所在的圈子里，他们马上压低了声音，互相递了眼色。时间停滞了。

“嘿，怎么了？”卡莉娜问道。

其他人都看向帕姆。

“呃……”帕姆犹犹豫豫，“我们刚刚在聊理查德。”

“哦？”卡莉娜等着她继续说，她在内心深处等待着什么尴尬的话题。没人说话。“说他什么？”

“他取消了巡演。”

“哦。”这并不是什么惊天动地的新闻。他之前也取消过演奏会和巡演的日程。有一次，他受不了指挥，就拒绝同指挥一起登台。另一次，在演出开始前最后一分钟他们不得不换掉理查德，因为他在机场喝醉了，错过了航班。她很好奇这次又是什么理由。然而帕姆、斯考特还有其他人都表情凝重地盯着她，仿佛就这一话题，她理所应当为他说两句。

她心里掀起惊涛骇浪，身体里的街道迅速挤得水泄不通。仿佛在她身体的中心，激烈的反抗者站上了演讲台，激怒她必须对此做些什么，因为帕姆对她已经敏感得不能再敏感了。她并不在乎理查德取消巡演，她已经同他离婚了。他的人生和她再也没有关系了。

“你真的不知道吗？”帕姆问道。

他们都在等她的回答，嘴巴张开，身体僵直，是观众看戏时全神贯注的样子。

“怎么了？是什么，他死了还是什么大事？”

她紧张地干笑一声，听起来别扭极了。她向周围的家长寻求共鸣，即便她的回答有些不妥，但还是希望有人能体谅她的黑色幽默。但所有人不是神色惊惶就是看向别处。每个人，除了帕姆。她虽然勉强地点头应和，但眼睛却骗不了人。

“卡莉娜，他得了 ALS[1]。”

---

[1] 肌萎缩性侧索硬化症（ALS）也叫运动神经元病（MND）。它是上运动神经元和下运动神经元损伤之后，导致球部（受延髓支配的这部分肌肉）、四肢、躯干、胸部、腹部等部位的肌肉逐渐无力和萎缩。俗称“渐冻人症”，属于世界五大绝症之一。

第二章

理查德醒着躺在床上，对于整夜安眠相当满意。他神色锐利，眼睛一眨不眨，茫然地盯着正上方的拱形天花板，上面有一片油漆蜷曲剥落了。他能感觉到它的到来，是看不见的匍匐而来，就像渐渐逼近的电流风暴里嗡嗡作响、无处不在的原子，而他所能做的就是一动不动地躺着，等着它从自己的身体里席卷而过。

原本，他应当在纽约的文华东方酒店里醒过来，此刻，他却身在自己的卧室。昨天晚上，他本该在林肯中心的大卫·格芬大厅举办一场独奏音乐会。他极爱林肯中心。这个近乎三千个座位的会场在过去几个月里演出票已全部售空。要是在文华酒店的话，他已经准备好叫早餐了。很可能会要双份。

可他并不在纽约的文华酒店，身边也没有可爱女士的陪伴。他独自躺在自己位于波士顿联邦大道的公寓的床上。他已经饥肠辘辘，却还在等待。

他的经纪人特雷弗发布了取消巡演的新闻稿，对外的说法是肌腱炎。理查德不明白散布这个虚假消息的意义何在。他们要么现在承受痛苦，要么之后承受痛苦。无论是哪一种，摄像机的枪筒都已经一动不动地指着他的脑袋。没错，这是他头一次装出自己正同肌腱炎缠斗的样子，虽然身体上的不便令人沮丧，但只是寻常小伤，只要通过休息和理疗就能康复。这段时间以来，他一直感到非常挫败，即便只是几个星期不能碰钢琴，他都会担忧影响演奏。那已经是七个月之前的事情了，却像一辈子那么久。他何尝不希望自己得的是肌腱炎呢？

他的经纪人很可能还没有接受现实。理查德原定于秋季同芝加哥交响乐团同台演奏。特雷弗还没有推掉这份工作，万一到时候理查德的状况有好转呢？理查德明白的。即使到如今，在确诊六个月后，他也仍然搞不清楚自己到底得了什么病，未来将会怎样。每天都会有段时间，他能够正常看书或喝咖啡，毫无病痛症状。他感觉一切正常，不是忘了过去几个月里发生的事情，就是升起一股反抗的自信来。

神经病学家错了。那只是一种病毒。是神经受到压迫。是莱姆病[1]。是肌腱炎。是暂时性的问题，现在全都解决了。没有任何地方不对劲。

然后，在弹奏拉赫玛尼诺夫[2]的《G小调前奏曲》时，他的右手跟不上拍子，他拼命追赶也追不上。他要么失手洒掉半杯咖啡，因为太重了；要么没力气剪指甲。他低头去看，左手指甲长得出奇，右手指甲却整整齐齐。

这并不是什么暂时性的问题。

这年秋天，他不会在芝加哥演出了。

---

[1] 由扁虱叮咬而出现麻疹、发烧等症状的一种传染性疾病。

[2] 拉赫玛尼诺夫是20世纪古典音乐作曲家、钢琴家、指挥家。

他赤身裸体，总是光着身子睡觉。这么多年以来，他都是这样躺在卡莉娜身边的，卡莉娜则穿着高领法兰绒睡衣，还有中筒袜。他试图回想她裸体的样子，却只能想象出别的女人来。这种想象通常都能唤醒他的性欲，此时此刻，他很乐于通过愉快的手淫来分散注意力，然而对于可能出现的结果，他有种可怕的预感，这令他焦虑万分。他的阴茎也软塌塌地躺着，和身体的其他部分一样。

他的体温在被子下织出一层舒适的茧来，同卧室里令人讨厌的低温形成鲜明对比。在他猛地将床单和羽绒被从身上掀开时，他做好了皮肤被锋利的冷空气震慑的准备。他希望亲眼看见它的到来。

他仔仔细细检查了胳膊上的每一段，每根手指上的每一个关节，尤其是右手的食指和中指。他评估自己的胸腔和腹部在呼吸间不规则地起伏。继而将凝视的目光投向双腿、双脚，他的感官异常敏锐，整装待发，就像瞄准一抹白色皮毛的猎人。

他等待着，身体就像炉子上的一壶水，炉子的温度调得很高。只是时间问题。谁说心急等不到水开，总会开的。当然了，他希望它永远不会开。但与此同时，他又倔强地躺在那里等着迎接它的到来，那贯穿他身体的熟悉舞步。

第一个气泡刺破了表皮，冷不防出现在左侧小腿肚上。它在那里震动了几秒钟，一个序幕而已，随后便跳到了他的四头肌，就在膝盖上方。紧接着他右手大拇指下方的肉垫颤抖不定。一遍一遍又一遍。

这个过程是他最不忍卒睹的，那是占据主导地位的拇指在抽搐，可他又无法挪开目光。他默默地恳求它，恳求其中微小的危害物。他知道的，按照它的意图，他将失去全部力量。它离开了他的手，向他的皮肤和筋膜之间掘进，就像老鼠在家中的墙壁里打洞一样，接下来就要侵犯他的肱二头肌，而后是他的下嘴唇。这些快速而飘忽的发作从他身体的某个部分开始扩散向别的部分，接连不断、滚滚沸腾。

有时候，这种抽搐持续在一个地方逗留。昨天，它停滞在了三头肌的四分之一部分，间歇性收缩，反复抽搐了好几个小时。它在那里开了店，无法离开，陷入爱情，不再继续前行，他害怕抽搐永远也不会停下了。

然而他又全然肯定地知道它会停下来。在某个时刻，这种抽搐在每一个独立的肌群——在他的胳膊、腿、嘴巴、横膈膜——会永远停下来，所以他应当拥抱这种抽搐，对此深怀感恩。抽搐意味着他的肌肉还健在，还能做出反应。

至少到目前为止还是这样。

他的运动神经元被一杯有毒的鸡尾酒毒害了，而他的医生，以及这颗星球上的每一个科学家都不知道解药何在，他全部的运动神经元都处在死亡螺旋[1]之中。他的神经元正在死去，而它们

[1] 死亡螺旋，一个预示死亡即将到来的生命阶段。2016 年，穆勒和罗斯借鉴了四个不同的实验室关于果蝇寿命与生殖能力的实验数据并对其进行深入分析，他们发现了“死亡螺旋”阶段的存在。

所喂养的肌肉将渐渐缺少供给。每一次抽搐都是一块肌肉结结巴巴地诉说、喘息、祈求得救。

它们无法得救。

但它们还没有死去。就好像是他车里的燃料提示灯，在燃料不足的时候提醒他，这些肌束震颤正是早期预警系统。他就那么赤身裸体地躺在床上，浑身冰冷，心中默默做起了算术题。假设燃油灯亮起的时候车里还剩下差不多两加仑汽油，保守估计，在市区里一加仑汽油可以让他的宝马车开二十二英里，在燃料耗尽之前，他还可以开四十四英里。他想象这个情景。最后一滴汽油用尽。发动机齿轮停转。定住。车停下来。死去。

他的右上嘴唇抽搐起来。他并不了解生物学，他好奇自己体内还剩多少肌肉燃料，希望这种抽搐是有数的。

他还剩下多少英里的路可走?

第三章

卡莉娜走了五个街区，走到了联邦大道，她这才注意到周围的一切——麻雀在公园长椅下小口啄食掉落的马芬蛋糕碎屑，踩滑板的家伙胸前文着一条凶残的龙，从她身边快速掠过时，滑板轮子嗖嗖作响，充满攻击性。一对年轻的亚洲夫妇屁股挨着屁股、手拉手在散步，一阵充满烟味的微风，一个小婴儿在推车里哭号，一只狗在叫，每一个交叉路口都有车辆与行人交替舞蹈。

就她的步行速度而言，心跳似乎略快了些，这让她很焦虑。或者，可能是她先感到了焦虑，心率便加以回应。她加快脚步，想让外在的行动同内在的生理机能同步，而这一切只让她看起来像在匆忙赶路，好像迟到了似的。她看了看表，虽然毫无必要。他根本就不知道她要来，所以她也无所谓提前或者迟到。

她出了一身汗，停在了第二个街角，等待绿灯亮起。她从钱包里摸出一张面巾纸，伸到衣服里面，吸掉腋窝处的汗。她想再摸出一张面巾纸，却没有找到，于是用手背擦了擦额头和鼻子。

她来到理查德住的地方，站在楼梯下方，仰头去看三楼的窗户。在她身后，三一教堂的尖顶和约翰·汉考克大厦完全垂直的玻璃墙面从联邦大道另一边的褐色砂石建筑群里耸立而出。他的公寓视野很不错。

后湾的这条街尤其时髦，住在这里的都是波士顿的名流贵族，他们都是住在比肯山上的那些邻居的表亲。就像许多波士顿的上流人士和社会精英一样——生物科技公司的总裁、麻省总医院的外科医生、纽伯里大街上一家有二百年历史的画廊的第四代主人，理查德也住在这里。理查德收入不菲，就一位钢琴家而言是相当杰出的，可这个住址却脱离了属于他的圈子，或许是他中年危机的体现，就像他那闪闪发光的红色保时捷跑车。他想必是耗尽自己换来了这些。

自从格蕾丝高中毕业，卡莉娜就没再见过他，到现在已经有一年之久。她也再没来过这儿。好吧，她有两次开车经过，都是在夜里，从表面上来看，那两次都是为了避免交通拥堵，才果断地改变了从家到波士顿城区的首选线路。她把车速降到几乎是在爬行，但不会慢到引起后车鸣笛，却又恰好可以用自己的车灯，在有人居住的房间里那高高的天花板上投射出转瞬即逝的光斑——那毫无特别之处的金色光辉。

明明理查德才是搬出去的那一个，去一个新的地方开始新的人生，全部从头开始。可令她愤怒的是，在他们曾经共同生活的那个家里，与他有关的回忆充斥每一个房间，在她心头挥之不去，他罕有的好处和司空见惯的缺点一样让人心神不宁。她换掉了以前的床垫和整套餐具。她从起居室墙上卸下了装裱起来的结婚照，而后换了个漂亮的镜子上去。全都没用。她还在他丢下她的那个地方，仍旧住在他们曾经的房子里，他留在那里的印迹依旧鲜活，如同白衬衫上的一滴红酒渍。即便洗了一千次，那棕色的圆点也永远不会消失。

她也可以搬走，尤其是现在，格蕾丝已经上了大学。可是她能去哪儿呢？又能做什么呢？她是那么倔强，坚守自己顽固的做人底线，只会把这种离开念头当作废话，绝不会真去考虑这个问题。所以她留在了原地，冰封在了这段覆灭婚姻的三居室殖民博物馆里。

卡莉娜和理查德离婚时格蕾丝已经拿到了驾照，所以她可以自己开车去爸爸的“房子”，他的单身汉公寓。卡莉娜拾级而上来到门口，嘴里发酸。站在最后一级台阶上，她的肚子也和嘴巴一样泛酸，“犯恶心”这个词占据了她内心独白的话筒。她很不舒服。但她没有生病，她提醒自己。生病的人是理查德。

胃酸止不住地翻滚发酵。为什么她会在这儿？要说什么还是要做什么？是表示遗憾、同情，给予帮助，还是亲眼看看他的情况有多糟糕？司机们开车经过事故现场时总忍不住要扭头去看看，在扬长而去之前好好看看那副残骸。

他看上去会是什么样子呢？除了斯蒂芬·霍金[1]之外，她没什么参照物。身上没有手的布袋木偶，瘫痪麻木，憔悴消瘦，没有机器辅助就无法呼吸，他的四肢、躯干和脑袋都靠在轮椅里，像小女孩玩的碎布娃娃，软塌塌的，身体里塞满棉花，发声也是

[1] 斯蒂芬·威廉·霍金，英国剑桥大学著名物理学家，现代最伟大的物理学家之一。1963年，霍金21岁时患上肌萎缩性侧索硬化症。全身瘫痪，不能言语，手部只有三根手指可以活动。

通过电脑完成。理查德也会像那个样子吗？

他甚至可能不在家。他或许在医院里。她应该先打个电话的。但是比不打招呼就鼓起勇气出现在他门口，打电话好像要更吓人一点。她相信一部分是自己导致他生病的，尽管她明白这种想法不过是荒谬的自恋。她有多少次期盼过他的死亡？现在好了，他正在死去，而她竟然是个曾期盼过这件事发生的可怕女人，卑鄙无耻，有如地狱使者。更可怕的是，她还从中得到了病态的快感。

她站在门铃前，在继续还是转身离开之间来回撕扯，激烈的对决制造出一片优柔寡断的泥沼，在她身体里推来搡去。若她是那种好赌的人，会把赌注押在“走人”那边。最终她打破僵局，按响了门铃，吓到了自己。

“哪位？”对讲机的扬声器里传来理查德的声音。

卡莉娜的心在她泛酸发紧的喉咙里怦怦直跳。“是我，卡莉娜。”

她把头发别到耳后，内衣肩带不舒服地黏在汗津津的身体上，所以她用力拉了拉。她等着他开门让她进去，结果什么也没发生。不透光的白色窗帘遮挡了门上的窗户，看不到是否有人朝门口走来。随后她听见了脚步声。门开了。

理查德什么也没说。她等着他对自己的出现露出大吃一惊的表情，但他并没有。他的脸上毫无表情，眼睛却隐约流露出笑意，并不是为看见她而高兴，只是对某件事的确认，而她悬在嗓子眼的心已然明白这次来访是个极其糟糕的主意。他仍旧一言不发，她也不吭声，这个不开口的懦夫游戏可能持续了两秒钟，但是令人难挨的慢动作却把这个游戏延伸到了空间与时间的边界之外。

“我应该先打个电话的。”

“进来吧。”

随着他走上三级台阶时，她观察他的步伐，自信、稳健，一如往常。他的手沿着栏杆往前滑，尽管手没有离开过栏杆，但显然并不需要它来辅助走路。那不是一根残障栏杆。从背后看，他相当健康。

是谣传。

她就是个白痴。

进入公寓，他把她带进厨房。暗色木材，黑色台面，还有不锈钢，时尚而男性化。他请她坐在岛台[1]旁的高脚凳上，俯视整个客厅——他的斯坦威大钢琴、棕色皮沙发、从他们的书房里拿走的东方地毯、一台笔记本电脑搁在窗边的书桌上，一个书架——书不多，摆放整齐集中。非常理查德。

至少有两打酒瓶组成的军队在料理台上立正站好，他面前放着一瓶打开的酒，高脚杯底部有一汪殷红。他很爱酒，总喜欢把自己想象成一个品酒专家，但是在通常情况下，他只会在完成演出、庆祝得奖或者度假时让自己放纵于特选酒，至少也要在吃晚餐的时候才喝。可现在是星期三中午。

[1] 厨房岛台是多功能的厨房家具，可以当作处理菜品的料理台，还可以当作吧台和餐桌。

“这些酒都是从地窖里拿来的。这瓶 2000 年的武当王庄[1]口感非常细腻。”他从橱柜里拿出一只杯子，“一起吗？”

“不了，谢谢。”

“这个，”——他的手在空气里前后摆动——“意料之外的来访或者别的什么，都得有酒才行，你不觉得吗？”

“你不该喝这么多吧？”

他哈哈大笑起来：“我这些天什么也不用干。明天、明天还有明天也一样。”

他抓起一个漂亮的黑瓶子，上面有金羊浮雕，已经打开了，他给她倒了满满一杯酒，完全无视她的问题。她抿了一小口，勉强笑了笑，不以为然。

他又笑起来：“你挑剔的口味还是跟农场里的动物没两样。”

这是真的。她分辨不出一瓶昂贵的木桐[2]和一瓶嘉露[3]有什么区别，她也不在乎，这两个特点总是让理查德发疯。其实，理查德就是在说她蠢，他和往常一样傲慢。卡莉娜咬紧牙关，把话到嘴边的反击生生憋了回去，也忍住了把价值一百美元的红酒泼到他脸上的冲动。

---

[1] 武当王庄位于法国波尔多梅多克产区波亚克村。波尔多是世界葡萄酒的圣地，武当王庄是波尔多传统的五大名庄之一。

[2] 木桐 · 罗斯柴尔德酒庄，简称木桐酒庄，在波尔多的波亚克，汇聚了波尔多五大顶级酒庄中的三个。木桐酒庄闻名世界，所以其中文名称也非常多。

[3] 嘉露酒庄，源自美国的著名葡萄酒品牌，创立于 1933 年，是全世界最大的家族经营式酒庄，也是按销量计全球规模最大的酒庄。

他转动酒杯，面露微笑，小小抿了一口，闭上眼睛，等待，吞咽，最后轻舔嘴唇。他张开眼睛和嘴巴，看向她，仿佛他刚刚达到了高潮，或者看见了上帝。

“你怎能不对此心怀感激呢？时机刚刚好。再尝尝看。闻到樱桃味了吗？”

她又试了一口。还好。她并没有闻到樱桃味：“我已经想不起我们上次共享一瓶酒是什么时候了。”

“四年前，十一月。我刚从日本回到家，在飞机上喝得烂醉。你做了高丽菜卷[1]，我们喝了一瓶玛歌[2]。”

她盯着他，又惊讶又好奇。她对理查德如此深情款款信手拈来的这个夜晚毫无印象，她很疑惑，这个夜晚是不是对自己来讲不够重要，所以不值得铭记，或者这段记忆之所以消失，是因为被其他与之相悖的经验给挤走了。多么滑稽啊，人们这一生可以被讲述成完全不同的故事，这一切都取决于讲述者本人。

他们目光相接。他的样子比她印象中要老了些。或者不是老，而是更悲伤。他的脸看上去愈加轮廓分明。尽管他一直都很瘦，但现在是明显掉了不少体重，还长出了胡须。

“我看你不刮胡子了。”

“尝试点新风格。你喜欢吗？”

---

[1] 波兰传统名菜，将米饭和猪肉做成馅料，用嫩高丽菜包起来。

[2] 玛歌是全球八大顶级酒庄之一，法国波尔多五大名庄之一。

“不喜欢。”

他露齿而笑，又喝了一口酒。他用手指敲打眼镜框，却什么也不说。她看不出他是在决定要从哪方面惹她发火还是在展现克制。克制可是新风格。

“所以你把巡演给取消了？”

“你怎么听说的？”

“《环球》杂志说是肌腱炎。”

“所以这就是你到这儿来的原因？核实一下我的肌腱炎？”他是在引诱她，让她把话给说出来，说出那三个词，她惶惶不安的心又一次剧烈跳动起来。她把高脚杯举到唇边，避开了他的问题和自己的答案，将她到这里来的真正原因就着满满一大口酒吞了下去。

“我向来觉得你偶尔取消演出是为了博眼球。”

“卡莉娜，接下来三周，我置好几千人于不顾，他们本打算注视着我度过一整晚。取消演出跟博眼球可完全相反。”

再一次，他们目光交会，气场改变了，介于亲密关系与一次摊牌之间。

他把鼻子探进高脚杯，深深吸了口气，将剩下的酒一饮而尽。他的目光在料理台上的酒瓶间流连，从后排拖出一名战士来。他把开瓶器套在细长瓶颈的顶部，开始拧，但总是脱手，毫无进展。他把开瓶器从酒瓶上拿下来，检查瓶塞顶部，用手指摩擦起来。他在裤子上擦了擦手，仿佛手湿了似的。

“这些封了蜡的密封瓶塞超级难搞，就是插不进去的小婊子。”他重新装好开瓶器，又试了试，但是他的手指一直往下滑，对这个螺旋结构毫无控制力。她也没多想，正要帮他开，他却停下来，猛地把开瓶器扔到了房间另一边。虽然卡莉娜并不在开瓶器抛出轨迹的危险射程内，但她还是条件反射地躲了一下。

“就是这么回事了，”他指责她，“你来就是想看这个，是不是？”

“我不知道。我之前不知道。”

“你现在开心了？”

“不。”

“我现在不能弹琴了，还不够好，我永远也不可能再弹琴了。这就是为什么我的巡演取消了，卡莉娜。这就是你想听见的吗？”

“不是。”

她看他的眼眸，直直地站在他火力全开的愤怒之中真是恐怖十足。

“那你为什么来这里？”

“我觉得来这里是正确的。”

“看看你，突然成了个模范天主教教徒，考虑起了什么是对，什么是错。无意冒犯，我亲爱的，如果这病把你干翻的话，你可讲不出什么对错来。”

她摇了摇头，被他恶心到了，也厌恶自己，明明早就该知道的。她站了起来：“我不是来这里听你辱骂的。”

“哦，你就是这样，把那个词删掉，没人在辱骂你。别再用这个词了。你给格蕾丝洗脑了。所以她才一句话都不跟我讲。”

“别把这件事怪到我头上。如果她不跟你讲话，那或许是因为你就是个刺头。”

“也可能是因为她妈妈就是个报复心重的婊子。”

卡莉娜拿起他没能打开的酒瓶，照着料理台边缘砸了个稀巴烂。她扔掉破碎的瓶颈，从地板上漫延的那摊酒边走开了。

“这瓶闻着像樱桃。”她说道，声音是颤抖的。

“你走。马上。”

“很抱歉我来了这里。”

她摔上了身后的门，冲下三段楼梯，仿佛身后有人在追捕她。她明明是好意。怎么就搞成了这样?

所有一切怎么就搞成这样了?

愤怒与悲痛从四面八方袭来，她的双腿霎时失去力气，精疲力竭，无力再迈出一步。她在大门口最上面的台阶坐了下来，面对美丽的景色 —— 康姆大街上的慢跑者、公园里的鸽子、纽约圣三一教堂的尖顶、汉考克大厦的蓝玻璃 —— 不在乎有谁看见她或者听见她。她低声啜泣起来。

第四章

三周以来，理查德第一次坐在钢琴前，自从八月十七日——他右手食指认输的日子，那是他右手手指里最后一个辜负了他期待的手指。他每天都会尝试。八月十六日，他还能以前所未有的慢速轻敲右手食指。他紧握这项成就，甚至还可怜兮兮地为此庆祝，这个动作需要极大的脑力与体力的投入，看上去更像是微弱的震颤而非敲击。他将自己毕生的希望都寄托在这根手指上，八个月前这根手指还能在最复杂、对灵敏度要求最高的琴键组合上跳舞，一个节拍也不会漏掉，以恰到好处的力度敲响每一个音符。

非常嘹亮！

渐弱。

他的食指，他右手的每一根手指，它们都是精密的校准工具。但凡他在排练的时候出现任何一点差错，但凡他的哪根手指缺乏自信与力度，或者记忆度不够、磕磕绊绊，他都会马上停下来，全部从头再弹。这里从来没有失误的一席之地。他的手指没有任何借口。

八个月前，他的右手拥有全世界最美好的手指。今天，他的整条右臂和右手都瘫痪了。他失去了对右臂的感觉，仿佛它们已经属于一具尸体。

他用左手捡起自己毫无生命的右手，把它放在键盘上，把右手食指放在中央 C 上，小手指放在 G 上。他感觉到键盘的冰凉光滑，这种触感是肉欲的，是性感的。琴键渴望被爱抚，这段浪漫的性爱关系已经为他准备就绪，向他敞开，他却无法回应，忽然，这一刻就成了他人生中最为残酷的时刻。

他惊恐地盯着美丽琴键上自己的手。他的手静止不动，看上去像死掉了，但事实并非如此简单。他的手指没有丝毫蜷曲。他的整只手都伸得太直、太平整了，没有音色、个性和可能性。它是萎缩的、疲软的、无力的。它像伪造出来的，如同一套万圣节服装、一个万圣节道具、一条蜡制的假肢。这不可能是属于他的手。

屋里的空气那么黏稠，几乎成了固体，令人无法呼吸，他似乎也想不起来该怎样呼吸了。他的身体里划过一丝恐慌。他将左手的手指摆在琴键上，张开，抬起手腕，手指蜷起，深深爱着他触及的琴键，他猛地吸了口气。他通过肺部呼吸，仿佛逃命一般，与此同时绝望的双眼搜索琴键和两只手，看看能做些什么。见鬼，他到底还能做些什么呢？

他开始弹奏勃拉姆斯[1]，只有左手流淌出了真正的音符，右手的音符是用心听见的。去年夏天在坦戈尔伍德，他和波士顿交响乐团共同演奏了这段五十分钟的协奏曲。八十七页的谱子倒背如流，比任何人的弹奏都更趋近于完美。有些晚上，曲子弹得很不错，大受欢迎，而其他夜晚，他弹得超然卓绝。他是为了那些卓

[1] 约翰内斯 · 勃拉姆斯，德国古典主义最后的作曲家，浪漫主义中期作曲家。

越的夜晚而活的。

那晚在草坪上，整个管弦乐队不仅仅是重现勃拉姆斯乐章的乐队，他们是敞开的明渠，把生命力注入音乐之中，他在自己的灵魂、其他音乐家的灵魂、草坪上的听众的灵魂以及音符的灵魂之间感受到了狂喜，还有积极的联系。他还无法恰当地描述这炼金术般的过程中的原理或体验。用语言去传达勃拉姆斯的魔力恐怕就像用一把木头尺子去测量光速。

只能用左手弹奏，他闭上眼睛，不去看那只一动不动的死手，这种剪切粘贴、身心合一的演奏方式让他获得了一点点满足。但是紧接着他就开始来回晃动身体，这个雷打不动的习惯曾被他的所有老师批评为注意力不集中或自我放纵，晃着晃着忽然把放在琴键上的右手给撞了下来。他已经死透的手臂晃晃悠悠地挂在肩膀上，像抛下的锚，又沉重又痛苦，仿佛又一次脱臼。

他利用了这种痛苦。勃拉姆斯的痛苦，狂风暴雨般的第一乐章里的庄严、渴望、失去、斗争，就好像走入了战争。挥之不去的旋律由他的左手独自弹奏。而对于这段旋律的孤独记忆则在他的脑海中奏响。他肩膀的疼痛。他失去的右手。

他鼓起勇气去想接下来又会失去身体的哪一部分。他的本能和头脑都同意以下观点：

你的另一只手。

他失声痛哭，在他仍然可以的时候更加拼命地用左手敲打琴键。他失去了记忆中这段旋律的声音，此时此刻，他唯一能够听到的就是反复敲打发出的真正的震动，他觉得琴弦、声带和右手旋律的缺失听起来都像极了死亡，像极了失去真爱，也像极了一段关系的苦涩终结，一次离婚。

这种感觉太像他的离婚。左手高高悬在琴键上方，犹豫不决，在第一乐章渐强的时候停止了演奏，他的心在肩头跳动，在这停下来的静寂之中，是未完成的乐章，是他被打断的人生。他的左手攥成了拳头，用尽力气捶打琴键，仿佛是街头斗殴，他又从头体验了一次哭泣、背叛与心碎。

第五章

今天是芝加哥大学的周末家庭日。格蕾丝坚持说卡莉娜没必要来。格蕾丝争辩说，卡莉娜已经知道学校是什么样子了。去年她们从校园商店里买了运动衫、T 恤衫、汽车贴纸和咖啡杯。卡莉娜看到了格蕾丝的宿舍房间和室友，格蕾丝每个周末和她视频的时候她都要指手画脚一番。卡莉娜觉得格蕾丝在反对她去学校这件事上有点过于努力，仿佛是在保护自己的隐私或者独立，又或者是别的什么大秘密。但卡莉娜是不可能被劝阻的。机票价格合适，她也确实很想女儿。

她们在“共同点”——一家轻松自在的校园嬉皮士咖啡馆里碰面，那个“大秘密”就坐在格蕾丝旁边，一只手放在三倍浓缩拿铁上，另一只手则放在格蕾丝的大腿上。马特的头发有点修剪过度，满脸浓密的络腮胡，只要一说话，那双蓝眼睛就会变得很愉快。很显然他对格蕾丝相当痴迷。虽然格蕾丝打算在自己的妈妈面前表现得冷淡一些，但还是能看出她同样痴迷于他。

“那个，格蕾丝说你是个了不起的钢琴家。”马特说道。

卡莉娜的南瓜拿铁正举到嘴唇和桌子之间，忽然不知道该拿这杯咖啡如何是好。她非常惊诧，感动于格蕾丝竟然会这样描述她，甚至是有点吹捧。理查德才是了不起的钢琴家，不是她。也可能是马特把他俩搞混了。要么就是在奉承女朋友的妈妈。

她把杯子放到桌子上："不是的，那是她爸爸。我只是个钢琴老师。"

"她很厉害的。"格蕾丝说，果断纠正了妈妈，"只不过她放弃了自己的事业，留在家里陪我。所以我永远也不打算怀孕。我绝不会把我的教育成果浪费在养大几个孩子上。"

"几个熊孩子。"马特说着露出了笑容。

格蕾丝娇嗔地推了推他的胳膊，放开他之前还捏了捏他的肱二头肌。卡莉娜看着他们喝了口拿铁，舔了舔嘴唇上的白沫。显然他们已经上过床了。

卡莉娜和格蕾丝很亲近，但是从不讨论这种事情，这似乎是从卡莉娜的妈妈那儿传下来的特点，就像她绿色的眼睛，以及无论多累都能在天亮前醒来。其实卡莉娜和自己的妈妈讨论过一次性方面的事情。那时她十二岁，现在她已经忘了自己当时问了什么，却记得妈妈的反应，她正在水槽里洗盘子，背对着卡莉娜："小宝宝们就是通过性造出来的。是丈夫和妻子之间非常可怕的行为。去把晾在绳子上的毛巾拿进来。"就这么结束了。以后再没提起。

卡莉娜是从修女和朋友们那里稍微多了解了一些的。当索菲娜告诉她娜塔莉亚在体育馆的露天座位下面给男孩们口交时，她还记得自己的惊恐与尴尬，更可能卡莉娜并不知道口交是什么，也没有问出口的勇气。无论那是什么，她都确定娜塔莉亚会为此下地狱。

卡莉娜十六岁时，她活泼而美丽的朋友马尔蒂娜被送去和姨母一起生活。九个月后她回来了，性格恭顺，目光总是躲着别人，只盯着自己的鞋子看。城里的每个人都在传她的闲话。她被毁了。现在没人会娶她了。真是丢人。

卡莉娜想象那个被马尔蒂娜留在身后的孩子，一个她永远也不会认识的女儿或者儿子，以及躺在她面前的老姑娘人生。就在那时，她对自己发了个誓。她绝不会像马尔蒂娜那样被毁掉，也不会像妈妈那样被圈禁进来，锁在厨房，数十年如一日地做饭打扫，养大五个孩子。卡莉娜绝不会失去对人生的掌控权。

在格蕾丝还是大一新生的时候，她们有过一次“谈话”。卡莉娜决定要传授给女儿更多知识，比妈妈传授给自己的要更“明智”，并且有意识地没有把任何天主教的耻辱观或者厌女神话囊括进来。*婚前不可以有性行为，不可以有避孕手段——那些都不是上帝的法则，亲爱的。那些都是男人制定的规则。*她们当时在车里，正要去格蕾丝的一场足球比赛，与其说是脸对脸，不如说是肩并肩，但是相比卡莉娜妈妈的后背已然是个巨大进步了。卡莉娜的陈词里包括了避孕套和避孕药，性传染病和怀孕，性行为与爱情。

*性爱并不是犯罪。但是你得保护自己。避孕措施是女人的责任。*此时此刻，这些字句在她脑海中浮现，她有点畏缩，如同在车里大声对格蕾丝说出来时一样，又重新经历了一遍悔恨。避孕措施并不是犯罪。她做了自己必须得做的事情。

你不应说谎。

说谎是罪过。

如果格蕾丝能够记住这次对话当中的哪一点，卡莉娜一直希望是那句“无论你做什么，都别怀孕”的告诫。她确定自己重复了很多遍，即便在开始时她只能瞥见格蕾丝的侧脸，也能感觉到格蕾丝的尴尬与白眼。

此刻她直直盯着格蕾丝，格蕾丝的脸上洋溢着自信，容光焕发。她掌控着自己的人生。卡莉娜很高兴看见那些信息被接收了，但她的意思并不是永远不要孩子。难道她也表达过这样的意思吗？

“你看，我真的挺好的。所以都是值得的，对吧，妈妈？”

“没错，亲爱的。”

“你在学校教课吗？”马特问。

“不，在家教。在客厅里。”

“哦。”

“真的，她少说也和我爸爸一样厉害，但是爸爸独占了全部风光。”

“你和你爸爸联系过吗？”卡莉娜问道。

“最近没有。怎么了？”

七月里，她去看过他，自从那可怕的一天之后，她就再没听过任何理查德的消息。尽管他没法打开酒瓶，她也仍旧不信他真得了 ALS。他很可能是得了什么腕管综合征或者肌腱炎之类的病，对水平高到一定程度的钢琴家来说是常见伤，确实烦人，但基本上是良性的。如果理查德真得了 ALS，他肯定会告诉自己唯一的女儿，不是吗？

“我以为他打算下个月在芝加哥演出的。”

“我对此一无所知。”格蕾丝耸了耸右肩，“你为什么还要一直留意他要去哪儿？你得有自己的人生，妈妈。”

卡莉娜觉得脸唰一下红了。格蕾丝的评论太犀利，像是侮辱性的掌掴，这种感觉很残酷，尤其是在马特面前，他根本不了解卡莉娜复杂的过去。不过，卡莉娜相信格蕾丝的不敏感是无意的，所以压抑住了自我辩解的欲望。过去几年里，关于这个话题，她和格蕾丝有过许多次交心。如今格蕾丝进了大学，卡莉娜可以搬家了。她可以住到纽约或者新奥尔良，甚至是巴黎。她可以不再教课，再次开始演奏。她可以颠覆自己的人生。或者至少继续追寻她曾经放弃的那一个。她可以做任何事。至少某些事。

“*你的*音乐天赋在哪里呢？”马特问格蕾丝。

“我嘛，比如说，我是最好的卡拉 OK 歌手。”

“差中之最。你确定你自己不是被收养的？”

“我长得和她多像啊。”

“或许你是头先着地掉下来的。”

“那或许可以解释我对男人的品位。”

这一次轮到马特摇晃格蕾丝的胳膊了，格蕾丝咯咯咯地笑起来。*男人，不是男孩。*她这个小姑娘是什么时候变成年轻女人的呢？

卡莉娜想到，自己遇到理查德时和现在的格蕾丝一般大。他们当时一起上谢尔曼·雷朋的技巧课。她对理查德一无所知，只知道他看起来有点笨拙，并且很努力。上课的时候她能感觉到他盯着自己看，两个人都太害羞，整整一学期几乎没说一句话。而后有一天，他先开口了。

当时他们都在某间宿舍开的桶装啤酒派对上。在啤酒的驱使下，他做了自我介绍。一杯接一杯的啤酒，催化了他们的彼此吸引，然而，直到她听到他弹琴，才真正为他沦陷。他们单独待在练习室里，他弹奏了舒曼的《C 大调幻想曲》Op. 17[1]。他与乐章如此珠联璧合，似乎已经意识不到她的存在。他的弹奏是那么有力，却又温柔、自信，驾轻就熟。这首曲子非常浪漫，至今仍旧是她最喜欢的乐曲之一，在他敲下最后一个音符时，她陷入了爱情。

他们不舍昼夜地做爱，比她刷牙的次数还要频繁。她用白昼的时间记诵巴赫和莫扎特，夜晚的时间则用来记住他身体的轮廓，每天的第一个与最后一个音符都落在彼此的身体上。他们被情欲支配，对钢琴和彼此都贪得无厌。其他的一切都不存在。她从未这么开心过。

她知道这是她的过去，是她个人档案里的早期篇章，然而她觉得自己已经和这段人生彻底断开了关联。她还记得和理查德在一起的第一年，然而这些记忆，这些裹在床单里身体交缠的照片，

---

[1] Op 即拉丁文的 Opus，是对音乐作品的一种系统编号。很多作曲家都是用 Op 进行编号。

她觉得这些东西似乎都属于别的什么人，属于她很久之前读过的某本书里的人物。

与理查德有关的记忆，如今仍然能触动她的全是背叛，她曾经希望他疯了，他们的婚姻是不真实的。然而这些全都发生了。

她看着格蕾丝倾听马特说话、微笑、调情、着迷，好奇他们的故事会是怎样的。她希望自己女儿的爱情与婚姻比自己要好。*不要再重复我的错误。*

二十岁的卡莉娜有可能透过性爱的浓雾看见那些红色的旗帜吗？有什么方法能预见之后可能发生的一切吗？或许可以。理查德总是有点自恋，一个脆弱的自大狂，一根自私的尖刺。她曾天真烂漫地以为，这些性格特征都是一个有天赋、有野心的男人理所应当拥有的。那是准入的代价。她尊重他对钢琴的全身心奉献，也尊重他的骄傲。回顾往事，她看得出他的奉献是不顾一切的，他的自信是自负的，他一直都是随时可能瓦解的纸牌屋。

即便如此，一开始的时候，他们的感情还是美妙醉人，有望成就一段伟大的爱情故事。结束的时候呢，就是一坨狗屎。*只有死亡才能将我们分开。*这也是人类制造的规则。一个完全不合理的规则，她想。所有事情都有开始也有结束，每一个白天与黑夜，每一首协奏曲，每一段关系，每个人的一生。每件事终究都会结束。她真希望自己和理查德能结束得更好一些。

咖啡馆里的播放列表是一连串流行歌曲——爱德华·克里斯多弗、蕾哈娜和泰勒·斯威夫特——结果突然变成了特洛纽斯·蒙克。

“妈妈，听啊。我小时候你弹过类似这样的东西。还记得吗？”

卡莉娜目瞪口呆地望着格蕾丝。那时候格蕾丝顶多只有三四岁。“我记得。真不敢相信你竟然记得。”

“你现在弹什么样的音乐？”马特问道。

“古典乐。主要是肖邦、莫扎特、巴赫。”

“哦，不错。”

“你为什么不弹这种音乐了？”格蕾丝问道。

有一百万种理由。

“我不知道。”

格蕾丝抬起头看向别处，并没有专门去看某样东西，只是在听。这首歌是“午夜旋律”，是一首属于深夜的休息室歌谣，让卡莉娜觉得自己应当手握一杯烈性酒而非南瓜拿铁。她想象着手指之下的琴键，用心灵的耳朵弹奏，这一套动作就像一本老旧的家庭食谱缓缓打开，多年以后仍旧清晰可辨。她感受到音符在她心中震颤，而她则陷入了强烈的渴望中，心头涌起的情感接近某种非常悔恨的悲痛。是悔恨。她听着蒙克弹奏爵士乐，心里充满了悔恨。

笑容使格蕾丝容光焕发，目光灼灼：“我很爱这曲子，你不也是吗？”

卡莉娜再度满脸通红。她点了点头：“是的。”

第六章

在理查德睁眼之前那些困倦而不太清醒的时刻里，在他的眼皮之下，近来比较熟悉的黑色音符跳着舞步横穿微卷的白色稿纸。他在脑海中看见了这些音符，也听见了这些音符组成的旋律，不断攀升的琶音[1]如同汽笛把他唤回了现实。他睁开眼来。卧室沉重的窗帘紧紧闭合，一束明亮的白光从正中间横切进来。又是一天。

他命令自己的左手手指在大小合适的白纸上弹奏音阶，那是他的晨间仪式、每日测验。他研究这些简单动作奏出的交响乐，每个手指快速而有次序地升降，如同缝纫机针，是由筋腱、关节、静脉和肌肉组成的机器，它的不可思议与不可或缺仍旧不输他跳动着的心脏。

他心满意足地起床，小便，去厨房准备早餐，对抗此时此刻来自斯坦威钢琴急不可耐的拉扯。坐在岛式厨房的料理台旁，他用吸管小口小口呷着热咖啡，与此同时，茫然地盯着自己的脚看。他让脚指头动了动。它们听从了指挥。他又弯了弯脖子，把上半身向下蜷，探出嘴唇去吃手心里碎了的炸面圈。他的左肩已经开

[1] 琶音指一串和弦音从低到高或从高到低依次连续奏出，可视为分解和弦的一种。通常作为一种专门的训练技巧用于练习曲中，有时作为短小的连接句或经过句出现在乐曲旋律声部中。

始僵硬，导致左臂只能垂直移动。他试着不去深想提前出现的瘫痪，因为这个新症状很可能就是个预兆。或许疾病会就此打住，停在他的左肩。他可以像这样继续生活。

在吃炸面圈、喝咖啡时，他允许自己的思绪窥探那个兔子洞，想象一下要是疾病并没有就此打住会怎么样。他的目光在房间里逡巡，视野窄得像恐怖片里的特写 —— 壁橱的球形把手（大部分已经拧不动了）、咖啡机、洗涤槽、冰箱门把手、电灯开关、他的手机、他的电脑、他的钢琴。他即将拥有两条瘫痪的胳膊。没有手，他马上就会连自己吃饭、洗头、擦屁股都做不到。他盯着钢琴，喝掉最后一口咖啡。或许病症会停在他的肩膀里。

喝完咖啡、吃完炸面圈，他想舔干净指尖残留的洁白糖霜，却给扫到了赤裸的大腿上。他会一整天不停地煮咖啡，只为了这神清气爽的芳香能够弥漫整个房间。超过一杯咖啡就会让他浑身颤抖。

吃完早餐，他洗了澡，弯下腰去洗头发，在雾气弥漫的浴室镜子前进进出出。他百无聊赖地检查自己毛茸茸的脸。上次刮胡子已经是两周前了。他的左手仍旧可以胜任这项工作，但他无所谓。或许今天他还可以刮一下。

虽说他是右撇子，但钢琴人生让他的两只手都非常灵巧。他觉得很幸运，于是露出了笑容。然而镜子里的笑容却隐藏在他并不想要的那些胡子下面，于是，他想到了世界上所有没得 ALS 的人，他们都拥有健康的双手和光洁的面庞，他的理智便嘲笑自己对幸运的庆幸。他的笑容是对残酷真相的背叛，是傻瓜盲目乐观的天分。*你有什么值得笑的？*

简直无地自容，他收敛了笑容。他紧闭双唇的脸庞非常忧郁严肃地掩在黑色的头发里，有一点凶恶，这才是一个患有致命神经肌肉疾病的四十五岁男人的恰当肖像。他决定留下这些胡子。

站在壁橱前，那么多袖子和纽扣令他意志消沉，他想干脆别穿算了。但他很快想起要演奏的乐曲，于是受到鼓舞，偏要认真打扮一番不可。他拿出了自己最好的无尾晚礼服。

袜子和裤子都是挑战，但还能做到。要系鞋带的鞋子已经成为历史。他双脚滑进一双漆皮乐福鞋。现在轮到上半身了。当他绝望地迷失在起皱的衬衫、背心、袖扣和蝴蝶领结当中时，目光里充满了沉郁的恐惧。全他妈该死。他把无尾礼服的袖子缠绕在毫无生命力的右臂上，只扣上了赤身裸体的胸口前一枚相对容易的纽扣。就这样。准备好演奏了。

他在脑海中精确计算了一番，预想单手弹奏钢琴所获得的满足感顶多只有两手弹奏的一半，但是他大错特错。在过去三天里，他全神贯注地用左手弹奏莫里斯·拉威尔[1]的钢琴协奏曲，并为之着迷。这是一段约十五分钟的独奏，如果他有完整的管弦乐队，就是十八分钟，这原本就是由澳大利亚钢琴家保罗·维特根斯坦

[1] 莫里斯·拉威尔，法国著名作曲家，印象派作曲家的最杰出代表之一。1932 年，他遭遇一场车祸，头部受伤，不久后出现了偏瘫征兆。他曾尝试休假治疗，仍无显著好转，自此丧失了工作能力。

所编曲的单手弹奏版本，他在第一次世界大战中失去了右臂。

理查德挺直腰背坐在长凳上，右手搁在腿上，把乐谱翻了过来，藏起音符。这一次他要凭记忆弹奏。他把右手放在琴键上，等待着。他想象着客厅里有几百名听众，指挥和管弦乐队则在厨房里。

黑暗之中，协奏曲低沉地奏响，低音和男高音部分掀起不祥的风暴，还有神圣庄严的低音巴松管，以及雷鸣般的鼓点。理查德的独奏开始于第一分半钟。他的手不断攀升音阶，把每一个音符都高高托举出险恶的风暴，召唤出阳光普照的美景。他的左手手指可以完全掌控八十八个琴键，从地狱直通天堂，整个乐章用一只手丰富地表现了出来。

他的注意力猛烈地投注到每一个音符当中，根本无须经过大脑。他每天练习九个小时的拉威尔，如今乐章就在身体里流动，他对每一个升音、每一处休止和每一个断奏的记忆全编码进肌肉里，也烙印在脑海中。他说不清他的眼睛是否作为见证人，在指挥或者追随每一根手指。他已经触及了曲线最为神奇的部分，在这里，已经不是他在弹奏音乐，而是音乐在弹奏他。

他听见了滑稽可笑的猫鼠游戏，在他所创造的音乐和他脑海中的弦乐及号角之间是接打电话般的对谈。此刻，这首乐曲升华进了充满希望的可能性，每一个音符和想象中行进的鼓点抵达了某种欢欣鼓舞的狂喜状态。不需着急就更贴近，也更迅速，渐强的震动在他身体里稳定攀升，就像期待某种性高潮的降临，他和想象中的大规模管弦乐队共同演奏，越来越响亮，越来越迫近，越来越高亢，最终戛然而止，就像史诗电影戏剧性的高潮总是英雄的胜利。

伴随最后回荡着的音符，胜利是属于他的。他看着渐渐变暗的起居室，窗帘依然紧闭，收获喝彩时肾上腺素在他的心头舞蹈，听众们全都起立鼓掌，经久不息。他转向厨房，向管弦乐队致意，并感谢了指挥。他站起来，向长凳鞠躬。

在公寓的全然寂静之中，弹奏拉威尔协奏曲的感受刺激着他的灵魂，他想象着和一支真实的管弦乐队一起把这场演出搬到真正的场馆里。他做得到。他可以作为交响乐团的特邀嘉宾在全世界巡演这首曲子。他当然可以。他的职业生涯还没有结束。他的经纪人肯定会喜欢这个点子。

他坐回凳子上，准备再弹一遍。他把左手放到琴键上，心中却没有响起管弦乐队的开场，入耳的唯有空荡公寓里压抑的寂静，有个傲慢的、唱反调的偷走了他的自信，在他的脑袋里对这个可怜兮兮的计划评头论足。

理查德直直地把左臂伸到眼前，没能举过肩膀的高度，并且开始颤抖。他试着举高一些，调动能够借助的每一寸肌肉纤维来完成这个动作，可手臂还是无法再举高一丁点。筋疲力尽，他把手放回琴键上。

他并没有开始独奏，为了对抗无法承受的静默和脑袋里的嘈杂，他用小手指弹了一个单独的音符——D。他按住琴键不放，声音起初是立体的，飘扬，消散，缥缈，消匿。他深深吸了口气。咖啡的香气还在。他静静聆听。音符已经彻底消失了。

他弹奏的每一个音符都有自己的生与死。

或许疾病会留在他的肩膀里。他脑袋里的声音对此更为清楚，坚持要他再往兔子洞里看一眼。没有手。

理查德离开钢琴。他回到卧室，脱掉衣服，蜷缩回了床上。他并没有给经纪人打电话。他面朝上躺着，死死盯着天花板，希望自己可以冻结时间，躲开那个未来，没有任何怀疑，也没有任何希望。他很清楚，那一天很快就会到来，他连俯身看一眼兔子洞都不可能了。

他会在那里生存，并死去。

第七章

独自待在阴冷的检查室里，理查德在等凯西·德薇洛。现在是十月初，这是他第四次在一间毫无人情味的相似房间里等她了，第一次是在一年前。凯西是 ASL 门诊部的护理师，负责监督他的医疗照顾。“*照顾*”是他们在这里使用的术语，理查德没有公然反对过，但是照顾并不是每三个月他来见医生的时候才提供一次吧。工作人员都对他很好，对此他并不怀疑。凯西很友善，显然很关心他的工作和他本人。但是作为 ASL 的协同照顾者，她的兜里除了压舌板之外什么也没揣。

门诊随访首先意味着数据采集，是记载下来的编年史，用来指明疾病进程的恶化征兆。每过三个月，失调症状就加重一点，凯西和其他人在各种图表里记录这种失调。每个门诊日都是一连串的问与答，目的在于测试哪些地方恶化了。凯西会提出很实际的应对策略，比如赞同地点点头，以及事先了解即将遇到的状况：你觉得这就很糟了，你再等等，还可以更糟的！他的神经科医生可能会调整力如太[1]剂量。也可能不会。

做完所有测试要花三个小时，每个门诊日结束时，理查德的

[1] 力如太（利鲁唑片），利鲁唑适用于延长肌萎缩性侧索硬化症 (ALS) 患者的生命或延长其发展至需要机械通气支持的时间。临床试验已经证明利鲁唑可延长 ALS 患者的存活期。

精神状态都非常萎靡，完全败下阵来。他发誓绝不会再来。这有什么意义？就为了告诉他，他只有有限的几小时可以作为活物生活在这个星球上，却还要浪费其中不少时间和凯西一起坐在那个房间里，更可能的情况是一动不动地等凯西来，这种不公平令人发指，至少也是完全不负责任的。结果他还是来了。他们让他做什么他就做什么，连他自己都感到惊讶，毕竟被动服从与他的个性绝对是背道而驰的。

要是他必须举着很快就会麻痹的左手手指发誓的话，他会承认，之所以在每个约诊日都忠实前来，是因为他仍旧怀抱希望。或许会有突破，会有全新的临床实验药物可以延缓他的病程，甚至能够治愈。这都是可能发生的。一个在“不自由毋宁死”的新罕布什尔州乡下长大的小男孩，将他的时间平均分配给橄榄球、拖拉机和百威淡啤酒，他出落成一个蜚声国际的钢琴演奏家的概率有多大，或许某些科学家探索出治愈 ALS 方法的概率也差不多大。所以，他等待凯西。

她终于走进房间，脸色微红，呼吸急促，仿佛是从医院另一头的副楼一路小跑过来的。她戴着玳瑁框眼镜，白色的无扣衬衫外面套着一件敞开的黑色针织毛衣，裤子对她来说太短了，平底鞋很适合在医院走廊上奔跑。比起医生，她的样子更像是图书馆管理员。她一边洗手一边打招呼，而后坐在理查德对面的椅子上，开始读他三个月前的恶化记录，他的新底线，一个危险的悬崖，他现在就要纵身而下。

她抬起头来看他，挑了挑眉毛："马克辛呢？"

"已经分开了。"

"很抱歉。"

"没什么。"

除了马克辛以外，理查德和女人之间关系的保质期和一盒牛奶差不多。大部分姑娘都是在某场演出后同他结识，要么就是在某个鸡尾酒会或者慈善筹款活动上。她们都崇拜明星，被他深深吸引。在他结婚后，她们依然深深为他着迷，进展迅速，完全无视他的婚戒。一开始，她们都能容忍他的喜怒无常，以及他的时间更多投注给钢琴而不是她们。她们看见他对勃拉姆斯、肖邦和李斯特的音乐的激情，他有能力去爱、去投入，她们总觉得这种能力是可以用在自己身上的。结果让每个人失望的是，他从来就没能像热爱钢琴一样去爱过哪个女人。哪怕是卡莉娜。

所以，女人们总是讪讪而归，感到孤独，不满于自己作为第二小提琴部的命运，其实是第三，如果她们能意识到自己是站在他妻子后面那排。一开始，她们甚至会更努力地做各种尝试。但从来没用。他自己也不知道为什么。或许人类只能驾驭这么多激情，一个馅饼只能分成这么多块。对理查德来说，他只有一点点激情是没有投注在钢琴上的。他喜欢女人，和其他男人一样欣赏她们，但是最终，她们会发现自己对他极度饥渴，而他拒绝喂饱她们。他演奏钢琴的技艺引诱了她们，而他缺乏作为一个男人的技艺，所以她们最终还是离他而去。

确诊后的两个月，他始终沉浸在拒绝接受的情绪当中，并开始和马克辛约会。她没注意到他的右臂没办法举过胳膊肘的高度，也没有注意到他总是身子向右倾，用左手去抓她的手。某天晚上，在他精力不济的时候，他或许可以含含糊糊地说出一点自己的情况，结果他们只是一起喝了两瓶红酒。而后某天早晨，她撞见他在哭泣，他坐在钢琴边，双手放在腿上，坦白了一切。

她却没有拔腿就跑，反而撸起了袖子。她是个针灸师，坚信自己能救他。然而再怎么多的针灸、拔罐或者艾灸都无法阻止他的右臂渐渐填满钢筋水泥。她继续给他治疗，但他们都明白，这种努力渐渐变得心不在焉。

想要维持体面，又心怀愧疚，这些阻碍她逃跑。现状对他们双方来说都很病态。性爱草草了事，毫无趣味。她开始害怕他的身体。他也逐渐对她的身体失去兴趣。于是他开始编造一些莫须有的挑剔——她眼妆画得太浓，她口臭，她不够好看、不够有趣、不够有挑战性。而她抱怨他的话也一样冗长。

在那四个月里，他们争吵、赌气，沉默地围绕真正的理由舞蹈，这段关系必须得结束。他花了那么长时间才积累起和她分手所需要的勇气。她没有反对。他们久久地拥抱在一起，而后她走出门去。这是他一辈子做过的最无私的举动。

“有人照顾你吗？”

“没有。我自己还可以。”

“你马上就会需要帮助。你的父母、某个亲戚、朋友。你可以请私人护工，家庭保健助手，不过会很贵。你能叫什么人来吗？”

“呃……呃。”

他的母亲四十五岁时死于宫颈癌。理查德现在也是四十五岁。似乎这是写在他血统里的艰难年纪。他已经有很多年没和父亲联系过。他的两个兄弟都在新罕布什尔，做全职工作，投身于自己年轻的家庭，不在选择范围内。格蕾丝还在上学，她属于学校。他还没有告诉她。他不知道该怎么说。接下来他抽出了卡莉娜的名字，但马上又把卡片给推了回去。不可能的。

“你的生活环境怎么样？你找到新地方了吗？”

“没有。目前我在这个房子里住得还可以。”

“理查德，你住在一个没有电梯的公寓的三楼。说真的，你必须尽快搬到一个新地方住，在你需要轮椅之前。你很快就会需要电梯、斜坡。好不好？”

他定定地凝视她，拒绝表达出任何的赞同。他还能走路。他怎么可能很快就得坐轮椅呢？他当然知道这个病会往什么方向发展，然而他无法让自己去想象那个情形。他看进凯西棕色的大眼睛里。她可以想象。再容易不过了。

“告诉我情况如何了。”

“我的左胳膊开始出现症状了。我没法把手举过肩，手指也有点虚弱。我没办法举起任何重物，老是掉东西，不过，走路大部分时候倒还算正常。”

“大多数时候？”

“没错。”

“好吧。吃饭、喝水、讲话都怎么样？”

“大多时候都没问题。”

“好吧，我们要检查一下这些‘大多数时候’的情况，看看怎么样。从你的左手开始。分开手指，别让我把它们并在一起。”

他张开手指，像个海星似的。她只用了一点点力气，一秒钟就把它们并到了一起。

“直直伸出你的手，放在眼前，别让我掰下来。跟我对抗。”

她稍微施加了一点压力，他的手臂就落回了身体一侧。上一次来这儿时，他还能使用两条手臂，在她要求他这么做的时候，他还能举起两只手来。但是这只右胳膊在凯西微乎其微的力量之下就倒了下去，他还能记起贯穿他全身的那种恐惧，就像冰冷的蓝色电流，恫吓他的心脏，让他意识到那只手臂里已经没有什么力气了，他即将完全且永远地失去对这条手臂的使用权。他还记得自己当时的想法，*至少我还有左胳膊。*此时此刻，他瞥向自己的左手，它挫败地耷拉在身子一旁，耻辱不堪，他很清楚再过三个月这项极其简单的测试会变成什么样子。

“用你的大拇指和食指比一个 OK 的手势，把圆圈锁死。别让我把手指拉开。”

她拉开了手指。

他想用自己虚弱的拳头打在这位漂亮女士的脸上。

“向我展示一个很灿烂的笑容，能笑多开就笑多开。就像希拉里那样。”

他照做了。

“现在皱皱脸。就像特朗普那样。”

他照做了。

“张开嘴巴，别让我合上。”

他张开了嘴，她用手掌后部托住他的下巴，稳稳地合上了他的下颌。

“把舌头伸出来固定住，别让我移动它。”她用一个冰棒棍把他的舌头向下、向右、向左压，拨弄向各个方向。

“把嘴唇全部舔一遍。”她的目光追着他的舌头画了个圈。

“让胸中吸满空气，别让我压出来。”

她压出来了。

“你用鼻子呼吸有问题吗？”

“没有。”

“口水方面有问题吗？”

“比如说，我是不是流口水？”

“没错。”

“没有。”

“咳嗽呢？清喉咙的时候有困难吗？”

“不算有吧。”

“让我看看。从丹田里咳出来。剧烈地清理一下喉咙。”

他试着深吸一口气，但是比预期更早碰壁，所以他的咳嗽很浅，唾液飞溅。他很尴尬。他原本是打算像狮子一样咳嗽的，结果却成了攻击毛团的小猫咪。

“深吸一口气，然后尽可能久地唱出一个音符。准备好了吗？开始。”

他选择了中央C，大约十五秒钟用完一口气。这正常吗？凯西没有说。

她去水槽边，用塑料杯接了杯水。

“拿着。先喝几小口，然后把剩下的一口喝完。”

他照做的时候她似乎在研究他的喉结。

“吃药方面有什么困难吗？”

“没有。”

“很好。吃药是吞咽的最高难度。所以很不错。水是流动最快的液体，会给你带来最多麻烦。你喝咖啡吗？”

“是的。”

“怎么喝？”

“黑咖啡。”

“好的，现在需要换成奶油咖啡了。要把你喝的所有液体变浓稠。让它们的流速慢一点。比较稀的液体会让你呛到。你的体重怎么样？”她翻看他各种各样的表格页面。

“我掉了几磅。”

吃饭成了毫无乐趣又必不可少的家务活。任何需要使用刀叉的食物全部被淘汰出局。消失的有Grill 23里四分熟的菲力牛排、打开的啤酒罐、打包他最爱的奶酪，一条现烤出来的纹路扭曲的面包需要他的左手、膝盖和牙齿通力合作，以及他并不能掌控的耐心与坚持。一直到最后他也没能把手举到肩膀的高度，所以他不得不低下头去用嘴巴够叉子或者勺子。辛苦又伤感，他的样子多可笑啊。而且，他很在意别人如何看待自己，无法克服这种忧虑，所以他拒绝在公共场合用餐。晚餐原本是社交和调剂生活的体验。如今他基本都是叫外卖，自己在家吃。

而且他也开始出现噎住的症状。负责将食物安全地由口腔后部沿食管送入腹部的肌肉肯定变得虚弱了，因为食物有时候会在沿食管下咽时卡在半路，更有甚者，直接落进错误的管道里。然而这些器官也只能袖手旁观，他现在只能像幼猫一样咳嗽，小小一口饼干已经不止一次变成危及生命的挑战。差点被一口薄脆饼干要了命。他并没有把这件事告诉凯西。

“好吧，没错，三个月里你瘦了七磅。我们得稳定你的体重。你得多吃点。要吃高脂肪、高密度的食物和饮品。”

“好的。”

“咖啡里要放奶油，面包上最好也放，馅饼上也要加。”

“全都是我的心脏病医生不让吃的。”

“我们根本不需要担心心脏病。”

没错。心脏病发作简直就是上帝的祝福。

“能把右腿伸到我面前吗？别让我把它按下去。”

面对她所施加的越来越强的压力，在败下阵前，他持续对抗了数秒。之后他们又对左腿进行了同样的练习，直到他投降。

“很好。你之前有足下垂吗，摔过跤吗？”

“没有。”

他在撒谎，在他等着看她能否识破谎话时心跳加速。上个星期，他在迈上家门口的楼梯时右脚趾绊在了台阶上，重重摔了一跤，磕到了下巴右侧，麻木的上臂压在了身子下面。他穿了件长袖上衣，把右臂上的大片瘀青藏了起来，而他的胡须又厚又浓密，似乎足以覆盖住下巴上的疤痕。

她敲了敲他的膝盖，检查他的膝跳反射，还对他的脚进行了五花八门的力量检测。他刚好及格。

“有没有抽筋？”

“没有。”

“到目前为止，你的腿看起来还不错。但你的手臂情况还在恶化，所以等到你的腿开始失去力量时，你是用不了手杖或助行架的。电轮椅需要提前三到六个月预定，所以我们会让工作人员现在开始帮你预定。”

他再一次直勾勾地盯着她。她可以未雨绸缪，去预定轮椅，可是他绝不会眼都不眨或者点点头就同意这个决定。

“我比较担心你的吞咽困难和体重下降。你到底有没有考虑过用喂食管？”

这是他唯一不愿意去想的。“没有。”

“好吧，如果你决定要用了，普林斯医生会跟你讨论注意事项，并且安排手术时间。”

他原本安排好了要去芝加哥、巴尔的摩、奥斯陆、哥本哈根演出呢。他还打算安排钢琴演奏会呢，而不是什么喂食管手术。他感到一阵眩晕。

“你的呼吸似乎还很强有力。一会儿玛丽会来见你，在呼吸方面给你做更彻底的检查。”

玛丽是胸外科医师。

“你有没有开始录存自己的声音？”

“没有。”

“你想这么做吗？”

“我不知道。”

“或许现在考虑一下这件事比较好。等到那时候，你能使用合成的电子音，但要是仍然可以选择使用自己的声音会好一些。做录音的这个人在儿童医院。今天你离开之前，我必须确认你有他的联系方式。如果你愿意的话，我不会往后延太久。”

凯西匆匆翻找图表，用铅笔写了些补充事项，理查德辨认不出，而后她抬起头来看着他笑了，非常满意的样子。

“我没问题了。你有什么问题吗？有什么需要我帮忙的吗？任何事情都可以。”

我们来看看。他需要什么呢？他需要存储自己的声音，因为他很快就会失去说话能力，他的选择就是要么和斯蒂芬·霍金一样，要么就彻底失声。他可能需要一根喂食管。他很快就会需要一个轮椅。他需要有电梯和斜坡的新公寓。他需要有人来照顾他。

这些东西一时间让他难以消化。一下子失去那么多，又需要那么多。他试着将注意力集中到最紧急的事项上。失去左手。他不再有手了。他没法再自己吃饭、自己穿衣、自己洗澡。他要倾尽自己的银行存款来雇一个帮佣。他也不能在电脑上打字了。他要用粗笨的脚趾。

他也将失去左手独奏版的拉威尔钢琴协奏曲。他再也不能弹钢琴了。

早在这个病初露征兆时，他就想象过这份失去的所有细节，这种想象令他心中压力倍增，让他辗转难眠，让他恨不能吞下一整瓶药片当下就结束自己的性命。没有了钢琴，他怎样才能活下去？

然而，这却不是真正将他击垮、让他惊慌失措的失去，无法咽下自己的口水才是。他又想起了马克辛，回顾他们临别的拥抱。在这个回忆中的拥抱里他还能感觉到她的身体，她的乳房紧紧贴在他胸前，她湿润的脸庞搭在他的肩膀上，她的呼吸打在他的脖子上。在那个记忆中的拥抱里，他能感受到歉意，以及一个悲惨的爱情故事。是他先放手的。马克辛立即跟上了他的引导，从他的双臂里脱身而出，离开了他的人生。如今他真希望自己当时再抱久一点。

他就快要失去左臂了。三个月前，他最后一次拥抱了马克辛。那将会是他整个人生当中最后一个拥抱吗？

他努力吞咽唾沫，却被自己的痰给卡住了，剧烈的咳嗽很快变成了哭泣。凯西给了他一张面巾纸。他羞愧地接过来。然而再一次，他决定不在乎这些了。在这间屋子里还有什么是她没见过的呢？他的口沫横飞、咳嗽、哭泣，以及穿透三张以上面巾纸的口水，于是他整理好情绪，让自己能够说出话来。

“我需要一个拥抱。”

凯西毫不犹豫地把面巾纸盒放在一边，站到了他面前。理查德站起来面对她，她用一个牢固的拥抱圈住了他。他的眼泪和止不住的鼻涕打湿了她的毛衣，但凯西并没有退缩。他用自己的左臂去拥抱她，把她紧紧贴在自己身上，她也回应了他，用力回抱他，在他仍能呼吸空气的时候，他们之间的接触产生了一种生死攸关的情感联系。

一开始他说不清这种气氛究竟是什么。这种关联与希望无关。也不包含同情。更不是出于爱意。

是照顾。

理查德呼出一口气，并没有松开她。凯西就同他拥抱在一起。

这才是照顾。

第八章

邻居们还在熟睡时，卡莉娜已经站在了家门前的人行道上等待埃莉斯。冷空气将她层层包裹，穿透外套，她希望埃莉斯能早点出现，好让周身血液流动起来。她紧紧抱住自己，同时看见自己的哈气，白色的呼气袅袅升起，消失在空中，仿佛回到了云朵里。她所在的街边有三棵高大的橡树，她意识到自己此刻正站在其中一棵树下，她把自己的方向转了几英寸，朝向路中间。她仰起脸来冲着天空，向太阳寻求温暖，然而太阳还没升起。门终于打开，埃莉斯终于出现了。

“对不起。我找不到手套了。”

她们走下台阶，一言不发地穿过附近整洁的园林庭院和双车车库，灯还未亮的窗口仍旧装饰着学校里做的鬼怪和女巫，门廊上排列着壮观的手雕南瓜灯、绿植盆栽、紫甘蓝和金黄色的菊花。卡莉娜从地上捡了一张爱心糖果的包装纸放在口袋里，并没有停下脚步。在抵达蓄水池之前，卡莉娜和埃莉斯是不会讲话的。因为急着赶路，所以卡莉娜走得更快一些。埃莉斯问都没问就跟了上去。

三年来，她们每星期都有一天早上像这样一起散步。虽然最近才成为邻居，但卡莉娜和埃莉斯二十年前就已相识，是在新英格兰音乐学院的教职员晚宴上。那时，理查德刚在钢琴系接受了一份羡煞旁人的教职。因为这份颇有威望的工作，他们搬离了纽约，离开了斯莫司和55吧的爵士背景，离开了卡莉娜热爱并身在其中的新兴音乐家的社交网，离开了她的周末固定演奏会，也舍弃了她梦寐以求的爵士事业。

在她同意搬家时，她并没有意识到这个决定是多么片面。她也总是很好奇，在他们收拾行李离开前，理查德对此又有多少认识。又不是要离开这国家，她天真地以为波士顿也有很不错的爵士文化。她当然能够找到其他的嘻哈俱乐部，其他才华横溢的艺术家，也能有其他大放异彩、得到雇用的机会。然而波士顿爱的是波士顿交响乐团的古典乐，是交响乐厅和海滨的流行乐。波士顿人对摇滚和本土乐队流行乐无比忠诚，比如说空中铁匠乐队、墨菲斯弹球乐队，以及新街边男孩。

爵士在纽约、新奥尔良、柏林、巴黎甚至芝加哥都被认为是叛逆又值得尊重的艺术。然而波士顿却没有爵士的一席之地。在城里屈指可数的几家爵士俱乐部进行表演的音乐家都是仅此一晚的过客。他们来了又走，不在这里生活，也不在此处呼吸。她还没有打开行李收拾餐盘的时候就已经意识到这个毁灭性的真相，痛恨自己竟然如此天真，这么容易就被欺哄，就好像有人在墨西哥餐厅里向她许诺有寿司，而她竟然都没要求看一眼菜单。

在第一次教职员晚餐上，埃莉斯是卡莉娜的希望之光。埃莉斯是低音乐器演奏者，现代即兴创作教授，她谈到了雷格泰姆音乐[1]、温顿·马萨利斯和非洲爵士。前一年她和学生一起灌制了一张唱片，这只是一张校园作品，并非真正的蓝调，但仍旧激动人心。卡莉娜等不及，想同她再次接触，想要问问她可以去哪里演出，任何地方都可以，或许可以听听她的课，甚至可以教课。但是下一次教职员晚餐的时候埃莉斯不在，她被诊断为恶性乳腺癌，所以请假去接受治疗了。

之后，卡莉娜就意外怀上了格蕾丝，理查德则离开了新英格兰学院，参加了长达一年的巡回演出，所以也就没有什么教职员晚宴了。那段时间，卡莉娜把埃莉斯忘得一干二净。她完全退回高强度、高度责任感以及孤独的全职妈妈生活中，辞去工作，生活在理查德巨大的阴影之下，比十一月黎明前阴沉沉的天空更加阴暗、孤独、无处可逃。

虽然成为一个母亲从不在她的计划内，但从格蕾丝降生那一刻起她就深深地爱着她，并且无法想象自己要是选择了像理查德那样生活会怎样——一下出门好几周，把一天天、一周周、一年年都毫无保留地投入工作之中。即便人在家中，他也要每天练习八到十个小时。他在家也等于不在。

一想到要和格蕾丝分开，或者错过她成长中的任何里程碑，

[1] 雷格泰姆是一种美国流行音乐。它把非洲音乐节奏的基本元素引入流行音乐，为爵士乐的兴起创造了条件。雷格泰姆主要由钢琴弹奏，钢琴家用左手弹出稳定均匀的重音节奏，用右手弹出切分音旋律，对通常情况下的弱拍加以强调。这种夹杂着弱拍节奏、切分音不断进行的音乐情绪热烈，很有感染力。

卡莉娜就受不了。她希望亲眼见证自己的女儿一点点探索这个世界——第一次看见彩虹时的惊奇、感受小狗的皮毛和舌头、品尝香草冰淇淋丝滑甜蜜的味道。卡莉娜想要成为格蕾丝醒来后第一眼看见的人、哭泣的时候第一个拥抱她的人，一天亲她上百次。她无法舍弃这热烈而珍贵的母爱、舍弃这份礼物。她爱格蕾丝胜过爱钢琴。

如果说她把格蕾丝放在钢琴之前是因为她更爱女儿，那么理查德恐怕压根儿就不爱女儿。这些年来她把这些话写下来，无数次念给自己听过。他绝对是某种自私的怪兽，根本不爱自己的女儿，她因此非常痛恨他。她为此控诉他，没日没夜，不可原谅。但是现在，回顾往事，她承认自己的结论太极端，而且并不那么正确。爱并不是由一个人的时间记录来衡量的。这是第一次，她疑惑他的那些烂事究竟是发生在自己开始恨他之前还是之后。

在某些时刻，她也无法确切说出是什么时候，她彻底放弃了自己在爵士钢琴这份职业当中的责任。这个目标变得难以置信、幼稚、愚蠢。此刻她一边走路一边回想那个模糊的梦想，预期中的人生未能兑现。这梦想就好像一颗燃烧着划过夜空的彗星，许多年前她曾望见一次，见证了那极为短暂的惊奇时刻，而后一百年就这样过去了。

卡莉娜抚养格蕾丝，并对理查德满腹怨念，这段时间里埃莉斯战胜了乳腺癌，任教于伯克利音乐学院，和丈夫离了婚，同一个放射线学者谈起了恋爱。后来他们结婚了，四年前从波士顿市区搬到了市郊，和卡莉娜家就隔着一条马路。曾经有过的心思又开始蠢蠢欲动。卡莉娜对这个巧合惊叹不已，上帝引导埃莉斯来到这里或许是有原因的，她的天主教思维无法抑制地这么想。

她们步行经过橡树丘墓园，卡莉娜意识到今天的日期。今天是十一月一日，万圣节，是波兰的民族节日。还是小孩子时，这一整天她都会和家人一起在墓地度过。每个人都这么做。她在美国度过了整个成年时期，这种传统如今看来略显病态，而且让人毛骨悚然。然而，和美国的万圣节相比，她一直都更喜欢这项传统。她还能回忆起放置在墓碑上的白色许愿蜡烛，斑斑点点的烛光在身边闪烁，远处的点点火光在她眼里宛如散布宇宙的繁星。

她也记得家人们聚在一起，她的父母、姨妈、叔叔、表兄弟们讲着先辈们的故事。在听那些故事的时候她体验了什么是坚定不移，同那样的历史相连，就像是一颗小水珠串在了长度无限、瑰丽异常的项链上。她很愿意听自己的祖父母和外祖父母是怎样相识、恋爱、结婚生子的。她还记得自己在墓碑上一一研究他们的名字，想象她知之甚少，甚至永远也无法知晓的生活，关于命运的随机性，她有着意义重大又毫无意义的双重感受，在任何时刻，这四个人的生活都必须得以这样的方式展开，否则，她就不会存在。

她们来到蓄水池边上的泥泞小路，开始进行三英里一圈的散步。她们会从这里开始交谈，就好像终于逃离了邻居们的隔墙有耳，包围在林立的树木、水中的绿头鸭和加拿大鹅、偶然路过的慢跑者、狗和遛狗的人之中，她们的言谈是安全的。

“这周在学校过得怎么样？”这通常都是卡莉娜的第一个问题，邀请对方展开谈话，这场对话总是在鼓励着她的同时也折磨着她，就像个酒瘾患者要求喝一小口酒一样。

“挺好的。我很喜欢之前告诉你的那个新学生克莱尔。她的听力太出众了，她乐于聆听，也能接受失败。你真应该听听她弹琴。两周之内会有一次课堂表演。”

“好啊。”

“我们也在计划去新奥尔良游学。你今年应该来的。”

“可能吧。”

卡莉娜当然是不会去的。埃莉斯邀请她参加所有的演出、课程、客座授课和每年去新奥尔良的游学，卡莉娜统统都推辞了。她的借口通常都是格蕾丝。她没法去，因为理查德不在家，所以她必须得在家。现在呢，她离婚了，她的借口在芝加哥大学里，她必须得找出其他理由来。她太累了，没办法去看晚上的课堂演奏。也许埃莉斯和她的学生们去新奥尔良的那周她恰好也要去看格蕾丝。三角布鲁斯吉他的即兴演奏，黄铜的雷格泰姆号角，性感的法国吉卜赛音乐交织成魔法般的大杂烩，只要一想到沉浸在新奥尔良的爵士氛围中，卡莉娜就万分痛苦，根本无法承受。除非新郎是生命中失而复得的挚爱，女孩们才可能热衷于一场婚礼。

“或许最近哪天你能来和我们一起演奏，拜托了。”

“改天吧。”

埃莉斯在一个当代即兴乐队里弹贝斯，乐队名叫碟形锅，成员都是伯克利学院、新英格兰学院和朗逸音乐学院的老师，大多时候都在波西米亚餐厅和牛仔酒吧演出，那里有现场音乐演出的轮换名单。卡莉娜的回应一直都是“改天吧”，而她也愿意相信这话是真的。她几乎整天都在弹琴上课，所以她将自己困在了肖邦、贝多芬、舒曼和莫扎特的古典音乐里。小圆点已经印在琴谱上了，她怀着卑躬屈膝的虔诚之心来弹奏，就像天主教神父念诵《圣经》，像某个演员引用莎士比亚。

而爵士即兴演奏则是没有手稿的演讲。它有十二个音符，她想做什么都可以。没有规则，没有边界。动词无须跟随名词。没有什么庄重严肃。是上也可以是下。

而且爵士是合作。格蕾丝出生之前，她就没再同任何人一起演奏过爵士乐了。每当意识到已经过去了多少年时，她的心就要被粉碎一次。她完全可以接受埃莉斯的提议来纠正这个情况。如果改天就是今天呢？她的呼吸粗重起来，蓄水池上吹来的风冰冷了她额前的汗珠。她已经太久没有练习。实在是太久了。一个跟腱受伤的跑步运动员不可能在躺了好几年之后随随便便就能上奥运赛场。卡莉娜想象自己同那些训练有素、技艺高超的音乐家一起演奏，必然的准备不足与无法控制的技艺生疏将她毕生最大的希望锁进箱子。

“我得坦白交代。”埃莉斯说，“我去看了理查德。”

卡莉娜停下脚步，每一块肌肉的运动都暂停了，僵在这突如其来的背叛里。

埃莉斯在她前面几步远的地方停下来，转过身：“音乐学院的罗兹打了电话来。她真好，竟然记得我。她组织了一些人，都是他教课时就认得他的熟人，我们都过去了。我觉得这理所应当。”

卡莉娜不情愿地接受了这个解释，并且被激起了好奇心，她又迈开脚步。两个女人肩并肩走在一起。

“所以他怎么样了？”卡莉娜问道，倔强的脚尖探入泥泞的水洼。

“他的胳膊已经完全瘫痪了。亲眼看到真的太难过了。”

卡莉娜肚子里先前休眠的深坑，有一棵新芽已经在数个月前扎下了根。竟然真的发生了。抛开打不开酒瓶，七月她见到他的时候，他的样子和举止完全正常啊。这个诊断恐怕只是个传闻或者误诊，她一直都对这种可能性坚信不疑。她仍旧恨他，但显然比去年恨得少一些，即便没离婚的时候，她也没有希望过他死。她不希望 ALS 发生在任何人身上，包括理查德。她一直在等着从报纸上看到更正新闻，他的巡演又重启了，说他濒临死亡的报道绝对是夸大其词了。

“我原本打算为了你不给他好脸色看的，但是他的双臂就像死掉的枯枝一样挂在肩膀上，他的钢琴就在房间里，我们所有人都假装它不存在。我们没有人提到钢琴。实在太让人难过了。”

没有钢琴的理查德。没有水的鱼。没有太阳的星球。

“他本人状况怎么样？”

“他精神还挺好的。看到我们他很高兴。但是你能看出来，他真的是用尽全力做出积极的样子，就像是在演出。”

她们继续在沉默中散步，很快就有声音填充了这份寂静——旅游鞋踩在泥泞小路上模糊的脚步声，棕色的松针铺满小径，缓和了脚步声，而后又踩上了牛皮纸袋一样的橡树叶，嘎吱作响。埃莉斯抽了抽鼻子。两个人的喘气声。鸟鸣。

“格蕾丝知道了吗？”埃莉斯问。

“不知道，除非有别人告诉她了。要是她知道的话，我肯定会知道的。不，说真的，直到你跟我说这些之前，我都不是百分之百肯定他究竟是不是得了这个病。”

格蕾丝。她正在期中考。如果现在把这个消息扔给她就太残酷了。她可能会心烦意乱，搞砸考试。理查德为什么没告诉她呢？显然他还没有告诉她。

“或许我应该再去看看他。”卡莉娜说。

“那是你天主教教徒的内疚说法。”

“不是的。”

“想想上次发生了什么。”

“我知道。”

“见他对你来说不是什么好事。”

理查德在卡莉娜眼中向来所向披靡，仿佛可以攻克任何难题，一直以来他也都是如此。他是一股无法停止的压力，让她敬畏，也令她感受着威胁，并且在她最为脆弱的时候无情地践踏她。现如今，他却成了更为脆弱的那一个，她无法不去想坐在桌子的另一端会是什么感觉。

“没错，但是……”

“你想得到什么呢？相约星期二[1]？”

“我不知道。”

“他仍旧是理查德，亲爱的。”

“相信我，我知道他是谁。”

“别伤了自己。”

“不会的。”卡莉娜说道，可她的语气毫无说服力。

---

[1] 《相约星期二》是美国作家米奇·阿尔博姆创作的自传式长篇纪实小说。该故事真实地讲述了作者的恩师莫里·施瓦茨教授在辞世前的 14 个星期的每星期二给米奇所讲授的最后一门人生哲理课。年逾七旬的社会心理学教授莫里在 1994 年罹患肌萎缩性侧索硬化症（ALS），时日无多。作为莫里早年的得意门生，米奇每星期二都上门与教授相伴，聆听老人最后的教诲，并在他死后将莫里·施瓦茨教授的醒世箴言缀珠成链，冠名《相约星期二》。

第九章

卡莉娜一只手拎着包在锡纸里的一盘波兰饺子，另一只手里则拿着一瓶价值五十美元的红酒，怀着数个月来挥之不去的内疚感走在联邦大道上。这是个泛着青铜灰的十一月早晨，大雨滂沱，她没有手拿伞，还有四个街区。她加快脚步，几乎是在奔跑，风吹开了她的头巾。该死的。她根本空不出手把头巾扶回去。

天气仿佛是在鞭打她，而且目光所及之处也只有她一个行人，这种攻击仿佛就是专门针对她的。雨点机关枪似的嗒嗒嗒连续打在铝箔包装上。寒风将她的脸刺得生疼，雨水浸湿了她的袜子、裤子和头发，如同惩罚般冰冻着她的皮肤。她怪起了理查德。要是他没招惹她的话，她就不用受这份罪了。当然，她也回应了。和一直以来一样。就好像她被编写好了程序，时刻准备回应他，面对他的痛苦，会不假思索地感同身受。

离开自己安逸的家时就已经下雨了，而且她也知道四个街区之内别想找到停车的地方。她明明可以改天再去。天气预报说明天很冷，但晴朗得多。可是她昨晚做了饺子，再怎么说也要赶紧把她和理查德之间的问题给解决了，整理好心情，表达一下赎罪的意思，搞定。及时行乐。即便被诅咒。

她把注意力都放在了门牌号以及住宅楼上，所以急匆匆跑过去的时候差点没注意到门前草坪上竖着个“待售”的牌子，非常不起眼。她气喘吁吁地站在台阶顶端，肩膀都快贴住耳朵了。她按下门铃，等待着。她的手很潮湿，血液循环不畅，冷到极点，痛到想要扔掉手里的礼物，在外套口袋里寻求温暖。没有问候，也没有问来者何人，她就莫名其妙地进了屋。

等她来到理查德住的单元时，发现门是半开的。她一边敲门，一边把门又推开了一点点，好让里面的人听到："你好？"

"进来吧！"一个男人的声音，并不是理查德，是从屋里的什么地方传出来的，"我们一分钟就好。"

卡莉娜进去了，在门边脱掉鞋子，回到厨房，那里是犯罪现场。灯亮着，房间里充满咖啡香气。岛式厨房和料理台都擦得很干净，上面空空如也，不过有三只倒得满满的玻璃杯，看上去像是香草奶昔，每个杯子里都立着一根长长的吸管。没有任何声音，也没有人在的迹象。她把酒和饺子放在料理台上，解开头巾，随手搭在了一把高脚椅上。她等着，不知道是该坐下还是该站着，因此越来越焦虑不安。或许她应该找张纸和笔，写个便条，然后离开。

她的注意力游离到起居室，猛然顿住了，呆若木鸡。一个轮椅，这和她以前见过的轮椅完全不一样。倾斜的靠枕和坐垫就像牙医的治疗椅。用皮带捆住的两个脚凳让她想起了妇科检查台上的脚蹬。轮椅有六个轮子、减震器和一个操纵杆，附在其中一边的扶手上。这不是给断了腿的人用的轮椅。它看上去既未来又野蛮。冰冷的雨水沿着发际线流了下来，顺着脖子滑落下去。她打了个寒战。

轮椅就摆在理查德的钢琴旁边。她又看了一眼，钢琴也变得和轮椅一样陌生而可怕。这种寒意是内在的，比沿着她的脊椎滑落下来的水滴更为冰冷刺骨。琴键是合上的。乐谱架空荡荡。琴凳推了进去。她朝理查德的斯坦威走去，就好像是非法入侵了某片神圣领域，心中仍旧不相信眼前这突兀的情形。她犹豫不决，鼓足勇气，用食指滑过琴盖，扫下了厚厚一层细腻的灰尘，缓缓露出了一道光洁的轨迹，那才是钢琴本身的黑漆。

“嗨。”

她转过身，心怦怦直跳，仿佛是在犯罪时被抓个正着的罪犯。理查德站在一个光头男人身后，那人戴着一副黑色框架眼镜。

“我是比尔。”他露出一个充满活力的灿烂笑容，同时把手伸向她，“理查德的家庭健康助理。”

“卡莉娜。”她同他握了握手。

“好吧，那什么，就是这样了。我得走了。”比尔说道，“梅拉尼会来这里吃午饭，罗波和凯文来吃晚餐，并且睡一晚。你得在厨房里握手三次。你还好吗？”

理查德点点头。比尔在理查德的手机上检查了什么东西，手机是挂在理查德胸前的，绑了一根宽宽的带子，绕在脖子上，像是参加会议的工作证。

“好了，我的朋友。需要的时候就给我们打电话。明早见。”

比尔离开的时候理查德一直盯着卡莉娜，一句话也没有说。

他的头发湿漉漉的，梳理过，有一部分过分严谨整洁地梳到了一边。他看上去就像学校拍照日那天的小男孩，胡子刮得干干净净，面色憔悴。黑毛衣和牛仔裤挂在身上，又长又宽松，仿佛是属于某个大哥哥的衣物，或者是跟比尔借的。轮椅、被抛弃的钢琴、理查德瘦削的样子和持久的沉默都让卡莉娜心烦意乱，她忘了自己为何而来，并且开始怀疑他还能不能说话。

他注意到她放在料理台上的伴手礼。

“波兰饺子。”她说，“我知道酒肯定达不到你的标准，不过心意更重要。”

“谢谢。”

他走进厨房，她就是在这时才注意到，他的手臂没有摆动。它们从他的肩膀上垂下来，静止不动，没有生命力。两只手看起来都不对劲，完全不像人手。右手的手指伸得笔直，一动不动，完全摊开。而另一只手则固定成一种蜷曲的姿态，非常诡异。他来到了其中一杯奶昔前面，低下头靠近吸管，小口小口吸了起来。

他的双臂已然完全瘫痪。他就那么看着她接收这个信息。她笑了，试图掩盖自己的真实反应，双排扣大衣难受地裹在她的脖子上。

“要坐一下吗？”他回到客厅来，“我可不推荐那一把。”他朝轮椅点了点头。

他声音当中的旋律消失了，每一个发音都是同样的音符，音量很低，语速缓慢，仿佛每一个单调的单词都是从黏稠的蜂蜜里疏浚出来的。

“你还能走。”她说道，有些迷惑。

“啊。那是我的未来。你得在用得着之前就预定轮椅，不然我猜就得在你死后六个月才能拿到它了。我告诉比尔他们最好也把我的棺材给预定了。”

他哈哈大笑起来，但是他随口说笑的语气很快就变成了别的，那是一阵失控的窒息性哮喘，听起来恶心而凶险，将他的喉头越攥越紧，仿佛要杀了他似的。她坐在他面前几英尺的地方，看着他，是个安静的旁观者，屏住呼吸，奇怪地僵住了，不知道该怎么办。他最后的喘息喷出了一堆唾液，全都落在了胸前的手机屏幕上。唾液顺着屏幕缓缓往下流淌时，她假装没有注意到。

她看向别处，回过头去，目光落在钢琴和轮椅上。理查德的过去和未来。她想起了所有那些他用来学习、练习、背诵和完善技巧的时间，一天至少九到十个小时。她的目光又回到理查德脸上，回到他无用的双手上。他现在到底整天都做些什么？

“一旦你需要那个，你要怎么离开公寓呢？”他住在一栋有一百五十年历史的褐色砂石公寓的三楼。没有电梯。没有斜坡。

“我不出去。”

他会被困在自己的公寓里，锁在自己的身体里，一个俄罗斯套娃。她忽然想起了门前的待售标牌。

“所以你要搬家了吗？”

“试一下。只有把这里卖掉我才能负担一个新地方。甚至得租。让我自己活着已经是一个昂贵的课题。或许不值得投资。所以也别期待更多赡养费支付了。”

“不。当然不。”

她沉默了。支票账户余额，她微薄的钢琴课收入，每月的账单。她开始做数学题，大部分是减法，方程式吓到了她，而且无法当下就在她的脑海中完全解出来。

“格蕾丝怎么样？”

“理查德，她还不知道。她对此一无所知。我并没有意识到你会改变这么多、这么快。你得告诉她发生了什么。”

“我明白。我一直打算告诉她。有很多次。只是每一次我都把电话放下了。还有我的声音，听起来像个机器人。我不想打电话去吓她。”

“给她写封邮件吧。”卡莉娜的肠胃一阵翻搅，目光涣散，略微尴尬。他的手。他不能打字。

“我有语音识别软件，还有脚指头。我还可以发邮件。但是她不回我关于学校和天气的邮件。要是我写信告诉她这件事而她没有回复的话，我受不了。”

考虑到格蕾丝知道以及不知道的事情，她有所偏袒也不足为奇。为了忠诚于自己的妈妈，格蕾丝已经有一年多没有和自己的爸爸说过话了。卡莉娜对此无能为力，却也很享受这种忠诚带来的胜利感，所以也就没有试图鼓励女儿结束这场冷战。卡莉娜低下头去看地板，看自己潮湿的袜子。

“我不希望她在学校的时候把这颗炸弹丢给她。我觉得可以等到 ——”

“等到棺材到这儿的时候？”卡莉娜问道，她把自己的羞愧转变成了责怪，这是她长久以来最精通的炼金术。

“等到她回来过感恩节，我亲自告诉她。我知道这很愚蠢，但是我想，我可能是觉得只要不告诉别人我得了 ALS，或许我就没有真的得这个病。”

四个月前，她看着他，无法确定他是否得了 ALS。但是现在，毫无疑问。他为什么会陷入如此疯狂的否认？她想象着格蕾丝注意到新闻，第一次瞧见她父亲这副样子，威胁着每一个人的幸福，卡莉娜的心就止不住发紧。

“她不打算回家过感恩节，她有了个男朋友 —— 马特。他的父母就住在芝加哥。长假她会待在那里。我们到圣诞节才能看见她。”

只不过是一个月之后。只不过几周时间。理查德的目光越过卡莉娜，落在了她身后的轮椅上。他忽然泪如泉涌，不停地眨眼，努力不让眼泪掉下来。

“你能替我告诉她吗？”

她考虑着他的请求，而他呢，坐在她对面，那么脆弱，像毫无还手之力的小鸟失去了翅膀。他已经失去了双臂。他正在失去声音。他将会失去双腿。失去生命。她应当同情他，这只无法飞翔的鸟儿，这只正在死去的鸟儿。但是她没有。他并不是一只鸟。

他是理查德。她感觉到自己姿态僵硬，是一种熟悉的麻木。

“不行。”

她的回答很残忍，但是她找不到别的回答，两个人之间厚重的沉默正使劲挤压她层层包裹起来的心，央求她再考虑考虑。她双臂交叉抱在胸前，下定决心。站起来时，她感觉到他的目光在自己身上。

“我得走了。”

“好吧。不过走之前能不能帮我一下？”

她看向他，却又避免同他目光对视。

“你能帮我抓一下头顶吗？行吗？”

她深吸一口气，跨越了两个人之间不可能的距离，和他挨着坐在沙发上，帮他抓头。

“哦，我的老天，谢谢你。再用力一点。都抓一下，拜托了。”

她用了两只手。她的指甲并没有修剪整齐，但是它们坚硬而强壮，挠遍他的整个脑袋，把他梳理整齐的校园男孩儿发型抓得一团糟。在抓了好一通之后，她停了下来，观察他的反应。他闭上了眼睛，一种深深满足又默默无言的笑容在他的脸上弥漫开来。她上一次触碰他，给他带来开心的感觉，已经是很久之前了。没有她的准许，一段甜蜜的记忆按摩着她心脏尚未僵硬的部分。

“我得走了。你还好吗？”她站了起来。

理查德睁开眼。它们光彩熠熠。他眨了眨眼，几滴眼泪流了出来，顺着他的脸颊滑落下来。他没有办法自己擦掉。

“我没问题。”

她有点怀疑，但还是穿上了湿漉漉的鞋子，没再说一个字就离开了。下楼的时候她想起了许多离开理查德时的情景——在不计其数的争吵当中转身走开；饭吃到一半就猛然冲出去，把他一个人晾在餐厅，让他一个人打车回家；上一次她在这里，摔碎他的酒瓶之后就冲出了公寓；法官宣布他们的婚姻彻底结束的那天，她走出法院大楼，离婚是无过错的，离婚是绝对的。走出公寓大门时，她固定了一下头巾，胡乱把手插进温暖安全的外套口袋里，她还记得走下法院台阶的样子，生怕自己才是永久破碎的那一个，也怕明白这次失败有着许许多多的过错，并且敢于承认她自己值得怪罪的地方或许和他一样多。

第十章

理查德闭上眼睛抵抗已经变得轻柔的日光，虽然明知不可能，还是希望能再度睡着。以往他都能一觉睡到天亮，完全无视身边的妻子或者其他人的存在，对汽车警报、警笛和手机铃声充耳不闻。每天晚上他都能睡足六到七个小时。每天早上他都会从睡梦中平静地醒来，除了关掉床头灯的印象外，回忆不起任何梦境与思绪。他扭过头去看时间。他在床上躺了十一个小时，而且浑身乏力。他再也不能好好睡觉了。

伴着两条瘫痪的手臂，一整夜他基本都是面朝上躺着的。他可以通过摇晃身体翻到另一边侧躺，但是太过冒险。他上一次这么做是在几周以前。右手臂在他的身体下方被压成一个痛苦的角度，一动不动，阻断了血液循环，为了让它恢复正常，他熬过了一段地狱般的时间。

他同样不能冒险趴着睡。因为腹部的肌肉已经绵软无力，无论是趴着还是仰着，他都没办法吸入足够的空气。于是他靠在枕头上，让身体直起来睡，这样重力可以帮助他呼吸。当三只枕头和重力也没办法时，解决方案绝不是四个枕头。

理查德的胸腔科医师说他很快就会需要呼吸机，差不多就在下个月，所以已经给他预定了。他要戴上覆盖鼻子和嘴巴的面罩，增压过的空气会整夜进进出出他的肺部。胸腔科医师说这不是什么大事。呼吸机是非侵袭性的。伴有睡眠窒息的慢性打呼噜患者一直都用一种差不多的机器。但是对理查德而言，呼吸机绝对是大事。他所需要的一切都是侵袭性的。

对每一种新的药物、自适应装置、专家以及设备的介绍都伴随着相应功能和独立性的丢失。治疗流口水和抑郁症的新药、新的语音转文本手机应用，为了防止右脚下垂他要穿上踝足矫形器，很快他就会需要喂食管，电动轮椅就在客厅里等着他，呼吸机已经预定上了。这每一项都是他在合同书的虚线上签下的名字，同意进入 ALS 的下一阶段。他正陷在厚厚的流沙之中，每一项援助的提供都是往他头顶上糊上一大块水泥，让他一往无前陷得更深。

尽管谈论这些让理查德无法忍受，他却早已在队列之中敏锐地注意到了最后那块水泥板。等到他的横膈膜和腹肌完全放弃工作，他便无法依靠自身制造出任何呼吸压力。他的多学科医疗团队要提供的最后项目就是通过气切插管进行机械通气，能够维持他百分之二十四到百分之二十七的生命。这取决于他眨眼的速度，如果他还想继续活着，他们会要求他眨一下眼。

现在是 7:10，9 点前比尔是不会来的。理查德有将近两小时时间需要打发。不久之前，和他的斯坦威一起独自度过一整天也不是什么非同寻常的事情，他可以精进舒伯特、德彪西或者李斯特的奏鸣曲和协奏曲。他会从早晨开始，阳光从飘窗肆意而入，宛如照亮私人舞台的聚光灯，几分钟后，他会猛然仰起头，去看深色玻璃窗上自己的影像。一整天，就在这里，就这样断裂了。

和钢琴在一起时他从不觉得孤独。没有了钢琴，两个小时就变成了七千二百秒。一种令人焦虑的永恒。

他在抗争的欲望、睡觉的痛苦与翻身的折磨之中挣扎着，最后花了好几分钟却哪一样都没做。他转过头去，把鼻子压进枕套，吸入刚刚洗过的枕巾的味道。他在枕头里呼吸稳定，这种感觉相当神圣，如同走进面包房立刻被香喷喷的气味包围，但此刻的感觉更特别，更个人。他想不起妈妈用的洗涤剂和纺织物柔软剂的牌子，但是特雷弗，曾经负责理查德工作安排的他现在负责安排理查德的账单、服务、杂货店以及家政服务供应，肯定是买到了理查德妈妈用的那种。他尽可能地深呼吸，正如炉子上嫩煎洋葱的味道会让他回到祖母的厨房一样，此刻的他被送回了小时候的卧室。

他那时还是里基[1]，七岁，星期天的早上在自己的单人床上醒来。在上波斯特马太太的钢琴课之前，早餐他能吃培根和浸满枫糖浆的松饼。他会弹肖邦和巴赫。他的脚还踩不到踏板。波斯特马太太很喜欢教他。有时候上完课，她会给他一包救生圈糖，作为对好学生的奖励。他最喜欢五味糖，樱桃则是他最喜欢的味道。一种安全而无辜的感觉如同美味的奶油浓汤一样从他身上冲刷而过，但是没有停顿就径自流过去了。他是理查德，回到了他成年人的身体里，躺在他成年人的床上，他想要为那个小男孩哭泣，

[1] 理查德的昵称。

为他长大成人后注定要面对的东西，为他将要失去的一切。

十一个小时的时间都固定在臀部和脊椎上，苦痛感在激增，抵消了一切想要睡觉的渴望，所以他摇摇晃晃地把自己挪下了床。走出漆黑的卧室，他拉不开窗帘，推不上去遮光罩。他用嘴巴轻轻按下浴室的照明开关。

他赤条条地跨站在马桶边，清空自己的膀胱，屁股用力去瞄准。一开始他尿得很精准，像往常一样，但很快就迷路了。在尿完之前，他把小便喷到了盖子后面，坐垫上也溅得到处都是，还有一些流到了地上。妈妈的声音从脑海中冒了出来。在有一个丈夫和三个儿子的家庭里，她总是因为厕所里极其污秽的情形责骂他们当中的某个人。他承认了自己犯的错，却无力将任何污迹清除。*淘气的小家伙。*

他低头去看自己肿胀的肚子。他并不胖。虽然有固定的奶昔摄入，但体重还是不达标，令人忧心。他的腹肌已经开始失去力量，有和没有差不多。他斜着站在浴室镜子前，检查自己的外形。他有了幼童一样鼓鼓囊囊的小肚子，也就是老男人的啤酒肚。

他已经便秘五天了。精神科医生最近给他用了格隆溴铵，是一种能减少嘴巴和喉咙中唾液分泌的抗胆碱能剂，所以他流口水少了，囤积在口腔深处的唾液也变少了。在进行这项药物治疗前，他有过好几次长时间的咳嗽发作，在场的比尔、其他助手或者治疗专家都觉得他会当场淹死在自己口水的泥潭里。谢天谢地，药物起作用了，但这却是有代价的。口水少了，肚子里全是屎。

他全方位缺乏运动，几乎全是流质缺乏纤维的饮食也同样会引发便秘，但这个情况刚刚出现，所以他怪到了神经科医生头上。他也在服用利鲁唑，是针对 ALS 的唯一 FDA[1] 批准药物，据说可以延长百分之十的生存时间。理查德算了一下。这种病的平均持续时间在二十七到四十三个月，所以服用利鲁唑可以让他多获得三个月的生命。一个季度奖金。经过已然非常乐观的计算，他是看不到自己的五十岁生日了。

也不一定啊，人们说。*看看霍金*，他们说。当然了，这种病会冻结他所拥有的每一块肌肉，除了肠道蠕动和心跳。但是他可以靠着人工呼吸设备再多活三十年！这是人们希望他接受的一个愿景，这鼓舞人心的说法是为了点燃他坚持活下去的渴望。尽管理查德还没有走到是否决定气切的最后一步。要是他今天就得做出选择，比起机械通气，他宁愿选择死亡。斯蒂芬·霍金是个理论物理学家，他是个天才，他可以活在自己脑海中的世界里。理查德却不行。他垂下头去看悬吊的双手。他的世界、他的魅力、他活着的理由，就是钢琴。如果他是个头脑发达的理论物理学家，得了 ALS 后或许会希望再多活三十年。然而作为一个得了 ALS 的钢琴家，他是不会再买新日历了。

他有些饿了，便习惯性走进厨房。他面朝冰箱，试着用目光

[1] FDA，美国食品和药物管理局，隶属于美国卫生教育福利部，负责全国药品、食品、生物制品、化妆品、兽药、医疗器械以及诊断用品等的管理。

穿透冰箱门，就好像他有 X 光视力一样，想象着放在其中却不能吃的食物，只有比尔、梅拉尼或者凯文进门后才能帮他把食物准备好。他的肚子咕咕叫起来。离早饭还有两小时。出于某些原因，他构想出冰箱里有一瓶香醋沙拉酱，并且开始思考它的保质期限，不知道它会不会比自己活得长久。他又想象出了特雷弗的样子，在理查德死后被指派去处理他的遗产，给自己选了一瓶沙拉酱，把香醋倒进了一碗混合蔬菜里。

理查德离开了冰箱，站在书架前，目光扫过一本本书籍。他没法将任何一本从书架上抽出来翻阅。多次巡演和演奏会的影集就堆在书架上，压在一些书下面，收进影集的照片里有他无法目睹的自己在喜欢的场地演奏——悉尼歌剧院、多伦多汤普逊音乐厅、奥斯陆歌剧院、梅尔金音乐厅、卡耐基音乐厅、坦格尔伍德，当然还有波士顿交响音乐厅。影集的封面上覆满了灰尘。他擦拭不了。几百场演出的音乐单在书架底部排成一列。再也不会有另一张音乐单加进去了，也不会再有另一张照片塞进落满灰尘的影集，压在下一页透明的塑料皮下。这种想法并不是新的失去，而是他一直都没能习惯。他再也不能演奏了。他胸口发紧，心肺打不起精神，仿佛灌满了潮湿的沙子。即便是吃了格隆溴铵，他的眼睛和喉咙深处还是蓄满了泪水。他咳嗽了好几下，从书架旁边踱开了。

他继续在自己的公寓里转悠，像自己家里的游客，也像是博物馆的参观者，只能看不能碰。他漫游到书桌边，端详起两张放在相框里的照片，都是格蕾丝的。没有头发的小婴儿格蕾丝，只长了一颗下牙。另一张是戴帽子穿礼服的格蕾丝，栗子色的长发放了下来，这是他印象中格蕾丝为数不多没有扎马尾的时刻。他好奇她现在是散下来还是扎起来呢。他想象着两张照片之间广阔的空间。他是那么怀念她的童年。他的心因悔恨而痛苦，希望时光能够倒转。他想到了那些可能永远也看不见的时刻——她的大学毕业、她的婚礼、她的孩子们。他坐在写字椅上，俯身想要看得更清楚一些，想在她偏向一边的头上看到些什么，想看到她眼中反射的光，在他力所能及的时候吸收一些关于她的东西，是全新的也是永恒的。松垂肚腩里的饥饿感又加重了，他想要的远不止早餐。

书桌上孤零零的相框让他心痛。应该有更多才对。在他和卡莉娜刚刚结婚的时候，他梦想着激动人心的传统家庭——三四个孩子，在城郊有个大房子，在新英格兰学院有着时间固定的教师工作，卡莉娜在什么地方教钢琴或者弹钢琴。他尤其想要一个儿子，一个弹钢琴或者拉小提琴或者什么乐器都好的男孩儿，一个理查德可以鼓舞、指导并为之庆祝的年轻人。在他年轻的时候，他向自己保证，一定要成为一个比自己的爸爸对孩子更好的爸爸。

他研究着照片中格蕾丝的面庞，心里膨胀着悔恨、愤怒、怨怪和羞愧。他并没有过上原本期待的生活，也没有可能再来一遍。或许他根本就没比自己的爸爸强到哪儿去。他眨眨眼把眼泪憋了回去，紧咬牙关，一遍又一遍不停咽着吐沫，把这些古老的记忆和新鲜的情感都吞下肚去，融入自己的骨血。

理查德的爸爸是高中橄榄球队的四分卫队长，是1958年分区赛冠军，和啦啦队里最漂亮的队长结了婚，是他三个儿子的青少年联赛教练。沃尔特·埃文斯对他笨手笨脚、热爱古典钢琴的儿子很不高兴，没有丝毫的骄傲，现在依然如此。真正的男人热爱的是汤姆·布雷迪[1]，而不是沃尔夫冈·莫扎特。尽管理查德已经很多年没回过家，他也敢打赌，直到今天他两个哥哥的橄榄球奖杯依然闪闪发光地耸立在起居室的壁炉台上，得意扬扬地展示给所有人。他爸爸呢，肯定还在吹嘘米基的单手达阵得分，在感恩节比赛上打败了汉诺威高中。理查德那多如牛毛的钢琴比赛奖品全都存放在他的卧室里，藏起来，不见天日。如果他们还没有丢掉或者捐给YMCA[2]，那么这些东西现在很可能在阁楼上不起眼的纸箱子里。

越是长大，理查德越觉得爸爸对自己的冷漠是一种鄙夷、厌恶、侮辱。他不太确定格蕾丝对自己的感觉能好多少。她有两个训练有素的钢琴家父母，但无论他和卡莉娜如何推销钢琴，格蕾丝都毫无兴趣。她热爱运动——足球和排球。哦，真是讽刺。这是人生当中第一次，理查德体会到了父亲对自己的失望。但是他

[1] 汤姆·布雷迪，美式橄榄球四分卫，2005年被《体育画报》评为年度最佳运动员，2006年被《福布斯杂志》评为100位名人之一。

[2] YMCA是基督教青年会的简称，是一个普世基督化青年运动，提倡满足个人生活兴趣的需要，提倡有意义的康乐、文化、教育活动以及服务精神。

发誓不会重蹈父亲的覆辙，他也不会像那样拒绝自己的女儿。她想要喜欢什么都可以，即便她的热爱里没有弦乐器和键盘，只有网络和球类。

他明白，她对音乐的兴味索然在父女之间制造出了真正的鸿沟。他们简直没有任何共同点——她不是在田赛场上就是在网球场上，而他呢，不是在练习室就是在舞台上。既要排练又要演出，时间要求让他很少回家，而他在家时，和她接触又有障碍。他一直都深爱着她，但他们却从不亲近。

然后他就和卡莉娜分开了。卡莉娜大力游说，获得了格蕾丝的忠诚，揭露了理查德的诸多罪恶。他痛恨卡莉娜所做的这一切，指控她偷走了自己唯一女儿的爱，并以揭露他所看到的另一面作为威胁。可实际上，卡莉娜并不需要通过恶意营销来赢得格蕾丝的爱与忠诚。卡莉娜已经拥有了。指出卡莉娜那一边腐烂的垃圾堆对于清理自己的这摊烂泥毫无用处。

藏在格蕾丝高中毕业照后面的是理查德和卡莉娜结婚当天的照片。搬出来的时候，他几乎毫不犹豫就带上了这张照片，然后在需要相框放格蕾丝的毕业照时差点把这张照片扔进垃圾桶。照片里，他和卡莉娜手拉手，面露微笑，年轻，坠入爱河，相信一切都会为他们让路，这是当然了。他在想，距离照片中所向往的那种生活，他们究竟走偏了多少，想到她从自己这里究竟偷走了什么，想到再也不可能拥有第二次快乐的机会了，他浑身就燃起一阵狂怒，怒火在他黑漆漆、空荡荡的肚子里盘旋。如果他能用手的话，一定会把那张结婚照给拿出来，撕个粉碎。

他需要做点什么，一些可以让他从内心的无限悲哀与愤怒中移开注意力的事，从而远离脑袋里如秃鹫般盘桓不去的苦涩念头。在比尔把头部鼠标给他安上之前，理查德都无法使用电脑，那是一个贴在鼻尖上的反射点。好吧，他可以变得很复古，用牙齿咬着笔啄键盘，用粗大的脚趾敲键盘，就像他还没有头部鼠标时一样，但是他实在不喜欢那么做。他考虑要不要看电视。遥控器安在了硬木地板上，这样他就能用大大的脚趾按下开机键。只要电视打开，接入网络，他就可以用脚指头按下“音控”按钮，说：“五频道。”他可以看 CNN、PBS 或者电影，但是都太被动了。他想要奔跑、尖叫、哭喊，猛打什么东西，砸碎什么东西，弄死什么东西。结果呢，他只能坐在沙发上，毫无力气，为呼吸而操劳，茫然地盯着电视机的黑色玻璃屏幕上反照出的自己悲惨的模样。他试着去想象，要是没有遇见卡莉娜，如果自己还有四十年好活，如果他无须在失去双手的情况下独自在这里干坐两小时，如果他没有得 ALS，那人生会是什么样。在他凝视与等待的时候，呼吸终于平稳下来。他失神了很长时间。

在他睡着的时候，电视里是他自己正在弹奏德彪西的序曲。

第十一章

钥匙开门的声音把理查德唤醒了。他当即看了一下自己的左手腕，一个根深蒂固又毫无必要的习惯。自从右手指失去力气和灵巧度，没办法扣上表带，他已经有六个月没戴过手表了。门打开时，他在分线盒上看到时间，刚好 9:00。一贯准时。

“早上好！”

比尔走进了理查德的公寓，吹起了一首理查德没听过的欢快的曲子，叮叮当当像手鼓上的金属圆环。厨房和客厅里的灯啪嗒一声亮起，理查德眯起眼来抵御这种感官攻击。比尔放了些东西在冰箱里，把一个环保购物袋放在料理台上，摘下帽子，将外套挂在一把吧台椅上。他一刻不停，精力充沛，同他闯进的惯性沉默形成了鲜明对比。他从理查德身边走过，打开了遮光罩。

“让这里见点光！”他用特别夸张的舞台腔说道——每天早上都是这样，“你和医生一起怎么样？”

“没怎么样。”

比尔笑了笑，径直去了厨房。理查德想不出这个回答怎么就能让他发笑，即便是考虑到比尔非同寻常的幽默感，他也还是想不明白。理查德估计他肯定是误解了什么，所以在比尔从购物袋里拿出一个小小的白瓶子时，理查德打算纠正他。

“这个会治愈你的。”

理查德知道，带有通便功能的早餐并不是晨间菜单上的第一道菜，他站起来，等着自己的利鲁唑。比尔把药片放进理查德嘴巴里，又把一杯水温柔地递到他唇边，在理查德吞咽的时候认真观察他的眼睛，看看有没有危险迹象。理查德习以为常地吞下药片，然后跟着比尔去了主浴室。

在比尔面前赤身裸体并不会让他觉得难为情。他们在一起的第一周之后，理查德所有的体面都碎成了粉末。比尔什么都看过。他照顾过的 HIV 携带者在 1989 年时被诊断为完全型艾滋病，出血性肉瘤和急性肺炎在 1991 年要了他的命。这段经历促使他的职业生涯转变，他从一个专攻异国私人岛屿短途旅行的旅游经理变成了家庭健康助手，专攻普通客厅里的外来疾病。从名义上来说，他是理查德的官方晨间家庭健康助手，但理查德渐渐觉得他既是兄弟，又是医生，也是家长，还是朋友。理查德每天都希望自己没得 ALS，可这样一来，他就永远不会同比尔有交集。既然理查德确实得了 ALS，每天早上他都要为这个陌生而美好的男人感谢上帝。上帝保佑比尔。

比尔打开淋浴器，卷起袖子，用手试了好几次温度才觉得满意。

“好了。来吧。”

理查德走上前去，迈过不足两英尺高的浴缸壁，这是他仔细测量过的高度，他也确实很担心这个高度。光是越过这些障碍就已经需要付出足够的专注和注意力。未来几个月，总有一刻，他的腿不再有力量将脚抬过浴缸壁。或许那时候，他会身在一个有淋浴间的新公寓，在他仍能走路的时候可以拖着脚进去，淋浴间足够宽敞，能够容纳一把洗澡椅，洗澡椅可以推进这个小隔间，而到那时走路已经成为一种记忆。如果没有那种淋浴间的话，比尔就得用海绵帮他洗澡。有那么多精彩的变化可以拭目以待。

理查德背对喷头站着，为喷洒在身上的水温、水压和触感心怀感激，这一刻他仍然享受待在一副肉身里的感觉，这样的时刻在一天当中屈指可数。他尿了。在这里不用清理。敞开的浴帘外，比尔正用包裹在橡胶手套里的掌心揉搓洗发水。

“让我们来洗一洗你美妙的头发。”

比尔是光头，毫不掩饰对理查德波浪般黑色浓密卷发的嫉妒。而理查德也毫不掩饰地嫉妒着比尔健康的运动神经和紧实的肌肉。理查德比比尔略高一点，他弯下腰来，送上自己的头顶，仿佛要被封爵一般。比尔把洗发水打在理查德的头发上，理查德闭上眼睛微笑，深深沉浸在最近发现的肉体放纵中。抓头对理查德来说是非常愉快的体验，接近于极乐世界，几乎和口交一样令感官愉悦。如果比尔是个颇具魅力的女人，理查德确信，在热情洋溢的抓头过后他肯定会高潮。昨天洗完澡后，他就一直被瘙痒折磨，如今，所有这些未解决的瘙痒都变成了极度的满足。比尔的指甲梳理着他的颅底处，同时摸索他的头顶，在他的太阳穴上方打着圈儿挠。

抓头停下了，理查德偷偷睁开眼，水从敞开的浴帘飞溅出去，肥皂泡沿着比尔的小臂一直流。比尔调整了一下浴帘，又继续给他挠头。他按摩理查德头皮的技术很是高超，不仅仅是把头发洗干净。再一次，上帝保佑比尔。

比尔抓好了，理查德冲洗干净。比尔把沐浴露挤在海绵上，理查德从淋浴里挪出来由他擦洗，先是前面，再是后背。用布满肥皂泡沫的海绵擦拭过理查德的每一寸身体，比尔哼唱起《飞燕金枪》[1] 里的“人们说恋爱非常美妙”。

口哨和哼唱让理查德发疯。比尔是个百老汇迷，还是个卡拉OK 狂热爱好者。每天早上他都能唱出任何时代百老汇歌曲里的旋律，从《乞丐与荡妇》到《俄克拉荷马！》到《狮子王》再到《汉密尔顿》。理查德则骄傲地坐在音乐频谱的另一端。他热爱古典钢琴，光是音符就能引发强烈的情绪，每一首沉默的曲子都能转化为一段极具个人风格的演绎之旅。听舒曼就好像是看毕加索，仿佛是在呼吸上帝。聆听比尔哼唱百老汇的小调是插进了醋里的叉子，直接戳穿他的眼睛。

不过，理查德从来没跟比尔分享过自己对百老汇的厌恶。他觉得冒险去冒犯一个给自己洗阴茎的男人恐怕不太明智。所以他默默地忍受每一段令人发疯的旋律。他想着要让比尔从自己的iTunes 列表里播放音乐。他们可以在洗澡、穿衣服的时候享受巴赫的《哥德堡变奏曲》、舒曼的幻想曲和肖邦的序曲。这些音乐

---

[1] 《飞燕金枪》是一部美国西部电影，描写英俊的神枪手和猎人的女儿安尼的爱情故事，剧中的歌曲“没有任何事业比演出重要”“人们说恋爱非常美妙”是观众非常喜欢的唱段。

都没有歌词，可以让比尔闭嘴。但是理查德自己又受不了。聆听这些伟大作曲家的杰作让他受不了，这些音乐会在他脑海中反复弹奏，却再也不能经由他的双手演绎出来。倾听这些他热爱却再也不能弹奏的音乐，这种不能承受之痛远远胜过听比尔唱“人们说恋爱非常美妙”。所以理查德容忍了比尔的歌唱。从无数方面来说，和 ALS 共存是对禅宗艺术的一种练习。

比尔关上了水，用毛巾把理查德擦干。两个男人来到洗脸池边。比尔把剃须膏抹在理查德脸上，手指在他的脸颊、下巴、脖子和上嘴唇上打圈。比尔手里一拿剃刀就停止了歌唱。理查德看着比尔的棕色眼睛完全投入到理查德脸上的每个角落。比尔的鼻息很粗重，有声响，仿佛有自己的万有引力，理查德发现自己也同步呼吸起来。比尔给他刮完脸后便用一条湿热的毛巾给他把脸擦干净。

“你看起来很累。”理查德说。

“昨天晚上去同志酒吧了，我熬得有点晚。”

“和什么特别的人共度良宵了？”

比尔犹豫了一下：“没有。”

“那是有什么不特别的人吗？”

“等瑞恩·高林斯知道我才是他命中注定的那个人时，我会让你知道的。”比尔把一些啫喱膏涂在理查德的头发上，梳理了一下，“你这个幸运的小杂种。看看这头发。”

“没错，我是这个房间里幸运的那一个。”

理查德听到自己音调单一的声音，仍旧觉得陌生，每个单词末尾的音节都汇入了下一个单词的开头音节，每个单词都是反复弹奏了一遍又一遍的音符。D—D—D—D—D—D。每个句子都是同一首歌。这是 ALS 颂歌、摇篮曲、头号流行乐。

“你是不会从我这里得到更多同情的，英俊的先生。张嘴。”

比尔用电动牙刷给理查德刷牙，刷完以后用冰冷湿润的毛巾擦掉他嘴唇上的泡沫。他们晨间浴室典礼的最后一步就是手臂按摩。比尔从理查德的右臂开始按。他把保湿面霜抹到理查德的肩膀、肱二头肌、胳膊肘、小臂和手上，比尔强有力的手臂沿着他的皮肤滑动，用力按进毫无知觉的肌肉。因为抹了面霜，被这样按摩感觉恍如天堂。

他的右臂和右手松弛而顺从地接受比尔所做的一切。比尔摆动拉伸理查德的每一根手指。他抓住理查德的双臂，一只手抓住胳膊肘，另一只手抓住手腕，小心翼翼地以肩膀为轴点转动胳膊，先向前转再向后转，活动僵硬的关节。比尔把理查德的手臂举过头顶，手指沿着他的皮肤慢慢向下，从手腕按压到腋窝，试图排除折磨理查德双手的水肿。理查德疲软的手指看上去活像紧绷的香肠，这都要归功于从他静脉里渗透出的液体，这些组织液全都沉积在了手上。理查德以一种超然的态度看待这个锻炼项目，仿佛他的手指和胳膊都是属于别人的，然而他又能生动地感觉到比尔的每一个细微动作。每一次触摸都在提醒他，他的双臂还没有同身体完全断开联系。尽管传输通路永久性故障，他的双臂依然是和神经系统连在一起的，疼痛、压力、温度和触感的信号传入全都完好无损。这种感觉莫名令人心安。

比尔换到了理查德的左臂。虽然理查德两条手臂都已经瘫痪，但它们的样子和表现却没有一点相似之处。他的右臂是张力减退，是用皮和骨做成的面条，了无生气，他的左臂则是僵硬，手指固定成畸形的蜷曲状。理查德左臂的痉挛非常抗拒比尔的按摩，就像是在死命反抗。比尔得费点力气才能扭动胳膊，捋开每一根僵硬的手指。理查德试着用意志力让举止失当的手指放松。结果对它们根本毫无影响。

完成浴室里的工作后，他们会走到理查德卧室的梳妆台前。比尔知道所有东西的位置。他选择内衣、袜子、牛仔裤和一件灰色的圆领上衣，每一件都得到了理查德的批准。而后比尔就给理查德穿上衣服，就像家长给自己的孩子穿衣服，小女孩儿给心爱的洋娃娃穿戴，就像一个家庭健康助手给一个得了 ALS 的成年人穿衣服。

比尔从衣柜里拿出一双旧的乐福鞋，理查德把脚挪了进去。最后，比尔把拴着理查德手机的带子挂到他脖子上，仿佛那是一块奥运会奖牌，再把蓝牙连接器别在他的上衣领口处，把头部鼠标的探测贴按在他的鼻尖上。就这样。理查德打量着镜子里的自己。和往常一样，比尔干得不错。理查德穿戴完毕，随时准备出门，似乎真有什么地方能去似的，就好像他永远都在期待着去什么别的地方而不是又去医院。除了像食尸鬼一样挂在那里的两条胳膊，凸出的肚腩，极端消瘦的面庞，鼻子上荒谬的贴纸，理查德还是能从镜子里认出自己来的。他好奇是否终有一天他将认不出自己来。

而后他们来到厨房。比尔打开冰箱门——这个无法逾越的保险库，他就那么轻轻松松、寻寻常常地一把拉开，把做冰沙用的食材给拿了出来。理查德最喜欢的配方是花生酱、香蕉、酸奶和全脂牛奶，加上蛋白粉、亚麻籽、西酞普兰和格隆溴铵一起打碎。今日的特供还会加入泻药。美味。

理查德看向起居室窗外。他从比尔的冬衣、帽子还有手套看出外面很冷，但是天气晴朗，非常怡人。他看向自己的书桌、书架、电视还有钢琴，和清晨的时候一模一样，和昨天、前天、一个月以前别无二致。

“等你走的时候我想出去走走。”

比尔打开搅拌机的盖子，严肃地盯了理查德好一会儿。自从理查德左手瘫痪后，他还没有在无人陪伴的情况下一个人出去过。

“我觉得你还是等梅拉尼来比较好。”

梅拉尼会在下午 1:30 的时候来，那时比尔已经离开三个小时。需要比尔的许可才能离开自己家，这让理查德很不高兴，但也别无他法。如果比尔离开的时候把门关上，理查德就会被困在公寓里，这是他的活死人墓。

“我没事的。只要把门给我留着就行。”

“那前门呢？”

“我有邻居的电话。有人能让我进门。”

“谁家？”

“贝弗利·哈夫曼家就在附近。”

比尔走到理查德身边，将嘴巴凑到理查德胸前静止不动的手机上。“启动声音控制。”比尔说得缓慢而清晰，“给贝弗利·哈夫曼打电话。”

“喂？”

“嗨，贝弗利，我是比尔·斯万，你的邻居理查德·埃文斯的家庭健康助手。”

“哦，你好啊。一切都好吗？”

“是的，这里一切都好。他打算今天早上出门散步。那会儿你人在家吗？能让他进到公寓楼里来吗？”

“哦，是的，我会在家。我可以的。”

“好的，太好了。谢谢你，贝弗利。再见。”

比尔回到了搅拌机跟前，剥起了香蕉皮。“我还是不愿意这样。要是我接下来没有委托人的话，可以跟你一起去。你确定不能等到梅拉尼过来吗？”

“我实在是在这里待够了。我还能走路。我没事的。”

“你得把支架带上。”

“好。”

比尔做了四杯冰沙，没有唱歌，一个明显的信号，说明他对这个计划有点不安。理查德担心交谈会让比尔表达出自己的忧虑，这样反而会说服自己改变想法，所以他保持安静。比尔依次将吸管插进四杯奶昔里，离开了厨房。

理查德走到料理台边，低下头去呷住第一根吸管，安安稳稳地把沙冰吸光。他实在太饿了。有三杯饮料都非常浓稠，配料丰盛，令人心满意足。这样他就不会因为吃牛排而卡住。甚至连一片吐司也不会有。

比尔回来的时候拿来了足部支撑带、冬衣、帽子和连指手套，在理查德面前蹲了下来。

这套流程理查德很熟悉，他毫无方向地抬起右脚。比尔抓住理查德的腿帮他稳定住，而后脱掉他的鞋子，隔着袜子矫正了一下他扭曲的脚踝，再把鞋子给他穿上。比尔接着帮理查德穿上外套，把苹果手机掏出来摆在拉链上面，把蓝牙连接器别在外套领口，帽子戴在头上，最后把毫无生命力的双手戴进连指手套里。

“我把公寓楼的钥匙放在外套右边的口袋里了，万一贝弗利没有接电话，你可以让别人帮你开门，好吗？”

理查德点点头，知道没这个必要：“好的，我的朋友。”

比尔穿上了自己的外套：“你已经穿戴完毕。我还是不大赞成这个点子。你确定不要我在网飞上找点什么让你振作精神吗？”

“不要。我想出去。我知道你必须得走了。让我再喝一杯。”

比尔戴上帽子和手套时，他又喝光了一杯冰沙。

“好吧，就这么办吧。”

比尔打开门，他们没关门就离开了。理查德集中精力、小心翼翼地走下每一级台阶，比尔背朝他走在前头，肯定也在评估他迈出每一步的能力，所以他想向他证明自己独立行走能力毫无问题。他们经过前厅，比尔打开大门，他们便一起走了出去。

天气寒冷刺骨，但是空气清新，微风阵阵，理查德在屋里呼吸了太久不流动的空气，外面的空气要生机勃勃得多。他深吸一口气，随后呼出来。他欣赏匆匆的车流，走在人行道上的路人，公园里有人带着宝宝散步，有一个骑行者，一只狗，还有一只松鼠。他笑了。他再次回到了活生生的世界里来。

比尔拍了拍他的后背："你会没事的。早上见，里卡多。"

"谢谢你，威廉姆。"

独自踏上征程前，他目送比尔步履匆匆走过长街，那是个天使，正赶往下一个浴室、卧室和厨房，去见有 MS[1]、癌症或者老年痴呆症的雇主，帮他们洗头、刷牙、清理生殖器、按摩、穿衣、喂饭，在做这些事的时候唱着音乐剧金曲，对其中的一些人，在他们仍然可以做某些事的时候给他们自由去做。

上帝保佑比尔。

[1] MS 是多发性硬化的缩写。是一种中枢神经系统脱髓鞘疾病，多见于中青年，临床特点是病灶播散广泛，病程中常有缓解复发的神经系统损害症状。

第十二章

离家三个街区，理查德穿过公园大门，已然筋疲力尽。当他只需要简简单单地站稳，从卧室走到厨房时，他觉得支撑自己的双腿相当强壮，能力不减当初，灵活而正常。在家里，他可以说服自己，ALS或许只会影响腰部以上。或许他能退掉那该死的不包括在保险范围内的价值两万七千美元的轮椅。但是在他一千四百平方英尺、一间卧室的公寓里，对他的四头肌、腿筋和小腿肚的需求不会太高。

离比尔跟他分开的前门还有三个街区，他已经耗尽了力气。他的双腿像沙袋一般，骨头里灌满了石块，重得不可思议，他没有力气挪动它们，连站稳都费力。他需要坐下来。过了骑在马上的乔治·华盛顿雕像后有个转角，理查德发现了最近的长椅，并且试着估算得多少步才能走到。他猜得走三十步，并且严重怀疑自己能不能做到。

这一点都不正常。一段三个街区的散步却耗尽了一个四十五岁男人的力气，对于抵达目的地的这三十步的重重顾虑很可能将他击垮，这一点也不正常。不可否认。ALS已经侵入为他的腿部肌肉提供养料的运动神经元，步行三个街区是一种无畏而可怜的挣扎，足以揭露它危险的入侵。他想象自己的身体拼死抵抗这种攻击，这场分子战争在每一处神经肌肉接头与ALS作战，那是一支看不见的军队，数量更多，武器更先进，精密部署，竭尽所能持久抵抗阴险狡诈的敌人。理查德在家的时候，这支军队坚守住了他腿中的阵地，然而，当它要转移一半兵力负责步行前往公园时，抵抗力就下降了，ALS 得寸进尺，敌人们随时准备夺取控制权。他的军队把人员都叫了回来。每个士兵都要待在战壕里。不能再走了！

但他还是勉强往前走着，每一步都是深深的惩罚。他听见比尔、凯西·德薇洛和邻居们的声音在脑海中纷纷责骂他。累成这样的时候继续走路极其危险。他的协调性在下降。他尤其担心的是拖动一只疲惫的脚，让脚趾紧抓凹凸不平的地面，摔倒在地的可能性有多大。没有胳膊和手来阻止自己摔倒，每一次摔倒都有可能造成头部创伤、骨折，把他送进急诊室。

离他的目标还有二十英尺，他已经迅速丧失了能量和信心。腿还是非常沉重，同时又轻如鸿毛，就像用积木垒起来的高塔，摇摇晃晃，每迈一步都好像要在他身下轰然倒塌。血液在周身的血管里飞速流淌，冲刷过心房，乞求他快一点，在倒地之前抵达长椅。他望向四周。他数出了五个离得近的人，如果他呼叫的话肯定能听见，但是他们就算在廷巴克图也是一样的，因为他永远也不会向这些陌生人求助。

他也同样不会求助于新罕布什尔的爸爸和哥哥，也不会求助于远在芝加哥的女儿。他也不能向人在纽约的特雷弗、麻省总医院的医疗团队开口，甚至比尔也不行，他此刻正在别的主顾那里。

他孤身一人在公园里。他孤身一人在家。他孤身一人得了 ALS。顷刻间，他难以遏制地害怕起来。

他仅能勉强呼吸，但扼住他咽喉的并不是 ALS，而是恐惧。每吸一口气似乎都在煽动越来越高涨的恐惧感，仿佛他的血液此刻携带的并不是氧气而是恐惧。恐惧像钳子一样攫摄住他整副身躯，像囚笼一般笼罩他的肺。恐惧比病痛还要强烈，他动弹不得。呼吸着锋利的空气，如果他还想走到长椅的话，必须继续前行。他迈着小步，小口呼吸，眼睛死死盯住长椅，等离得足够近时，他向前俯身，强迫自己的双腿向前迈步。不是长椅就是粉身碎骨。*继续。前进。继续。前进。*

又颤抖着往前迈了两步，他脸先着陆在了长椅上。他右侧的脸颊、肩膀和屁股痛得厉害，等到明天早上就会有瘀青，比尔肯定会要求他做出解释。他调整好姿势，以胜利者的姿态坐好，却丝毫没有赢家的感觉。令他惊慌失措的恐惧感从身体里流走了，只留下他兀自恼火、精疲力竭、小心翼翼。他回过头去看自己走过的那条路，目光越过公园大门。三个街区多一点，一条漫长的回家路。算不出要迈多少步。要迈太多步，要花太长时间。

最好的情况是，他要在这条长椅上度过接下来的两个小时。梅拉尼会在下午 1:30 给他打电话，而后来找他。不过他还是希望不要落到这步田地。他向来如此。他会休息一会儿，充满希望地给腿部肌肉充电，而后鼓足勇气踏上独自回家的旅程。

每年的这个时候，公园里都很安静。他在池塘里找到了一些鸭子，不过天鹅和天鹅船都出于季节的缘故离开了。游客们也离开了。从他身旁走过的行人都是波士顿人：一个年轻的亚洲男子，像个学生，弯着腰，驮着一个比他还要重的背包；一个穿着运动鞋和黑色宽松冬衣的女人带了一把很大的雨伞，眼睛盯着地面；理查德抬头看了看湛蓝的天空，有些困惑；一个上班族用两只手指提着干洗过的衣服，冬季的风把包裹在衣服上的透明塑料罩吹了起来，如同船帆一般在身后翻飞，她每迈一次左脚，钱包就打一下屁股，她的高跟鞋以半拍的节奏敲击地面，仿佛快要迟到了；一个矮个子的意大利男人，大腹便便，肚腩凸出，正用浓重的波士顿口音在打电话，他穿着一双看起来很贵的皮鞋走得昂首阔步。

从理查德身边走过的大多数人都是独自行路，面无表情，耳朵上都垂着白色的绳子，好像他们全都是机器人，由拿在手里的设备来供电。没人看他。并不是他们看见了他又转开目光。他们是从一开始就没注意到他。他是背景的一部分，和他落座的长椅一样毫无吸引力。

一只麻雀飞到木头长椅上，厚着脸皮蹲在离他几英寸的地方，脑袋左摇右摆。他们目光相接，麻雀随即跳到了地上。它啄着地上的什么东西，而后就飞走了。

所有活着的东西都在运动中，去什么地方，说话，走路，啄食，飞翔，做事情。生命并不是静止不动的有机体。每一天，他都更加衰退、封闭，直至彻底宕机。运动越来越少。生命力也越来越弱。他正逐渐成为一张二维的静物画，无情地滑向疾病与死亡的平行维度。

一个女人从他身边经过。她身上有什么特质让他想起了二十年前的卡莉娜。她如瀑的长发和紫色围巾。他是在谢尔曼·利伯的技巧课堂上遇见她的。尽管从第一天上课起他就注意到了她，却还是花了几乎一整个学期才同她说上话。刚刚离开新罕布什尔的公立高中，他对女生还没什么经验。十几岁时，爸爸总是以明显的诋毁或者窃窃私语的贬低来败坏理查德的名声，说他没有男子气概。在一个运动员说了算的家庭和城镇里，一个热衷于敲打象牙琴键的男孩会被认为不够男人，而且完全不酷。他已然被自己的爸爸、哥哥还有同年级的男生们抛弃了，他不能再冒险让珍妮、斯黛茜或者其他令自己心动的可爱女生拒绝自己。于是他把自己的渴望与得不到回应的爱都倾注在了演奏中。他把注意力集中在钢琴而不是女孩身上，假装不在乎别人怎么看待他，将被认为是怪人、错误或者不够好的苦痛与自己年轻的心灵隔绝开来。

在柯蒂斯，说了算的却是音乐，不是体育。那里的每个女孩都被音乐深深吸引，更美妙的是被音乐家所吸引。就像等待健康土壤与阳光的种子，理查德面对姑娘们的自信在柯蒂斯开花了。

来到技巧课堂的第一天，卡莉娜棕色的长发上系了一条紫色围巾。他还记得她绿色的大眼睛和白皙的皮肤，丰满的下嘴唇让他在听课的时候频频走神，幻想着如果亲吻那样一双嘴唇该有多柔软。而后她便开口说话了，被谢尔曼·利伯叫起来回答问题。

他想不起那个问题，却仍然记得她的声音，她回答问题时的波兰口音，她不连贯的英语是那么迷人。他着迷地坐在原地，为她着迷，心花怒放，但又嫉妒于她不是在对自己说话。她的声音宛如异域歌曲的旋律，腔调独特，是他想要学会的一首歌。

他迷恋她声音里的旋律，但最终让他爱上她的是她的勇敢。十八岁时，她离开了自己的国家、家庭、母语，离开了她所熟悉的一切。尽管他的经历并没有那么戏剧性，但他还是从中感受到了某种亲切。他们有着相同的独立性，那是一种决绝，音乐就是他们的救星，他们的一切都寄托于这场教育。柯蒂斯是理查德通往自由与自我实现的路径，他发现卡莉娜和他走在同一条路上，每一步都与他合拍，握着他的手，在他身旁微笑。他们弹奏肖邦和舒曼的共同热情交融为对彼此的热情。他们在柯蒂斯培养起来的感情热烈浓厚，他们的日日夜夜都消耗在班级、课堂、练习和做爱上。

酸涩的回忆从心底深处的阴影里袅袅升起，渐渐成为鲜明的焦点，他叹了口气。他惊讶于他们竟然忍了这么长时间没有相互打扰。造访那些与卡莉娜有关的旧日愉快回忆却不回想起同样需要注意的可怕回忆是很困难的。时好时坏。好的和坏的——不能解决的根本问题、质数、油与水。他对卡莉娜好好坏坏的回忆并不协调，并非平衡中和，或能相互抵消，他坚持抓住这两方面，原封不动。

他回忆银行的录像带开始渐次播放——他们第一次在学生休

息室约着喝咖啡，他们第一次做爱，他们最后一次做爱，看她弹钢琴，当他取得第一次重大突破，同克利夫兰管弦乐团一起演出时，她绿色的眼睛爱慕着他，而在他们搬到波士顿后她绿色的眼睛却在自家餐桌上憎恶地盯着他。在格蕾丝出生的那天早上，卡莉娜上了手术台，这一天他相信一切都能迎刃而解——太多感情在他内心横冲直撞。他很快乐，被爱包裹，背叛，心碎，克服了色欲、反感、愤怒与悔恨。他所需要的释放是开怀大笑或者放声大哭或者惊声尖叫，要么就是三者皆有，如果他是在家里而不是在公园长椅上的话，那就都能做到。路过的人会觉得他是个疯子。他觉得自己真的有点发疯。

他必须得把卡莉娜从脑袋里赶出去。现在要走回家了，走路会耗尽他所有的精力和注意力。

泻药起作用的时候，他正站在乔治·华盛顿的雕像边。一阵大面积的痉挛抓住了他的肠胃，随之而来的就是迫切的压力，像一辆迟到了五天的货车疾驰入站，刻不容缓。对失控的痛苦和恐惧把他钉在原地，动弹不得。但是他必须得动。他离家还有三个街区。

往前走了几步，凛冽的空气遇上额头沁出的汗水，让他冷到了骨头里，浑身不舒服，仿佛马上就要昏过去。他做不到了。他必须得做到。他又开始了鼓舞士气的念叨。*继续前进。*五天的污秽物正在行进当中，必须得疏散，迈出步子的努力当中还包含不要失控的努力，这让他双眼满含泪水。*继续前进。继续。前进。*

由于全心全意的期望和某种奇迹，他终于来到了公寓大门前。想要排便的感觉已经是千钧一发，粪便和液体的蠕动在体内搅拌，不断向下。他不可能再坚持更长时间了。

他将下巴对准胸口，召唤所有力气终于发出了声音。

“开启声音控制。给贝弗利·哈夫曼打电话。”

电话响了一遍一遍又一遍。

“嗨，这里是贝弗利·哈夫曼。请在哔一声之后留言。”

“贝弗利，我是理查德·埃文斯，你的邻居。我就在门口。你在吗？听到留言请开门。拜托了。我得进去……结束通话。”

可恶。她去哪儿了？他用下巴按了她家的门铃。没人应答。没办法去想还能做些什么，他尝试再次打给她。电话响了一声就直接进入语音信箱。

“结束通话。”

他向自己的身体承诺，一到家就尽情释放，这才保持粪便没有排泄出来。他不能脱下裤子，但是他能想象到在浴室里把自己搞得污秽不堪的情形。既然他已经站在了门廊上，也就没什么可保留了。他的内脏已经失去了耐心和冷静，他发誓他能感觉到眼球里的压力。

他无处可去。不能去公共厕所。他没有手。也可以打 911，算是侮辱性较小的一个选择。等等。他想起了其他的邻居。

“开启声音控制。打给皮特·迪克森。”

电话响了两声。

“这里是皮特。”

“嗨，皮特，我是理查德·埃文斯，你的邻居。你在家吗？”

“不在，我在纽约。我能为你做点什么？”

“没什么，别在意，谢谢。”

“一切都好吗？”

“是的。我得走了。结束通话。”

他又想起了口袋里的钥匙。在该死的口袋里，他根本拿不到。他转向街道寻求帮助。一个年轻女人跑上了人行道，走近他的门廊。

“不好意思！”他站在顶层台阶上呼喊道，他没办法快步下楼迎上她，也没办法挥动手臂。

她注意到了他。谢天谢地。她取下耳塞，减了速。

“你能帮我从口袋里把钥匙拿出来，然后帮我把门打开吗？”

她脸色一沉，有点害怕。“不好意思。”她飞快地说道，头也不回地跑开了。

“等等！拜托了！”

她几乎沿着长街冲了出去。他能想象到自己的样子和声音——大汗淋漓、眉头紧锁的额头，双臂耷拉着，身体前倾，说话全是一个调，听起来毛骨悚然。换作他也是会逃跑的。

他这边的街上一个人也没有，他看见公园里有人在遛狗，但他的声音太微弱，没办法抵达那里。他又低下头去看电话。现在是12:20，还有一个多小时梅拉尼才会来。他等不到那时候。或许他们能派别人过来，现在就能来的人。没错！

他又触发了手机上的声音控制。一阵疼痛和压迫感席卷全身，几乎从腰部让他对折。他知道这是最后的机会了。他几乎说不出话来。

“给健康护理中心打电话。”

电话响了三声。

“喂？”

“我是理查德·埃文斯。你们能马上派个人来吗？我等不了梅拉尼了。我有紧急情况。”

“理查德？我是卡莉娜。”

什么？！怎么会呢？他的声音，他那含糊、悲伤、勉强能听见的单音声音。健康护理。卡莉娜[1]。

“对不起……我……我……”

“我就在城里。我五分钟就到。”

[1] 这两个词的英文发音非常接近。

第十三章

“拜托让我一个人待着吧。梅拉尼 1:30 就会来。”

“闭嘴。”

在随之而来的停顿里，他们共同担心的最后一击和尖叫最终缴械投降。他们就在理查德的浴室里。她可以留他独自在这儿。但是出于某些她自己还没能明白的原因，她不打算走，所以这没什么可讨论的。

她从他的外套领子上把标记为“蓝蚂蚁”的设备解下来，把电话举起，绕过脑袋，将这两样东西放在洗脸台上。随后她拉开他的外套，把恶臭从绝缘的羽绒层以及抗氧化的外壳下释放出来。她用手捂住鼻子和嘴巴，这完全是毫无用处的护盾，毒气已经迅速浸透了房间里的空气。

她回想起格蕾丝两岁时的一个下午。她没有任何防护，只是单纯地想把沙滩躺椅从车里拿出来，她拿出了放在车尾的行李箱。结果包裹了便便的尿布散发出腐烂而强烈的恶臭，给了她当头暴击，这可是被八十度高温烘焙过的尿布，更别提已经扔在这里好几天了。此刻，理查德身上散发出的味道与此类似，但是更难闻。她把毫无用处的手从脸上挪开，几乎快要窒息。

像往常一样，她在尝试做任何可能带来痛苦或者恐惧的事情前要先深吸一口气 —— 在一百万年前的一个小型独奏会上敲下巴赫《哥德堡变奏曲》的第一个音符，在生格蕾丝的时候因为梗阻性分娩而拼尽全力，今天接起电话发现是理查德打来时——她认真考虑了一下，现在深吸一口气意味着吸入更多雾化的粪水。于是她拽起毛衣领口，拉到鼻子上方，做成面具，透过机器织就的纤维进行短促而轻微的呼吸。

她抬起头来，发现自己不小心同理查德四目相对。眼泪原封不动地停留在他干净而消瘦的脸庞上，整张脸湿漉漉的，在她的印象中，他的眼睛向来很可怕，此刻却顺从了她的凝视，充满了羞愧、歉意，那双眼所流露出的表情完全不属于他，太不典型了，她都没办法挪开目光。他闭上眼睛，一直闭着，似乎受不了这么被人盯着，而她则感激两人之间的浴帘，这样他也看不到她眼中涌出的泪水。

虽然音乐能够轻而易举地制服她，尤其是现场音乐——渐强的音符，在她面前呈现出势不可当的技艺，音乐背后故事里的悲哀——她从来没有为糟糕的事情哭泣过。在俄国式的压迫下长大，在自己能系鞋带之前就已经见过值得一生为之流泪的事情。年少时，她学着假装没什么能打扰到她，克制为了那无法通过的巨型高墙所流下的遗憾泪水，抑制着恻隐之心。她看见瘦得皮包骨的小孩在等待分配救济品的队伍里号啕大哭，每天放学后她都要雷打不动地在这个队伍里站两小时以上，而她没有一滴泪。住在街对面的诺瓦克先生因为从邻居的农场里偷了猪头，就被拖去了监狱，当着声嘶力竭的妻子和嗷嗷大哭的六岁孩子的面；当卡莉娜收拾行李要去瑞士做一份为期六个月的保姆工作时，妈妈抹着眼泪，因为她知道六个月是个谎言，保姆的工作是为了拿到护照而编造的借口，这种说辞比较容易蒙混过关，这是一种手段，可以走向通往美国学校的康庄大道，她可能再也见不到自己的女儿了。

理查德的眼泪不知怎的挖出了一个蛀孔，让她失态了。她清了清喉咙，想要抖落纷乱的思绪，重新将注意力集中到手边的事情上。她解开他牛仔裤的扣子，拉下拉链，从屁股两侧抓住腰带和短裤，猛地一拉，就拉到了他的膝盖处。

她花了五分多钟才来到理查德的公寓门口。接到电话时她就在一英里之外，但是停车多花了几分钟。有些湿漉漉、流动的粪便顺着他的腿流了下来，已经凝固了，他粗糙的腿毛就像龟裂土地上的杂草一样冒出头来。大量粪便堆积在内裤里，其余的则像蛋糕糖霜一样糊在他的屁股和睾丸上。远远超出她的预料。

“好了，你能自己站稳吗？”

“我太累了。我不想跌倒。”

“扶着我的肩膀。”

“我做不到。”

“哦，对。这样，靠在你背后的墙上。”她稳稳地圈住他赤裸的腰部，他往后退了几步，慢慢挪到墙边。她在他面前蹲了下来。

“抬起来。”她用手掌拍了拍他左侧小腿肚。他的鞋已经脱掉了，她把裤子和短裤给拉下来，脱光了一条腿。她在这么做时，等于将脏裤子在他整条腿上蹭了一遍，现在他满腿都沾了屎。大块的粪便从内裤里掉出来，落在浴室地板上，背后雪白的墙壁已经被他自己的屁股给染成了棕色。老天啊。

“换一下。”

他抬起右脚，她把裤子和内裤往下一扯，穿过他湿淋淋的双脚，终于脱了下来。她看了看自己的手，希望自己别——理查德的屎就沾在她的右手大拇指上，穿过指关节，溅在她刚刚涂过的指甲下方，嵌在她修剪整齐的指甲里。用作面具的毛衣已经从鼻子上脱落下来，但她不想用弄脏的手去碰毛衣，所以就随它去了。这恶臭，这一地狼藉，她的双手。她难过了两次。

“很抱歉。”他说。

她不可能现在停下来去把自己弄干净，这样一来就无法再继续处理这个烂摊子。她必须得继续。

“抬起来。”

她先把他左脚的袜子脱下来，然后是右脚。她站起来，抓住他圆领衫的下摆，试图把衣服撑过他的头顶，但他的胳膊完全不配合，所以他卡住了，这是她无法解决的难题。

“你一次只能弄一只胳膊。”理查德说。

她把他的左胳膊从洞里给掏出来，然后是右胳膊，最后才是他的头。现在他全身赤裸，浑身涂满了粪便、眼泪和羞愧。

她打开淋浴。理查德走了进去。她抓起浴缸边上的海绵，用液体肥皂打透。

“这样我就好很多了。梅拉尼可以做剩下的事。”

“闭嘴。”

她开始帮他洗澡，触摸到他的肩膀、胸膛和小腹，她瞬间意识到，尽管比她记忆中更为枯瘦，在她面前的就是理查德的身体，是她曾爱过、亲吻过、拥抱过、拥有过、喂过饭、舔舐过、吮吸过、睡过、躲避过、鄙视过、愤怒过、诅咒过、怨恨过的身体。在这个奇怪的情形里，同这具躯体相关的记忆与感受汇编成一本综合目录，在她脑海中不合时宜地滚动播放。她拒绝这份回忆，无视他身体携带的过往，将注意力集中在眼前毫无人情味的工作上。海绵、屁股、肥皂、腿、水、阴茎、更多肥皂、睾丸、海绵、另一条腿。

最后，排水口边的水被全部冲走。她把他留在浴室，自己去了厨房，找来一个垃圾袋，又回到浴室。她确认了他裤子上尚且干净的地方，把手捏成钳子的形状，把他的裤子扔进垃圾袋。她把他的袜子、内裤和上衣也扔了进去，而后系上垃圾袋，将臭味封锁起来。即便她很确定自己没再沾到任何粪便，却还是觉得手又脏了。她在洗脸池里用能够承受的最烫的水彻彻底底地洗了个手，然后又洗了一遍。

她回到淋浴边，关掉了水。理查德走出浴缸，她用干净的毛巾帮他擦干，而后两个人相顾无言地走进卧室。没有任何提示和指示，卡莉娜就找到衣服，给他穿上了。

就这样。搞定了。他们这才真正看着对方。

“都是什么狗屎。”卡莉娜说。

理查德笑起来。她并不是想要搞笑，但她也有点儿肾上腺素飙升，所以没办法继续保持严肃脸，就和他一起笑了起来。他们笑得越来越厉害，越来越大声，笑得咯咯响，这种释放的感觉很好。她已经有很长时间没有和理查德拥有过同样的乐趣了。

“我会等到梅拉尼来了再走。”她说罢才发觉，已经快 1:30 了。

“好的。”

她跟着理查德去了客厅，挨着他坐在沙发上。他踩了踩粘在地板上的遥控器，打开了电视。他换了几个台，没找到什么有意思的节目，便又关上了电视。他们肩并肩，无声地坐着，等着梅拉尼，没什么可说的，也没什么可做的，这种越拉越长的空白不仅仅是不舒服，简直比他们刚刚在浴室里所经受的粪便大秀还要尴尬。

“所以，你在波士顿做什么？”

“我约了医生。”

“哦。”他并没有问她为什么看医生或者她身体好不好。她也没有责怪他。潘多拉的盒子还是紧紧锁上为好。

“你打电话的时候我正要从停车场走。”

她一直在上为期一年的女子体操课，明年就不会再去那里上课。奇怪的是，在他打来电话时，她怎么恰好就在不到一英里之外，并且可以帮忙？她环顾了一下房间——钢琴、轮椅、书桌和椅子，电视和咖啡桌。她看向他。

“梅拉尼陪你多久？”

“一个小时。”

“还有别人来帮你吗？”

“有人早上过来，通常是比尔，一个半小时。还有一个人晚上来，帮我弄晚饭，以及做好睡觉的准备。”

“所以一天差不多四个小时？”

“没错，差不多。”

她想到他每天十二个小时清醒却无人照料的时间，以及所有他可能遇到的麻烦。要是他摔倒了怎么办？要是他饿了呢？要是他卡住了？要是他在公寓大门前拉在裤子上却被锁在门外呢？

“你需要更多帮助。”

“我知道。我失业了。我负担不起。”

她想到了那些楼梯和轮椅。目前的情形难以为继。

“你要卖掉这地方。”

“我的房产经纪人说我标价太高了，但是我不想降价，不然就会亏钱。我不能当作无所谓。我是有大额抵押的。我没有足够的现金来不在意。”

她并没有指出离开这里，更重大的意义是住在某个没有楼梯的地方，而不是考虑流动资金。她了解他的爸爸和哥哥们。他爸爸是不会帮忙的，他的哥哥们则是没办法帮忙。他的妈妈已经去世了，真是太糟糕了。如果她还活着一定会在这里陪他。他的经纪人也去了纽约。

“有女朋友吗？”

“没有。”

“你不能像这样下去。”

在她最终要求离婚的那个时候，说的不正是这句话吗？但她说的是“我”而不是“你”。她紧紧闭上嘴巴，想克制住自己接下来要说的话，想着或许能在这一刻的沉默中让这个想法过去，或许梅拉尼会破门而入，接过话头，这样她就不会说出将要说出的话来。

她看着理查德，他点了点头，她不知这是否代表他同意她说的或者想的，忽然她相信他能读懂自己的心思。真是疯了。她不能这么做。她不能说出马上就要冲口而出的话。真说出来了她就是个受虐狂，一个大白痴，一个精神病。埃莉斯肯定也会说她疯了。一旦她说出了几乎快要脱口而出的话，那一切将一发不可收拾。

就在她惊慌失措沿着光滑的小山坡一路下滑时，一种冷静的感觉反而扎根下来，校准了她倾斜的内心世界，她意识到，无论她说不说其实都不重要。她叹了口气，看着理查德和他毫无生气的手臂，还有轮椅和钢琴，一切业已成真，已成定局，仿佛在这个瞬间，这一整天，她的一生，都已经注定了。甚至在她出生之前就注定要说出下面的话来。

“你得回家来。”

“我知道。”

第十四章

在贺曼公司出品的贺卡上，没有哪张上面是画了瞪着天真无邪的大眼睛的人物肖像，或者写了鼓舞人心的金句，来庆祝一个男人搬回家去和前妻在一起生活这一重要的人生时刻。迄今为止，已经有八天了，理查德一直住在胡桃木大街125号，这是他和卡莉娜还有格蕾丝一起住了十三年的地方，也是三年前他和卡莉娜离婚后离开的房子，在离婚协议书里，这栋房子完完全全无条件地转给了卡莉娜。更特别的是，他以前经常睡的小书房现在成了他的新卧室，就在一楼。

从事实层面来讲，搬家就像夏日的微风。除了衣服和护肤品之外，他只需要搬来他的电脑、电视、维他密斯料理机，还有轮椅。他把一切留在身后，让他的房产经纪人用来卖掉公寓。她说钢琴的样子特别好，会帮助潜在客户想象公寓里的多彩生活，尤其是在知道这架钢琴的主人是谁之后，如果他们买房的话钢琴就会一起附赠。看到轮椅搬走了，她高兴极了。以她从事房地产经纪人三十二年的经验来看，她说没有比电动轮椅更破坏房间风水的东西了。

他连自己的大床都留下了，因为他的治疗专家说服他，他所需要的是医院专用床，现在换床正是最佳时机。腹肌的退化再加上没有双臂辅助，每次从平板床上起来都等于经历一次炼狱。他完全不想赞同这个主意，但又不得不承认，睡在床板能升起六十度的医院专用床上，远比睡在垫着三四个枕头的水平床垫上更助眠，在无人帮助的情况下也能轻松起床。

但从感情层面来讲，这种搬家属于五级飓风。从这栋房子里出去，离开卡莉娜和他们之间尚未解决的残局，在波士顿他自己的公寓里重新开始，如同一次辉煌的胜利，就好像是他赢得了什么大奖，或者从监狱释放，又或者是连续好几年没通过必修课考试但还是顺利毕业。他还记得独处的那几个早上，他醒过来，意识到她不在身边，也不在同一屋檐下的任何地方，那一刻的滋味有多美妙，他觉得解脱，元气大增，简直年轻了十岁。而如今，他又在这里，回到了同一屋檐下，偃旗息鼓，可怜无助，完全被阉割了，只剩下等死。

他的新床就在以前放钢琴的地方。那是他的热情、他的爱、他的生命曾在的地方。现如今，除非卡莉娜惊慌失措拨了911，那么这里就会是他死去的地方，这是所有可能性当中最可能的结局。他试着无视临终前要睡的床，但是根本避无可避。即便他没有睡在床上或者坐在床上，即便他坐在书桌边或者躺在安乐椅上看电视，他都觉得那张床触手可及，正在等着他。

能够住在一楼令他感激涕零，不用再走上三段楼梯，也不用在想出门散步的时候锁上前门。他可以通过语音激活手机上的应用软件来打开车库大门，卡莉娜会一直开着从车库到门厅的门。这样一来他就可以无须钥匙自由出入，也不需要什么应急预案。

但还是有困难的。在波士顿，他可以去任何地方，没人认识他，没人看见他。但是在这里，他认识所有的邻居。虽然他们的笑容都是好意，善意地同他拥抱交谈，但他还是希望可以独自出门，不被任何人注意到。他不愿意像这样被看见。

他的轮椅暂时存放在车库后面的角落里，不用每天看见。当他需要时，一个基础建设项目就必不可少了。卡莉娜觉得轮椅能在车道上使用，但还没实地测试过。他曾经花了无数个小时，独自坐在客厅里，和这架轮椅面面相觑，仿佛是在互相凝视，他已经记住了敌人的尺寸和轮廓。只消瞥一眼入口他就能断定车头进不来。到门前需要十二步。他们要么就得拓宽车库到门厅的路，要么就得在门廊前的台阶上修一个斜坡。修斜坡应该会便宜点。也就是一瓶药的钱。

他正坐在电脑前，给他的父亲写第七封信，这封信是不会寄出的。其他六封也没有寄出。所有的信都留了下来，没有一封寄出去。为什么留下来呢？什么时候寄呢？回头再说吧。回头再说，这话往往意味着他无限未来中那些模糊而不确定的时光，在他确诊后，这些时光变得迫切起来。一年前确诊患上一种平均寿命预期只有三年的疾病，“回头再说”就是现在。然而，时间对他来说既很紧迫又很有余裕，真是奇怪。中午的时候，一天似乎被拉长成了一周，等到了晚上又好像是以最快的一分钟倏忽溜走。

他是要把这些信留到弥留之际吗？带到他的葬礼上？父亲会来吗？他所希望的父亲，是读到自己年轻的儿子得了 ALS 后心碎难过的父亲。他会放弃一切陪伴在儿子身边，为他提供一切所需，毕竟这个儿子才是他最重要的冠军。而他所拥有的父亲呢，甚至连信都可能不回，这就是理查德为什么无法点击打印选项。或许他也会把邮件打印出来，卷起来，塞到玻璃瓶里，扔到波士顿湾里，让其他父亲发现它。或许他会删掉这些邮件。

他是用头部鼠标来输入的。他的笔记本电脑屏幕上方夹着一个摄像机，探测粘贴在鼻尖上的发光目标，他的脸转向哪里，光标就会挪到哪里。这种技术第一次被介绍给他的时候，使用指南上建议把鼠标点贴在使用者的额头上，所以才叫头部鼠标。但是大部分人都把它贴在眼镜框上，或者像理查德一样，贴在鼻尖上。

通往他旧日书房、新卧室的门一直都是敞开的，是为了在进出的时候不用给卡莉娜打电话让她来开关门，所以就牺牲了私密性。就像放狗出去一样。他是笼中的动物。围栏里的猪。旧书房里的前夫。

尽管能够自如进出，但大部分时间里他还是将自己约束在这个房间内，主要是害怕踩上什么没收拾的蛋壳或者藏在家中地板下面的“地雷”。在书桌、电视、医院专用床的亲密陪伴下，他有时能忘记自己是和前妻住在同一屋檐下，并接受她的照顾。尽管在他需要帮助的时候，知道卡莉娜就在附近会让他稍稍安心，但他还是不愿意向她开口求助。

他饿了。他需要等两个小时，等到下一个家庭健康助手到来给他做奶昔。他很冷，可以再盖上一层毯子。想想温暖的事情。他得通便，还得让人擦屁股。没关系，在他公寓里那决定性的、丢人丢到家的一天，卡莉娜已经处理过更糟糕的情况了。他会忍住的。

出于搬家后地理位置的原因他失去了梅拉尼、凯文和其他健康助手。他们只为住在波士顿城里的客人提供服务。但是比尔大显神通，他留了下来，即便理查德现在住的地方离比尔的官方工作范围有九英里远。上帝保佑比尔。

通过敞开的房门，他能听见卡莉娜的钢琴课学生在隔壁房间弹琴。这个学生也太糟糕了吧。理查德把没写完的给父亲的信放在一边，通过打开的门窥探过去。一个女孩儿，十几岁的样子。她弹琴的姿势太可怕了，脖子和肩膀全往前倾，而且沉得很低。卡莉娜应该纠正一下的。他花了一分钟时间才辨认出她正在屠戮的是肖邦的《降 E 大调夜曲》。她弹得断断续续，非常枯燥而且松散，理查德苦苦思索着每一处踌躇，没完成的乐句悬浮在空气里，他一直屏住呼吸不耐烦地乞求她能正确弹出下一个音符。更糟糕的是，她一直记不住降半音。显然这个姑娘上周并没有自己好好练习。他要是她的老师，绝对会没上完课就把她赶回家去。

他回到书桌边，但是已经累了，用不动头部鼠标了。于是他转而用嘴巴叼住笔来啄键盘，但是这样更费劲，很快他就放弃了。而后他吸了一口午餐剩下来的奶昔。他不太喜欢这个。这杯奶昔食之无味，而且里面有粉末状的东西，可能是营养粉。这是新来的午后助手肯西亚留在桌上给他喝的。他又喝了一小口。这明显就是从罐头里弄出来的，显然不是比尔为他调制的那种来自天堂的灵丹妙药，新鲜可口。但是他很饿，需要摄入能量，卡莉娜又很忙，比尔要到明早才能来，所以理查德还是把这东西一饮而尽。

这是他新的咒语，用来对付肯西亚难喝的奶昔和这场病带来的其他一切东西。他再也不能弹钢琴，却要听某些太差的学生在隔壁糟蹋大师的作品。一饮而尽吧。他无法安然无恙地独自生活，所以不得不搬回从前的房子里，和疏远的前妻共同生活。一饮而尽吧。鼻尖上的瘙痒每一秒钟都在增强，他却没办法处理，要是他为了抓痒而拿鼻尖去摩擦桌子边缘、墙壁或者床罩，就有可能弄掉头部鼠标的贴纸，并且在下一个助手到来之前一直叼着笔，不然就没法用电脑了。一饮而尽吧。

他坐在椅子上，盯着窗外，透过敞开的门茫然地听着钢琴课。如果无所事事的时间太多，思绪就总是这样飘忽不定，它们会漫游进无法解决的“为什么国度”。为什么他要得 ALS？为什么是他？他沿着脑海中频繁移动的神经回路来回奔跑，敲门，按铃，并不是自怜自哀的样子，更像是科学发现似的探寻。而这是永远都无解的追寻。

ALS 病例当中有百分之十纯粹来自遗传。如果他的 ALS 是这类遗传性疾病，那么他的父母当中就有一人应该有 ALS。就理查德所知，他的父亲还活着，活得很好，很可能活到一百岁。他的母亲在四十五岁时死于宫颈癌，所以他猜，或许她身上有这种突变，如果再活得久一点就可能发展为 ALS。然而在刚刚确诊的时候他就想到了这个可能性，却也立马否定了这个想法。首先，她要面对宫颈癌还要面对 ALS，这种可能性微乎其微，并且太过残酷。其次，也是更有说服力的一点，母亲的父母，外祖父母，都是在八十多岁时去世的。都是死于中风，如果他的记忆准确的话。没有 ALS。所以他的 ALS 并不是从母亲那里遗传来的。

有百分之五到百分之十的 ALS 病例是家族性的，是基因突变的结果，是 DNA 共谋的结果。确认 ALS 是否是家族性的测试很快，没有经过遗传病筛查，就是诊断一下其他两个血亲有没有 ALS，这让人不大满意。理查德父母两边的亲戚里，都没有人是 ALS。他是唯一坏掉的苹果，在枯萎的枝丫上腐烂。所以他得的也不是家族性的 ALS。这是他有关 ALS 难题的一系列为什么中唯一值得欣慰的，因为这意味着格蕾丝是安全的，不会被这个丑陋的怪兽袭击。或者至少，和其他人的安全系数一样。

他这类的 ALS 被称为偶发性，是出于其他原因发病的，不是因为他继承下来的 DNA。他肯定是把自己暴露在了什么危险之中，或者是做了什么，才得了这个病。但是什么呢？为什么会发生在他身上？他又不是个兽医，也从不抽烟。出于一些没人能理解的原因，上面提到的两点他一个也不沾边，却增加了罹患 ALS 的风险。他有没有某种程度的铅中毒、水银中毒或者暴露在辐射之中才导致这个结果？他有尚未确诊的莱姆病[1]吗？莱姆病会触发 ALS 吗？没有任何合乎科学的证据能够支撑这些假设。

是他太不喜欢运动了吗？或许是一小时又一小时地坐在钢琴凳上导致了 ALS。他的照片会作为警告标签印在未来的每一台斯坦威钢琴上：神经病学家提示——过多弹奏会引起 ALS。显然不会。

他成长于 20 世纪七八十年代，那时候加工食品正大肆流行。或许他的 ALS 是因为摄入了过多的化学防腐剂、添加剂或者糖精。或许是因为饮食上的营养缺乏，在关键年纪缺乏某些必要的维生素。1977 年，除了腊肠、立体脆和果汁饮料外他几乎不吃别的东西。所以他才得了 ALS 吗？他是不是喝了太多杯酷爱果汁饮料？他是不是吃了太多牛肉切片、夹心蛋糕和太多碗护身符麦片？ ALS 或许是由性病触发的，是一种尚未确认的病毒。童男童女们面对 ALS 是安全的吗？

谁会得 ALS 呢？就他在诊室里的所见所闻，答案是任何人都有可能。他见过一个二十五岁的医科学生、一个六十五岁的海豹突击队退伍老兵、一个社会工作者、一个艺术家、一个建筑师、一个三项全能运动员、一个企业家、男人和女人、黑人、犹太人、日本人、拉美人。这项疾病还真是政治正确。它没有偏执、盲从、偏好。ALS 是一个机会公平的杀手。

---

[1] 莱姆病是一种以蜱为媒介的螺旋体感染性疾病，是由伯氏疏螺旋体所致的自然疫源性疾病，以神经系统损害为该病主要的临床表现。其神经系统损害以脑膜炎、脑炎、颅神经炎、运动和感觉神经炎最为常见。

为什么一个四十五岁的钢琴演奏家会得 ALS？为什么他不能得呢？他听见了母亲的声音：*别用一个问题来回答另一个问题。*可这就是他能找到的唯一回答。

隔壁房间的弹奏声停了下来，他这才意识到自己都快把下巴给咬碎了。天啊，卡莉娜怎么能受得了？音乐又来了，但这一次是卡莉娜在弹，向她的学生演示一篇乐章听起来应该是什么样子，同样的音符能够被赋予怎样的可能性。她弹得很美妙，像一条温柔的毛毯，平息了他的紧张与不安。他站了起来，走到开了条缝的门边，想听得更清楚一些。

为什么卡莉娜不再弹钢琴了呢？在孩子们放学后教上半小时钢琴不算。为什么她放弃了自己作为钢琴家的工作？他就像常常表现出的那样，假装第一次含混地想到这个他还不知道答案的为什么。但是和 ALS 里的为什么不一样，这个为什么至少有一个确定答案，一个他从未大声承认的答案。

学生时期，比起他来，她是更有天赋，技艺也更高超的专家。这一点毫无疑问，她极有可能保持最佳状态，得到属于他的这份事业，甚至做得更好，然而她放弃了古典钢琴，转向了即兴爵士乐。这让他心碎，甚至觉得有点恶心，这样颇具天赋的天才却误入歧途，不被欣赏，浪费才华。退一步说，就算是他心存偏见，但是对他来说，莫扎特、巴赫还有肖邦就是神，还有他们的奏鸣曲、幻想曲、练习曲和协奏曲都是永恒的杰作，每一个音符都大放异彩。在世界级的舞台上弹奏这些乐曲需要教育、天赋、激情、技术的精确以及无数小时的艰苦训练。在这个星球上没几个人能做到。卡莉娜就是其中之一。他发现爵士非常慵懒、难以理解、无法入耳，是许多未经训练的外行在廉价酒吧里弹着玩儿的，他始终没明白，这种音乐怎么就撼动了卡莉娜的灵魂。

他对于古典音乐有着显而易见的势利眼一样的偏爱，她对爵士乐的奇特追逐注定会失败，他也是这么告诉她的，也告诉了她很多遍，却更迅速地把她推向了爵士乐。如果在古典钢琴领域，找一份稳定、报酬高昂并且体面的职业只需额外付出一点努力的话，那维持爵士事业的难度则堪比在月球找工作。说到底，一个爵士钢琴家实现目标的唯一机会就是和最优秀的人一起演奏，和其他从事这项珍贵事业的精英音乐家们一起琢磨技巧、培养默契并且提升水准。卡莉娜需要在这些音乐家在的地方——新奥尔良、纽约、巴黎或者柏林。

离开柯蒂斯后，他和卡莉娜去了纽约生活。她和一个非凡的萨克斯吹奏者还有一名鼓手一起在“乡村先锋”俱乐部定期演奏，报酬不多，但她非常开心。她就站在某个开端，某种好事已经可能发生，可能成真，他们都感觉到了。如果他们留在了那里，谁知道她身上会发生什么事呢？

结果呢，他们没有留下，反而搬去了波士顿，接受了新英格兰学院令人垂涎的教职。他说服了她，理由是这份教授工作对他的职业生涯来说不可或缺。结果却证明，这份工作并没有那么重要，仅仅两年之后，他就轻轻松松离开了这份职业，开启了自己巡回演出的人生。他很清楚，搬到波士顿来是给卡莉娜的势头拉下了闸门，很可能是把她从毕生梦想当中给哄骗了出来，但是他从来没有向她承认过这一点。而且他并不是在回首往事时才明白这一切的，他们还在宾夕法尼亚站通往波士顿后湾的火车上时他就已经了然。但他什么都没说。回顾过去，这或许是他做过的最自私的事情。

直到八天之前。

但那并不是她唯一的机会。在他开始巡演时，每周、每个月和不同的交响乐团在不同的城市演出，经年累月，他已经想搬家了，也告诉过她。他的家不应该在脱离城市的地方，不应该在纽约或者新奥尔良之外，如果她愿意的话，搬去波士顿市区也行。卡莉娜却选择了距离波士顿市区九英里的郊区，胡桃木大街125号。他永远无法理解她为什么要这么对自己。也许勇敢无畏的卡莉娜开始害怕了。或许那就是他不爱她的开始。

卡莉娜转而弹起了莫扎特的《土耳其进行曲》。他聆听她弹奏，想起了她有多么出色，想起了他们未做或已做的选择，以及这些选择将他们带向了何方——得了ALS的理查德在书房里，卡莉娜在客厅里教一个草包——莫扎特轻快的音符忽然变得阴暗而不祥。怒火从他心底冉冉升起，不是什么有逻辑的意识，也不是短暂的感受，而是深深潜藏在心底的浓稠的黑色毒药。

她弹起琴来像一个世界级的音乐家，值得尊敬，为什么要像现在这样去教一个可怜兮兮的高中生？她能赚到什么——或许一小时五十、一百美元？她一天要教四堂半小时的课吗？她是怎么用这点薪水生活的？

格蕾丝的大学学费已经存在银行，谢天谢地，但是他稍微存下来的那点钱也已经在飞速减少。他痛恨自己没有长期残疾或者买人寿保险。而且他也不为任何提供奖金的公司工作。他自己就是公司，曾经他还算年轻健康，还有更多的时间可以赚取足够的钱来支撑自己的生活方式。他能够想到的最糟糕的情况就是双手受伤，严重到结束事业。但是在那种概率极小的情况下，他还可以教课，做巡回讲座，在某些学校觅得一份教授职位。总是有办法的。他从来没有考虑过需要保险费的可能性。他假设不会有什么坏事降临到自己身上。不可能有什么重大灾难。看看现在。活生生的灾难。

在所有的谎言与背叛之后，她放弃了古典音乐方面的天赋与罕见才华，转投爵士的怀抱，之后甚至没有再捡起来过，这让他觉得幻灭。他的大脑向双手发送攥成拳头的信号，但没有用。他的愤怒里还混有无能为力。

这不完全是他的错。

她却事事都怪他。

她对一切都说了谎。

她会说是他先背叛她的。

过去几个小时里他瑟瑟发抖，一心想要个羊毛毯，现在却浑身发热。麻木的腋窝下，打底衫已经汗湿。他觉得自己周身战栗，心绪紊乱，仿佛需要坐下来或者离开这栋房子才行，结果呢，他还是一动不动地钉在半开的门边。

卡莉娜的弹奏戛然而止，现在轮到那个学生来弹《土耳其进行曲》了。她弹出来的音乐没有丝毫甜蜜轻快的感觉。这让他想起格蕾丝四五岁时，她放声朗读，结结巴巴地念出《青蛙与蟾蜍》里的每一个音节，每读一页都要绝望好几次，由于每一盎司的努力都灌注在读清楚每一个字母上，所以也就失去了理解整个故事的欲望。那是非常不愉快的体验。不一样的是，他爱格蕾丝。他讨厌这个学生。

他其实不该这样，他不该痛恨这个可怜的学生。但他的心里有一团漆黑有毒的憎恨，他的仇恨需要一个对象。比较简单的选择是 ALS，但是 ALS 没有面容、没有声音，也没有心跳。要去恨一个非人类的东西还是有点困难的。

他痛恨卡莉娜。痛恨她的借口、她的谎言。

他恨自己。恨自己的自私。恨自己的不忠。为什么一个四十五岁的钢琴演奏家会得 ALS？或许这就是报应。或许他做了与 ALS 同样级别的惊人坏事，所以得病是他的报应。又或者，是因为她做的事情。也许他的 ALS 是对他们相互犯罪的惩罚。

还有可能，也许有点奇怪，ALS 是他们赎罪的机会。如果他们能够承认自己错在什么地方，并为带给对方的所有伤害道歉，并相互原谅，如果他们用另一种方式来消除那些不好的业报，或许他就能痊愈。或者，就算不能痊愈，也能用某些方式来缓和。这对他们两个人来说都是。他意识到这种神秘的奇迹类似于对着星星许愿，向上帝祈祷，相信魔力八号球[1]的预言能力。

可为什么不能试试呢？

他用脚关上门。他无法忍受那质量低劣的钢琴课哪怕再多一秒。他宁愿继续痛恨卡莉娜和他自己也不想回答的为什么。

[1] 是一种随机出答案的玩具，共有二十种不同答案。国外常用这种玩具来占卜。

第十五章

理查德躺在书房的躺椅上，听见卡莉娜在唱《宝贝，此刻外面寒冬凛冽》。她已经为了圣诞守夜在厨房里忙活了一整天，那是一种由十二道菜组成的传统波兰晚餐，在平安夜供应，那是她一年中最喜欢的一天。一大早开始，她就不停地在唱歌、做饭，决定好好享受这一天，哪怕胡桃木大街125号并没有别人会加入她。也有可能她是希望自己顽强的快乐能够搭上烹饪好的洋葱、大蒜、生姜还有酵母面团绵甜的香味渗透到这栋房子里，影响到自己的女儿和前夫。

就理查德所知，格蕾丝一直都帮妈妈一起准备年夜饭。她们穿着配套的红色围裙。格蕾丝专门负责烘烤makowiec，一种非常奢华的罂粟籽面包卷。她们这对组合讨人喜爱，从开始准备特别的节日盛宴时一边唱歌一边聊天。

今年却没有。

两天前，格蕾丝走进家门，之后就一直把自己锁在房间里。到目前为止，她含混的逃避借口包括累了、头疼以及看书。理查德时不时能听到头顶管道冲水的声音，这样他就知道她在书房楼上的洗手间里。几个小时前她下了趟楼，一言不发地去了厨房，似乎是拿了些食物走，然后很快就缩回了自己的洞穴里。现在是下午6点，她还在楼上。

格蕾丝放圣诞假回来之前，他和卡莉娜苦恼于要告诉她多少。卡莉娜不想让她从学业中分心，让她期末考试失利，但是，理查德又不想让她在毫无预警的情况下回到家里来，与他的ALS撞个正着。没有什么好的选择。他们都让步了。因为卡莉娜的声音听起来不像饮酒过量的苹果手机语音助手，所以由她给格蕾丝打电话，给格蕾丝一些提示，告诉她回家以后会面对什么状况。

只是想让你知道，你爸爸已经搬回家里住了……不是的，我们没有和好。他需要一些帮助，所以要在家里住上一阵子……我没疯……没问题的。等你回家来我们再详谈。

他一直在回想格蕾丝第一眼看到他时脸上的震惊。那种震惊远不是看见自己已经离婚并且疏远的爸爸又回到家中生活的不适。这种感觉肯定已经在她心里演练了几百遍。那种震惊是因为ALS，因为他垂落、晃荡、失去生命的双臂，因为他单一语调的声音，因为他枯瘦如柴的外表。他用了一年的时间来习惯这种缓慢的变迁。他适应这条路上每一样功能的丢失，每一次扭曲，这样当他面向镜子或者听到自己的声音时，就能注意到最新的变化。他记录下百分之九十九到百分之百的不同，然后适应它。他不需要从零开始适应每一个新的症状，每一次沉重或必然的失去。大多数时候他仍然能看见自己、听见自己。每个星期都是一个全新的、正常的自己。

但是在他确诊后，格蕾丝并没有见过他。他眼睁睁地看着她瞬间接受全部的转变，从零到一百，不足一秒，这种打击影响到了她的脸色。他呼吸急促，生怕自己是让她脸色不好的源头。她挪开目光，挤出一声软绵绵的“你好”。僵硬而沉默，她忍受着他们精心计划好的有关 ALS 各种问题的解答。而后她一言不发地回了自己房间。

卡莉娜宣布晚餐准备好了。理查德从房间里出来，格蕾丝也出现了，在餐厅边徘徊，像只紧张的兔子随时准备冲出去。卡莉娜把她叫到厨房。理查德独自一人待在餐厅，坐在了首座，每当节假日或者有晚宴的时候他就会坐在那里，已经坐了十三年，但此刻他一点熟悉的感觉也没有，反而觉得有点别扭，坐立难安，感觉不应该这么坐。餐厅同他记忆里一模一样 —— 一样的橡木桌子和搭着象牙白罩子的餐椅，一样的水晶枝形吊灯，一样的银器和瓷器，墙上还是一样红绿相间的抽象油画。一切都没有变样。

但是他大不相同了。他是个前夫，一个 ALS 病患，一个前钢琴演奏家。在这把椅子上，他是一个闯入者，一个不受欢迎的客人，一个僭越了主角的龙套。作为波兰的传统，卡莉娜为可能到来的意外客人准备好了座位，可能有人会在深夜迷路，需要一顿饭。理查德站了起来，换了个座位。就这样，舒服多了。

卡莉娜和格蕾丝在餐厅里进进出出地穿梭，出了好些差错，传送餐盘、浅盘、碗和一些勺子，理查德则像虚弱的国王一样袖手旁观。餐桌上充满了色彩、香味和回忆。罗宋汤 —— 一种味道浓烈的明红色甜菜根汤、波兰饺子 —— 小小的耳朵形状的面团，里面是清炒过的野蘑菇，饺子馅饼、炖酸菜、酸奶油鲱鱼。一共十二道菜。一桌豪华盛宴呈现在他面前。

卡莉娜最后一次从厨房出来，她停下脚步，注意到理查德换了位置，但没有表示反对，她往他的盘子里放上香草冰淇淋奶昔。她坐下来，背诵了一段简短的祈祷，为即将到来的一年祈求祝福。随后她没有使用传统的华夫饼，而是从条形面包上撕下来一片，传给了格蕾丝。格蕾丝并没有把面包传给理查德。卡莉娜和格蕾丝开始享用这顿奢靡的晚餐，理查德则小口小口地喝着奶昔。

尽管他还能吃一些特定的柔软食物，比如土豆泥、通心粉和奶酪，他也能搞定今晚餐桌上的汤和意大利面，但是他无法忍受让人喂。他试过，和好几个大惊小怪的家庭护理员试过几次。他系上围嘴，张大嘴巴。这让他觉得无助，弱势，而且孩子气。他很快就对此叫停，放弃了需要叉子和勺子的可爱味道与口感，放弃了喜欢的食物，选择了极其有限的菜单，包括可以喝的汤、沙冰和奶昔。他已经不再掌控自己的肌肉、独立性和人生。但只要他还能，他就要自己吃。

所以他一边喝奶昔一边眼睁睁地看着卡莉娜和格蕾丝在自己面前吃晚餐，气恼于卡莉娜竟然没想到给自己弄点罗宋汤在杯子里并插上吸管。他太过顽固，极度不愿意开口要求。所以他死死盯住眼前的画面，听着她们吃饭时发出的各种声音——银餐具碰撞在瓷器皿上的叮叮当当，卡莉娜从勺子里吸了口汤，热气腾腾的碗传来传去，格蕾丝张着嘴咀嚼食物。这所有的感觉经验，所有的节日氛围，每一个分子，都让他恶心。就连平·克劳斯贝唱《雪白圣诞节》都是一种对他的侮辱。

没有人说话。天生健谈的格蕾丝一个字也没说。沉默向来是她在隐藏愤怒和恐惧时会披上的斗篷。她一叉子接一叉子往嘴里送食物，把餐盘的食物一扫而空，仿佛是在比赛，奋力要争头奖。她在平·克劳斯贝唱完一曲之前就吃完了。她把椅子向后一推，把汤碗搁在餐盘上，站了起来，往厨房走去。

“别动。”卡莉娜说，“你还不能离开餐桌。”

“为什么？我吃完了。”

“你还没吃 piernik 和 makowiec。”

“我不想吃 piernik 和 makowiec。”

格蕾丝是喜欢 piernik 和 makowiec 的。理查德也是。

“好吧，那坐下来，陪陪我们。平安夜还没过去。”

格蕾丝的态度软了下来，她坐了下来，但是没有往餐盘里添任何食物。理查德发现她正偷偷朝自己投来快速的一瞥，动作很小，仿佛直视他超过一秒钟就会有什么危险似的。在网上去了解有关 ALS 的资料是一回事，他猜过去两天里她一直在房间里做这件事，但是在同一张桌子上和 ALS 面对面又是另一回事，一盘 piernik 和一些闪烁的蜡烛，亲眼看到活生生的例子，看到患者本人，看到它定居在自己父亲身上。

“你期末考试怎么样？”卡莉娜问道。

"很糟糕。"

"啊，为什么？"

"我根本没复习，因为我一直在忙着查与 ALS 相关的东西。"

理查德和卡莉娜望向彼此，都大吃一惊。

"可是你怎么……"

"你跟我说爸爸回来跟你一起住了，然后又不告诉我为什么。我给汉娜·朱发了一条短信，告诉她这有多诡异，然后她就告诉我了。"

"我很抱歉，亲爱的——"

"所以汉娜·朱和上帝都知道其他人早就知道的事情，我爸爸得了 ALS，而我却不知道。真高兴我是这个家或者随便你们叫什么都好的一分子。"

"我们就是因为那个才不想在期末考之前告诉你。"

"这又不是一夜之间发生的。你为什么不早点告诉我？"

"我自己也是最近才知道的。"卡莉娜说。如果她更早之前不知道的话，她就是在七月知道的。总是转移责任，总是自己正确，总是无辜的那一个。理查德真想戳穿她这个谎言，说出真相，就这一次，在格蕾丝面前曝光卡莉娜也好，可是他的声音太小了，根本没办法插话进去，于是他就随她去了。

"那你呢？"格蕾丝问道，她第一次跟自己的爸爸说话了，"你又为什么不告诉我？"

他就是在去年圣诞节前确诊的。他不想用这个残酷的消息毁了格蕾丝的假期。随后就是彻彻底底的否认。独自在公寓里，没人听他说话，他甚至不能低语说自己得了 ALS，也就更没有想过要大声对自己的孩子说出这三个字来。他继续巡回演出，假装一切无恙，并且向特雷弗隐瞒病情长达三个月。但是很快，他的右手就越来越虚弱，威胁到了他的演奏、他的声誉、他的人生，事情就这样败露了。但他还是没有向全世界宣布自己的病情。特雷弗将它伪装成肌腱炎隐藏了一阵子。所以从一开始，让不让格蕾丝知道这个消息就不是他自己能控制的了。

但是后来就是他的事了。他很害怕又给了她一个推开自己的理由，她很可能完全拒绝他，而他们永远也不会有机会去修补这一切。在得 ALS 之前，他就不知道如何恰当地与她相处，甚至不知道有没有好好相处的可能。显然，他很懒，而且觉得他们还有大把时间。而现在呢？他得了 ALS，他们没有二十年的时间去治疗、去解决所有问题，而他仍旧不知道怎么做才算对。他还没有准备好一个妥当的开始。

“我也试了很多次，太难了。你要期末考，紧接着就是大学一年级的下学期。我不想毁掉你人生中最激动人心的时刻。”

“不用担心，你毁不掉的。”

格蕾丝天生就忠诚于她妈妈，总是将卡莉娜的不开心与离婚怪罪于理查德。坐在他对面，双臂交叠，眼睛冒火，有什么别的东西在格蕾丝的怒火中露出端倪，理查德看出来了，这东西很可能已经存在了好几年，但直到刚刚他才意识到。是背叛。

理查德每一次欺骗卡莉娜，也同样是在欺骗格蕾丝。这个理论在他脑海中不断翻滚，挥之不去，如鲠在喉。他错过了格蕾丝的周六足球比赛、周末晚餐或者学校的颁奖夜，一方面是因为他在迈阿密有一场音乐会。而另一方面呢，他之所以错过这些事情是因为他选择了和一个如今已经想不起名字的女人一起逗留在迈阿密。

在格蕾丝的童年里，大部分时间家里都没有爸爸，而这样的日日夜夜里有一些是因为他各种各样的风流韵事。所以从这方面来说，他确实也欺骗了格蕾丝。

他看着自己的女儿，她那双大大的绿眼睛和意式浓缩一样的棕色头发像极了她妈妈，他从那双眼睛里看到了深深的不满，从坚硬的下巴上看到了反抗，她的嘴巴就是武器。他从女儿的脸上看到了自己，他心痛不已。他们两个人都没有得到自己想要的爸爸。

“所以接下来会怎么样？”格蕾丝问道。

除了一些特殊的周末旅行或者休假外，三月底之前格蕾丝是不可能再回家了，前提还得是她不去代顿海滩、西锁岛或者其他大学生最近热衷于度春假的地方。还有三个多月。这段时间里可能出现许许多多令人沮丧的变化，这些变化可能导致他使用喂食管、呼吸机、轮椅、用眼睛进行人机交互、气切和机械通气。有希望的是，他不会死。

“我不知道。”

有关理查德的未来，最大的确定与最直接的不确定同时悬在平安夜晚餐上方，可以想象，又无法想象。没有人说话，也没有人吃饭。《平·克劳斯贝圣诞专辑》的最后一首歌放完了。房间里鸦雀无声。理查德检视了一下桌子上没吃完的菜，那些能让人得到安慰的食物被格蕾丝拒绝了，她拒绝被安慰。卡莉娜凭借一己之力从头到尾完成的这十二道菜都是从她的父母和祖父母那里继承下来的食谱。他的注意力集中到了没人碰的 makowiec 上，一种甜甜的罂粟籽蛋糕，这是他的最爱，所以他打算冒个险。

“卡莉娜，能拜托你喂我一两口 makowiec 吗？”

一开始她完全没有反应，一脸茫然，似乎没有理解他的要求。他从来没有要求她喂过自己。在她明白他的请求时，眼睛里充满担忧。

“我不知道。你可以吃这个吗？”

“就吃小小的几口。我会用奶昔冲下去的。如果没有吃 makowiec 就不是平安夜了。”

这句话说服了她。拿出传统来很容易骗卡莉娜上当。尽管不太确定，但她还是从蛋糕上切下了薄薄的一小片，放在理查德的盘子上。随后她就坐到理查德旁边的空位上，面对他。她用大拇指和食指捏起一点点蛋糕举起来，几乎只有玉米粒那么大。

“我又不是鸟。真正的一口，拜托了。”

她还是不确定，但还是从意外来客的位子上拿来一根没用过的餐叉，切下一块大小适中的蛋糕来。她同理查德目光相接，小心翼翼地把这片 makowiec 送进他张开的嘴巴。

他闭上嘴，让蛋糕停留在舌尖上。想看看他的味蕾能不能因为愉快而分泌唾液，它们能。他的嘴巴里充满了口水，它们或许很开心。这湿软的蛋糕，这酸酸的奶油和黄油，这甜甜的蜂蜜，一点点柠檬，还有罂粟籽颗粒。他咀嚼起来。他咀嚼了！他都不记得上一次咀嚼是什么时候了。可能是吃了个面包圈。不管吃了什么吧，都不值得记住。这一口蛋糕却是神圣的，每一匚的滋味、每一寸的质地都如同盛况空前的庆祝一样在他嘴巴里转着圈。

他把这小小的一口天堂嚼成了糊状，可以像冰沙一样用吸管吸取，如此一来他便开始有意识地往下咽。没问题的。他伸出舌头，像小孩子证明自己吃完了一样。

他扬了扬眉毛，又把头转向盘子。卡莉娜又弄了满满一叉子。理查德张开嘴，她喂了他。在他咀嚼蛋糕的时候，他们一直保持着眼神的接触，卡莉娜警惕地注意着是否有什么不妥，理查德则无声地让她知道自己没事。

他搞定了这一口，又要另一口。咀嚼的时候，他看着卡莉娜有些动摇的绿眼睛，他原本担心，要她喂饭会有残酷的尴尬与怜悯，结果完全不存在。反而有一种特别的亲密、极度的温柔在两个人之间往复，这是他从未想到过的。吃完下一口后，她用面巾纸擦了擦他的下嘴唇，他满心感激而不是羞愧。她笑了。他真希望自己在几个月前没有拒绝喂食，并且开始幻想所有可以咀嚼的美味佳肴，也想到开始出现噎住的情况后其实完全没必要放弃的那些可爱的咀嚼时刻。

或许是因为他有点得意忘形。或许是因为和卡莉娜之间预料外的接触而分了心。他漫不经心地把药丸大的蛋糕送到嘴巴后面，等它完全湿透，在准备好之前就开始了吞咽。他不知道是不是因为自己先恐慌了所以出了差错，还是蛋糕进了错误的管道致使他恐慌，反正他已经惊慌失措地让那块黏糊糊的蛋糕堵在了气管里，无法呼吸。

更糟糕的是，他的腹肌和横膈膜都非常虚弱，他没有办法像正常人一样用一个简简单单的咳嗽把这口食物送出去。他睁大眼睛，眼球凸出，一眨不眨，卡莉娜回过头去看他，她吓到了，动弹不得，完全僵住了。他在收紧脖子上的每一块肌肉、每一根动脉，拼命地想要咳嗽，想要呼吸，想要呼救，但最终只是无声地被卡住。

“妈妈！”格蕾丝尖叫起来，把她妈妈给叫醒过来，立刻采取行动。她开始用手掌后部拍打他的后背，好像他是个非洲鼓。没用。他想象这个嚼了一半的蛋糕团就像个湿漉漉的混凝土塞子，塞住他的气管。他越过桌子去看格蕾丝，透过泪水模糊的双眼，她看上去影影绰绰，惊恐万分。

卡莉娜改变了方法。她站到他的椅子后面，拦腰抱住他，将他的双臂也包裹在内，并迅速用拳头挤压他胸骨下方柔软的地方，就在骨头和胸腔之间。她一遍又一遍地用拳头猛击他的腹部。可

makowiec 就是不往外挪。他也一次次想要帮她，却没办法真正咳嗽出来。他开始头痛。格蕾丝和整个房间都变得模糊不清。卡莉娜在喊他的名字，他也知道她就在那里，就在椅子背后，按压的力道越来越大，她的声音听起来却是那么遥远。

或许这就是结束了。或许这就是接下来会发生的事情。

第十六章

卡莉娜打开塑料纽扣式造口饲管，就在肚脐眼上方，从皮肤上凸起约两英寸左右，连上了一小段管子，她以五十毫升注射器的量往理查德体内输液，在接下来的半小时内要向他的肚子里注射总共500cc的液体黄金，这是他这一天的第五顿“饭”，也是最后一顿。在等待注射完成的这段时间里，他们在电视上看了《老友记》的重播。

在过去的三个星期里全都是管子。在平安夜的致命窒息插曲过后，卡莉娜把他带去了ALS诊室。他的神经科医生、胸腔科医生、放射科医生、语言病理学家和肠胃病医生都来听了发生的事情，评定了他的呼吸和吞咽情况。他们发现了两件比较重要的事情，并且做了两个里程碑式的决定，两个决定都和管子有关。而所有决定的依据，包括所有管子的源头，还都在等待裁定。

首先，他做了吞咽测试。他喝下了溶解在稀释液体里的钡，在吞下去时口沫横飞。然后又吃了混合在苹果酱里的钡，吞咽了很多次，才清理干净喉咙上黏黏的感觉。之后他又试着吃下撒了钡的饼干，经历了剧烈的咳嗽发作。一个放射科医生和语言病理学家研究了X射线影像，认定他可靠而安全的吞咽能力在过去三个月当中已经有了明显的退化。不是开玩笑的。

他舌头和下唇的肌肉已经萎缩得很厉害，越来越虚弱懒散。最危险的是，在吞咽时，他会厌关闭喉咙的速度很慢，这就意味着食物可能会被送进气管和肺里。这就是平安夜那天那块makowiec可能引发的问题。奶昔不会像罂粟籽蛋糕一样停留在他的气管里，后者可以被吸入错误的管道，落入肺里，引起吸入性肺炎。任何进入他嘴巴的东西都有可能轻而易举地夺走他的性命。

还没有准备好向死亡缴械投降，他就先向饲管投降了。格蕾丝回学校之后的那天他接受了手术。对他的外科大夫来说，二十分钟的手术直截了当，属于例行公事。弗莱彻医生把内窥镜从理查德嘴巴里送进去，顺着食管往下走，最终抵达腹部。通过仪器，他在腹部插入很薄的塑料管，并且在理查德的腹壁上凿出了一个小孔。

卡莉娜等了足足十分钟，250cc才输送进他的肚子，现在可以休息一会儿。如果输入太快，他很快就会饱，然后呕吐。非要解释的话，液体黄金有点难闻泛酸，还有坚果的味道，只要一想到这玩意儿他就有点害怕。这种东西原本就不是为了好喝。谢天谢地，卡莉娜是慢慢给他输送的。

《老友记》播完时，最后一点食物也注射完毕，卡莉娜把晚上的药剂溶解在水里，也通过注射器输送到他身体里。水很凉，让人神清气爽，根本就没碰到他的嘴唇却也缓解了口渴。而后她又用清水冲刷了两遍软管，合上了纽扣式造口，放下理查德掀起来的上衣。就是这样了。晚餐吃完了，或者说是睡前饮料、他的喂食，随便叫什么都好。尽管此刻肚子灌满半升液体，富含五百卡路里，他没法说自己饿，但也没办法说自己酒足饭饱。哪怕这种进食方式毫无缺点，他顶多只能给这顿饭本身一星的评价。

他还记得刚开始巡回演出的时候，每天晚上他都要叫牛排到房间。大概是第八天还是第九天的样子，他想一下牛排都要吐。他已经吃够了，于是开始叫比萨，有一个月没有叫过牛排。而现在，客房服务菜单上唯一的选项就是液体黄金，连续二十三天，数得出的每一顿饭都是这个。现在的他愿意用任何东西来换一块四分熟的风干牛排。

他试着不要去想食物。首先，去想象自己再也得不到的那些食物简直是一种折磨。其次，就像巴甫洛夫的狗，在铃响后就觉得主人会把牛排扔进它的餐盘里，想到食物会让理查德流口水。饲管消除了吃饭喝水带来的潜在威胁，但他还是要同自己的口水战斗，口水就像其他液体一样，咽下去的时候也可能流进错误的管道。

即便是在格隆溴铵的帮助下，他的口水也莫名变得像埃尔莫斯胶水一样黏稠，不断堆积，不是从下嘴唇上溢出来，像绸带一样闪闪发光地挂在下巴上，就是黏在嗓子眼。想想看吧，牛排打开了水龙头，他在汩汩流淌。

卡莉娜打开了全新的抽吸机，把抽吸棒伸到他嘴巴里，在里面搅上一圈，把他的牙齿、牙龈和舌头全都吸一遍，吸出他过多的唾液，烘干他洪水泛滥的嘴巴。每次她这么做的时候，他都觉得自己好像在看牙医。

在看医生的时候第二大发现是呼吸情况不可靠。他用力呼气的肺活量已经下降到了百分之四十二，也就是他能够呼出的气体总量。过去三个月里，他渐渐注意到自己从一个房间走到另一个房间时常常喘不上气，每次说四五个单词就要停一下，因为吸不上气来，而他说话的时候又完全是往外呼气。

“你夜里会醒吗？”医生问。

“是的。”

“一天刚开始的时候你就已经很疲劳了？”

“是的。”

“醒过来的时候会头痛？”

确实，过去几周来，几乎每天早上都是如此。

“你在夜间肺部换气不足。你没有吸入足够的氧气，同时身体里又滞留了过多的二氧化碳。我希望你使用无创呼吸机。”

他完全不知道自己的失眠和早上的头痛都是因为夜间持续缺氧造成的。所以他现在睡觉的时候会戴着面罩，面罩上有一根管子连上呼吸机。现在是晚上 10 点，刺激的每日旅程还剩下最后一项，那就是连接呼吸机。

卡莉娜灌满了加湿器，插上了插销。理查德盯着她工作时困倦却注意力集中的双目。她用小指头把凡士林涂在他脸上许许多多的小疱疹上。空气潮湿，脸部皮肤又因为每晚长时间接触面罩，皮肤状态每况愈下，引起了非常严重的皮疹。他试着用鼻垫代替面罩，但是睡觉的时候无法保持嘴巴闭上，如果用头巾绑住下巴不张嘴反而让皮疹恶化。所以他还是戴上了全脸面罩，忍受着疱疹。卡莉娜用毛巾给他擦手，打开呼吸机，把面罩覆盖在他的鼻子和嘴巴上。

安慰几乎是瞬间的。通过他的自主呼吸，空气传送进来。肺部充得满满的，胸腔扩展。在他呼吸时，机器反转压力，空气被挤压出来，就好像他的肺是两个风箱，机器按住两边往里挤压。到了每天晚上的这个时刻，卡莉娜把面罩覆盖在他脸上，他才能意识到这一整天自己的呼吸有多吃力、多轻浅，仿佛他从早上开始便穿上了紧身胸衣，而卡莉娜终于给他解开了。有了脸上的面罩，他可以呼吸大量流动的甜美氧气，同时呼出二氧化碳，一种深深的紧绷感离他的身体而去，仿佛热蛋糕上升起的热气。他不会在夜里因窒息而死了。

胸腔科医生说他的呼出肺活量，目前正以每个月百分之三的趋势下降。呼吸机只能用压力支持呼吸，不能替他呼吸。它是同他一起呼吸的。到了某个阶段，无创呼吸机就没办法维持他的呼吸了。到那时，唯一的选择就是死亡或者气切插管，连上机械通气机，每天二十四小时不间歇。就像不去想四分熟的纽约牛排，他也试着不去想这件事。

无创呼吸机的介入意味着能让理查德在晚上睡得好了些，同时，也意味着卡莉娜的情况刚好相反。她得调整面罩，确定它是否完全密封。毫无疑问她也清楚，就像所有东西一样，这种密封是暂时的。在他打哈欠的时候，鼻子因为痒痒皱起来的时候，脑袋朝右边歪的时候，面罩都有可能掉下来。一旦掉下来，机器就会发出警报，卡莉娜就得爬起来调整面罩位置，一夜要好几次。现在她干脆睡在客厅沙发上，以缩短自己来回的时间。

他就像个新生儿，卡莉娜是个睡眠不足的新手妈妈，是个行尸走肉。但是和新生儿在一起，隧道尽头是光明的。宝宝们会开始吃固体食物、增加体重，要么变成一个——怎么说呢，一些成长中的里程碑会高耸起来，宝宝们可以奇迹般地睡过幸福的夜晚。但他这条隧道的尽头没有光明，没有里程碑让理查德从整晚需要看护这种状态中走出来。除非他们把他的死亡看作里程碑。或许卡莉娜是这么看的。

他看着她的面庞，看着她漂亮的绿眼睛。她正在检查他的面罩周边，因为面罩是卡在脸部中线上的，所以她的样子就好像是在研究他。她的目光有点呆滞，没有一点点火花。她的长发束成一个低低的马尾，但是额头前的发束掉落了下来，耷拉在右边的眉毛上。他想要伸出手去，把头发别到她耳后。

她看着他的眼睛，叹了口气。他想告诉她，很抱歉让她这么疲惫。很抱歉自己得了这个病，而且无处可去。很抱歉自己成了她的负担。而后忽然间，非常奇怪的，这是第一次，他想要告诉她，他为所有的一切感到抱歉。

他很抱歉，并不是像往常那样有附加条件，这一次，他没有宣告自己无罪的借口，天平的另一端也没有控诉她罪行的等量清单，没有责怪她，更无意这么做。他只想道歉。他很抱歉自己对她、对家庭、对两个人的人生都如此漫不经心。他很抱歉自己背叛了她，因为他不知道该怎样对付自己的寂寞，他觉得她不欣赏他、忽视他、不爱他，也不知道该怎样和她谈这些。在这个星球上，他和卡莉娜一起躺在床上的时候是最孤独的。他从没对她说起过。他记得那双绿色的眼睛直直看入他的眼眸，积蓄着愤懑，惩罚他，看透他，对他漠不关心，退避三舍。他太害怕了，不敢问她自己究竟做错了什么，也害怕听到她的回答。他们从来没有聊过这方面。在共同的沉默里，他们串通一气。

她筋疲力尽的双眼同他对视，似乎是在祈求面罩能多保持几小时。他现在就想告诉她，他很抱歉，在她离开房间之前，在这个真相和坦白的渴望蒸发之前，在睡着之前，仿佛这是午夜的一场梦，早晨醒来只隐约记得些什么。他像抓着一枚氢气球一样抓着他的抱歉，打了活扣的绳子迅速从手腕上抽离，瞬间就变成了平流层上的一个圆点。他必须现在说出口，不然可能永远也不会说了。

“对不起。”

可是他的声音已经非常轻薄而微弱，就像苟延残喘的他一样，他无法让声音穿过面罩，穿过像吸尘器一样呼呼作响的呼吸机。

“晚安。”她说。

卡莉娜关掉了电视和灯，虚掩上房门便离开了房间，什么也没听见，对他说出口的话浑然不觉。

第十七章

完成早班工作后，比尔走进阳光普照却冷飕飕的客厅，敞开书房的门。卡莉娜裹着毯子坐在沙发上，只有脑袋露在外面，喝光了第二杯咖啡里余温残留的最后一滴。洞开的房门让卡莉娜很心烦，甚至有点迷惑，仿佛她是目击了什么人留下了没有收拾的床铺或者没有把牙膏盖子盖上，像是她挠不到的剧烈瘙痒，让她心烦意乱。她从不让书房门大开着。如果可能的话她倒想彻底关上，但是不可能，这样一来理查德就会被关在里面，但是在他们之间还是需要某些实质性的、看得见的屏障。她只会让书房的门保留一点点缝隙，至少制造出一点隔离和隐私的样子来。这样才会让她觉得有安全感。她并不想向比尔揭示这种可能有些病态的强迫症，她会在他走后关上书房的门，只留下一英寸的余地。而后她才会去冲澡。

比尔在手机上查看信息时她就在期待他们的每日告别。完成了，他抬起头来看她，却没有送上往日元气满满的拥抱，也没有亲吻她的脸颊，他站在原地，双臂交叉抱在胸前，打量着卡莉娜，仿佛她是个他无法解决的数学问题，或者是那种让他反感的艺术品，他也不知道为什么反感。

“好吧，姑娘，我下午 1:30 的工作刚刚取消了。一会儿肯西亚会来这里陪理查德。你要和我去喝咖啡。”

“如果你想喝咖啡的话我可以拿壶过来。”

“不行。你得从这栋房子里出来，我们得谈谈。”

“谈什么？”

“谈你。”他说道。不容置疑、深思熟虑。

“我？”她霎时为自己的鸡窝头和运动裤窘迫起来，她的上衣里没穿内衣，也没化妆，身上的气味也不是很好，“我挺好的啊。”

“你一点都不好。《恋恋笔记本》里的瑞恩·高林斯才叫好。你是《摔角王》里的米基·洛克。”

太伤人了吧，她想把裹在身上的毯子拉起来，拉过头顶。

“我只是把我看到的说出来而已。”

“我还没洗澡。”她坦白，仿佛这个显而易见的事实还不够明显似的，“而且我已经喝了两杯咖啡，不能摄入更多咖啡因了，不然今晚就别想睡了。”

“你可以喝脱因的。”

“说真的，我挺好的，比尔。”

“1:30 喝脱因咖啡，要么就等到 6:30 我下班后，我们去喝杯马提尼。别再想丢给我更多借口了，我可是个巨形球拍，可以一直把这些借口回击给你。”

“我挺好的。”

“你不好。”

“我不能在 6:30 离开。凯文只在这里待到 6 点。”

比尔眯起眼睛，透过黑色的镜框看着她，就像在下棋一样认真思索自己的下一步动作。“你快把我逼疯了。”他又查看了一下手机，“好吧，我下一个主顾住在附近，所以我们现在就来吧。来吧。”

他冲进厨房，仿佛在执行任务般决绝，卡莉娜别无他法，只能跟上他。他们面对面坐在方形的早餐桌边。他直视她的眼睛，一言不发，把她看穿了，她觉得在他的凝视里，自己一丝不挂，还算安全，她发现自己拼命忍住才没哭出来。

“好了，亲爱的，告诉我到底怎么了。对目前的情况我必须得了解更多。”

“你指什么？”

“我指你俩。是有原因的，这个房间里的紧张感简直要杀了我了。”

卡莉娜向后靠在椅背上，眨了眨眼，吃了一惊。她觉得自己就算没什么优点，但是对理查德做到了完美的文明、礼貌、尽职尽责，尤其是在比尔面前，她喜欢他，欣赏他，想给他留下好印象。与理查德之间的分界线上的每一处锋利她都能感觉到，但是她假装他们的仇恨正疾驰在一条私密的公路上，从不对外开放。她没有想过比尔或者其他前来造访、照顾理查德的人能够意识到这一点。

“真的吗？”

“你们两个使尽浑身解数避免眼神接触。说真的，如果我也在这样一个房间里，我的眼睛也要忙着看来看去看那么多，我真的头晕眼花，得坐下来了。”

“好吧，你知道我们离婚了。”她压低声音说，不希望理查德通过洞开的书房门听见她的话，好奇她都和比尔分享了什么细节。

“你有没有打算说出全部的故事来呢？”

“对你？”

“对理查德。”

她哑然了。她没有看到这个必要。她用拇指从干裂的下嘴唇上撕开一小片死皮，闻到手上残留的咖啡香味。这块死皮扯得太长了，一直没掉，于是她快速地掐断，不再继续。她舔了舔嘴唇，舔到了血。

比尔等待着，一直看着她。

“我们离婚的一部分原因是我们不知道该怎么和对方沟通。”

“你看，我没法把自己代入你们的情况，但是我看见了我所看见的东西，我真的忍了很多。我也失去了很亲近的人，到最后，都是和平，内心的平静，终结。你必须得原谅。”

她一直在对理查德负责。她脱下他的内裤让他小便，在他尿完后擦掉马桶垫和地板上的尿渍，她整天从他嘴巴里吸出黏液，整夜把那该死的面罩固定在他脸上，她通过注射器把食物和液体送进他的肚子，她确保书房的门留了缝没关，这样他就能进出自如。还有数千件其他的事情。现在她也开始考虑原谅他了吗？她想做正确的事情，她想取悦比尔，但是她累坏了。她完全被击垮。

“我已经无法为理查德做更多了，我已经尽了全力。”她双臂抱在胸前。

“甜心，原谅理查德是为了你好。不是为了他。”

她的态度一下子就软下来，有点吃惊地考虑这个观点。*原谅理查德是为了我？会是真的吗？*她又试着想下去，结果非但没有*天空是蓝色的*这种真实感，反而更像是*天空是无限的空间，延伸超过一千亿个银河系。*它可能是真的，但她无法理解。

“我不知道你是否完全了解这一切，但是他不太可能活到九十岁。”

“我知道。”

“换作我可不会等太久。你有可能失去属于你的机会。”

比尔直勾勾盯着她的眼睛，确定自己的言辞着陆了，而她的心跳正在加快，仿佛受到了警告、威胁或者恫吓。她点了点头，然而并不明白自己在赞同什么。

“我直说了。当然要说，亲爱的，拜托了，你得照顾好自己。我见过太多看护人油尽灯枯。你得从这栋房子里走出去，去拥有属于自己的时间。”

“我每周都和埃莉斯一起散步。”

“那不够。约约什么人见面呢？”

“比如说，男人？”

“没错，男人。或者女人，如果你有兴趣的话。什么都行。是约会就行。”

“不行。”她用力摇了摇头，驳回了这个建议。

“看看你。你那么美。要么，你可以好好洗个澡，化个妆，或许可以去一趟购物中心。”

“我最不需要的一件事就是还要照顾另一个男人，谢谢你。”

“我并不是让你去结婚，老天。我是在说可以请你喝酒吃饭的人。和别人上床不会伤害任何人，小姑娘。我是这个意思。你知道我是爱你的。”

“谢谢。我只是…… 我很好。”

“好吧。”比尔站了起来，并不相信她，但是还算满意，准备走了，“但是，找一个这地方之外的人，只属于你的人。ALS 会把理查德击垮。别让它也把你击垮。”

他吻了吻她的额头，离开厨房。她留在座位上，听着他的橡胶鞋底踩过客厅硬木地板的嘎吱声，而后走到门厅，紧接着响起了拉链拉上的和弦，前门打开的声音，令人满足的关门声重重地把一切都关在门外。

第十八章

卡莉娜和埃莉斯每周都一起散步，无论天气如何。下雪、下雨、高温、黎明的昏暗都不能阻止她们走完雷打不动的三英里。从理论上来说这个散步计划令人钦佩，然而在这样一个气温跌到零下并且还伴有大风的早上就显得有些可疑。她们离开了附近街区铺设好的道路，来到了环绕蓄水池的肮脏小路，比平常走得都要快。锋利、冰冷的空气刺痛卡莉娜的脸庞，似乎要从她裸露在外的眼球渗透进她的大脑，每一次眨眼都是一次短暂的防护，是令人安心的重要时刻。她真希望自己带了太阳镜来。像往常一样落满松针的小路在她脚下变得僵硬，泥土已经冻僵了。一阵阵朔风频繁攻击她的身体，阻碍她的呼吸。出门到这儿来实在太冷了。冷到没办法说话。

“她最终还是需要更多帮助。”格蕾丝说，飞快地跟在埃莉斯的高跟鞋后面，仿佛是在追捕她。

格蕾丝昨天回家来，要度过一个漫长的假期。上床睡觉前，卡莉娜邀请她加入自己和埃莉斯的晨间散步，不过，她没有抱任何希望，没有想过格蕾丝真的会来。她是个夜猫子，痛恨严寒，从来没见过早上6点是什么样。小学之后，格蕾丝就没有用语言表达过自己的喜好，卡莉娜把她的无声当作在说*谢谢*，而不是*不谢*。所以卡莉娜的震惊可不止一点点，在她准备出门的时候看见女儿穿戴整齐等在门口，她很高兴。

距离格蕾丝上一次回家已经过去了一个月。仿佛感觉有一年。十二月，卡莉娜在家里进进出出，并不曾过多担心理查德的安全。反正他能用电话联系到她。但是圣诞节之后，他的声音明显衰弱了，手机上的语音激活 APP 无法恰当领会他退化、含混的口齿。他的整个人生在一个月之内天翻地覆。他总是需要她的帮助，不分昼夜，所以她的整个人生也随之颠覆。她忧心忡忡，但是并没有放弃每周例行的散步。他不会有事的。

“他爸爸和兄弟呢？”埃莉斯问。

“他们是不会接管他的。”卡莉娜说。

“你都没问怎么知道？”

“相信我，我知道的。”

“他们至少可以给你些钱，毕竟你帮了这么多忙。”

“我可以的。”

理查德每周有三十个小时的家庭健康护理，这不包括在保险里。余下的时间都是卡莉娜在负责。

“可是，你为什么愿意这么做？”

“没错，妈妈，你到底想证明什么呢？”

卡莉娜不太确定。或许理查德待在家里让她能做点有用的事情，在她不教小孩子弹钢琴时，这些忙碌能填满每天那么多个小时。在格蕾丝搬去芝加哥以后，一种庞大而孤独的空虚便搬进了卡莉娜的家里和心里。再多的心理治疗、巧克力、酒、睡眠或者网飞都无法驱逐这份空虚。书房里得了ALS的理查德挤走了一些空虚，或许很奇怪，之前他的存在从来没能治愈过她的孤独。这真的就是她仅有的两个选择了吗？要么和理查德一起生活，要么和空虚度日。

她肯定是个圣徒。或者是烈士。要么就是糊涂了。

“这又不是一辈子的。”

“简·怀尔德就是这么想的。”

“谁？”格蕾丝问道。

“斯蒂芬·霍金的第一个老婆。”埃莉斯说，“他刚刚被确诊的时候，他俩才二十多岁，可她还是嫁给了他，以为他只有几年好活。他现在已经七十多岁了。”

“所以爸爸也能活这么久吗？”

“如果出于某些原因疾病不再发展的话。”卡莉娜说，但是就理查德的病情来看，她并不相信这种可能性，在过去的一个月里，他的情况恶化了那么多，“或者他就要做气切，靠机械呼吸机来维持。”

“你不能无限期地做这件事，卡莉娜。”

“我知道。如果他要用机械呼吸机的话，他就得搬去特定的地方。”

她并不是护士。也不是他的妻子。

“他现在或许有资格申请类似于生活协助之类的福利吧。”埃莉斯说。

“我现在还能照顾。”

“我不明白，”格蕾丝说，“你没法忍受和他一起生活。你说过，他搬出去的那天是你人生中最开心的一天。”

卡莉娜汗毛倒竖。她不可能跟格蕾丝说过这样的话。卡莉娜希望自己没有丧失全部判断力，直接把这话讲给了格蕾丝。她可能真这么做了。她没问。

“让我零零星星地照顾他几小时吧。星期二和星期三晚上怎么样？”埃莉斯问道。

“不行！我不能要求你这么做。”

“你并没有要求我。是我要求的。”

“不，真的，我没问题的。”

“我至少可以过去陪陪你。”

卡莉娜勉为其难地默许了：“好吧。”

埃莉斯伸手揽住卡莉娜，一边走路一边抱住了她。

“我有点担心留下你一个人和爸爸在一起。”

“我不是一个人。埃莉斯会在星期二和星期三晚上过来。别担心，亲爱的。我有很多人帮忙。”

“你没有。而且情况会越来越艰难。你明白的，对吗？”

卡莉娜明白，但是她并没有回答格蕾丝，也没有点头表示赞同。卡莉娜继续走着，冻僵的眼球锁定地面。一次迈一步。

“也许我应该待在家里，休学半年。”

“不行，你不能那么做。”卡莉娜说。

“要是我能想办法在波士顿大学或者东北大学完成下一学期呢？”

“不，我们不要讨论这件事。你爸爸绝对不希望你为了他那么做。”

“我是为了你这么做的，不是为了他。”

卡莉娜有多想让格蕾丝留下来，帮他照顾理查德，填补空虚，就有多不愿拿她的未来冒险。卡莉娜对偏离人生轨迹的滋味再清楚不过，即便只是片刻的脱轨，也没办法再回到原先的轨道上。她甚至连车站都回不去了。不，她绝不会让格蕾丝暂停学业，暂停她和马特的关系，暂停她对幸福和学位的追求。一秒钟都不行。尤其不能为了理查德。她绝不会让格蕾丝和自己犯一样的错误。这种错误要终结在她这里。

悬而未决的不满酝酿出焦躁的魔鬼，渐渐浮出水面，就像二十年前、十年前、上周一样丰盛，新鲜，挥之不去。卡莉娜任凭酸痛感在自己身上驰骋，理查德是怎样毁掉了她的人生，她欣然迎接这种熟悉的感觉，这出悲剧让她觉得完全合理。

“你不能因为这个把自己的人生搞得一团糟。”

“可你正在把你自己的人生搞得一团糟啊。”格蕾丝说。

“不一样。”

“她说到重点了。”埃莉斯说，“只要理查德住在书房里，你就没有办法往前走。你能看见你妈妈带约会对象回家吗？这里是客厅，书房里是我的前夫。”

“理查德并没有阻止我约会。是我自己没心思约会。”

“那你对什么有兴趣？”埃莉斯问。

暖和了些。可以结束这次谈话了。

“要不，你和我还有学生们一起去新奥尔良游学怎么样？”

“今年不行。”

“为什么？”

她在书房里的前夫。

“我觉得你明明很愿意让理查德在身边，好给所有事情找借口。就像一个很舒服的习惯。”

卡莉娜不愿承认，但这是真的。只要怪到他身上，就永远无须责怪自己。

“你可以雇几天帮手，可以在晚上留下的那种。”埃莉斯说。

“不行。”

“是你不想。”

“好吧，我不想。”

“为什么呢？”

卡莉娜没有回答，因为她不知道如何回答。或许她马上就要回答，却无法清晰地表达出来。她感觉到某种东西就像是在背地里运行的程序，在她潜意识的地下室台阶上，一个念头正匍匐而来。

或许这种可怕而奇怪的生活状况给了她和理查德一个机会来消除分歧，达成谅解。她考虑了这种可能性，最先是由比尔在上星期提出来的。她们三个人沉默地散步时，埃莉斯和格蕾丝耐心地等待她的回答。卡莉娜愿意原谅理查德搬来波士顿，错过格蕾丝的童年，欺骗她，背叛她，使她蒙羞，夺走了她的幸福。在过去几年里她已经尝试了无数次。思索良久之后，她相信了比尔，原谅理查德是为了自己好。怎么说呢？不肯原谅某人就像饮下毒药，同时期望他人去死。但是，她并没有那么强大，精神准备也不充分，更没有勇气这么做。理查德生病了，危在旦夕，她却仍然不肯让他摆脱负担。让他错就会让她觉得自己正确，觉得自己正确是她的首选良药。

她也愿意被原谅。但是她没有办法让自己开口向理查德道歉，说出那些请求原谅的话。她会不好意思，对于自己的立场她有一套自以为是的逻辑，顽固不化，因此束手束脚。她有自己的理由。或许她的行动可以化作此刻仍然害怕说出口的那些话语。

“我不知道。”卡莉娜说。

“如果你去的话，我可以回来，”格蕾丝说，“去新奥尔良吧。”

“不可以，你没必要这么做。”

“一共多少天？”格蕾丝问。

“四天。”埃莉斯说，“星期四到星期天。三月的第一个星期。”

“我可以的。”

“时间太久了。”卡莉娜说。

“只是四天而已，妈妈。”

“我说的时间太久是指照顾他。我整晚都不能睡觉。”

“我很年轻啊。我基本每晚都不睡觉的。我可以的。你去新奥尔良就行。”

埃莉斯露出微笑，拍了拍格蕾丝的后背：“我太爱这姑娘了。”

她们又回到小径的起点，就是开始散步的地方。在离开小路回到铺设整齐的道路上前，卡莉娜回过头去，盯着结冰的蓄水池和她们刚走完的那圈路看了片刻。就像她的晨间散步，她的想法和情感也不断绕圈。理查德再度同她一起生活，照顾他远远超出了她的能力范围，但她不能让他离开，而她全部的人生就是一个闭环。她被套牢了，永远也去不了别的地方。

“好吧，我去新奥尔良。”

格蕾丝和埃莉斯相互击掌，庆祝她们的胜利，但是卡莉娜并没有加入庆祝。旅途就在一个月之后，依据她最近所了解的情况，一个月之内可以发生任何事。

她们停在房子前的马路上，简短告别。格蕾丝和埃莉斯相互拥抱，埃莉斯祝她在学校一切顺利。卡莉娜在手机上查看了一下时间。她们走了四十五分钟。她匆匆冲向门口，着急进门，急着坐在温暖的厨房桌边，喝上一杯热热的咖啡。

她推开门，心里一沉。想都不用想，她就冲进了书房，冲向了呼吸机刺耳的警报声。

第十九章

卡莉娜上气不接下气地冲进书房。理查德撑在医院专用床上，面罩歪歪扭扭地挂在脸上，和凌晨 4 点的情况如出一辙。他在面罩之下露出了羞怯的微笑。她迅速评估了一下情况：他没事。可她不仅没有放松的感觉，反而非常恼火，仿佛这个恶劣的玩笑他已经同她开了一百万次，而她还是傻乎乎地每次都上当。

“他还好吗？”格蕾丝紧跟妈妈跑进来问道，她声音尖厉，充满恐惧。

“他没事。”

格蕾丝打量了他一圈，亲自判断了一下爸爸的情况。他的表情警惕而平静。呼吸也很平稳。

“天啊。好吧，我要去洗个澡。”格蕾丝说，她只被这虚假的警报打扰了一下下，升温的情绪业已回复正常。

但卡莉娜的心还在怦怦直跳，肾上腺素全身流窜，搜寻危险信号。那该死的警报发出的刺耳声向她紧张的系统送来了震动波，触发了面对危机的原始本能。她似乎无法撤销自己对此的反应。但是呼吸机根本算不上生死攸关。就算没有呼吸机他也依然能自己呼吸。他可以一整天都不戴呼吸机呼吸。机器只在夜间对他提供呼吸支持。

所以呼吸机的警报声本不应该让她开启冲刺模式。他噎住了的声音或者黏稠痰液的堆积才危及生命。他可能把东西吸进肺里，然后引发急性肺炎。但奇怪的是，在他常规性地爆发出地震般的咳嗽时，她却总是忽略掉第一分钟，她就在另外的房间里听他咳嗽，既耐心又气鼓鼓的，希望他能自己解决。他基本没有自己解决过。

她关掉了呼吸机和加湿器，平息了警报，拉起面罩，从他头上取了下来。

“我——要——呀——尿尿。”

在所有毫无尊严的 ALS 衍生工作里，她最痛恨的就是晨尿。她断定他是在打哈欠，或者是故意转动头部，打破了面罩的封印，一旦她听到警报声就会如魔法般出现在他面前。而后他就想让她把自己从机器上解放出来，这样才能起床去浴室。

他早上必须去尿尿，她不应为此憎恨他。一般都是在 7 点。每当他提出这个要求，就会把她从熟睡中惊醒。她的每一天都是从睡眠不足导致的焦虑、被掏空、恶心感开始的。虽然她今天已经起床，但是一般情况下，7 点她还睡得迷迷糊糊。比尔 9 点就来。他为什么就不能躺在那里等比尔来？她恐怕还得为他没有尿床而心存感激。

他把自己的双腿从床沿上滑下来，屁股也挪到床边。利用虚弱的内核，他努力让自己站起来。她冷眼看他努力挣扎，并没有伸手援助。她跟着他出了书房，穿过客厅，来到一楼的浴室。

他站在厕所前，等着她。她把他的内裤拉到膝盖处，他迈出脚去。她把他的短裤从地上捡起来放在洗手台上，确保干燥。

他站在马桶前，把臀部往前送，尿了出来。她双臂交叉，咬紧牙关，和他一起用力，气他没有坐下去尿。就算坐下去也不能确保都尿在马桶里，但她觉得可能性还比较高。话说回来，就算他没尿进去又有什么可担心呢？他又不是那个需要善后的人。

她闭上眼睛听他尿完，给他提供毫无必要的隐私，有些荒谬。她可以通过一滴一滴间歇的水声来判断小便的情况，她等着、听着小便溅入水中，却没有任何声响，那就说明他全都尿到地板上去了。真是不出所料。她在出汗，穿着冬衣戴着帽子热到窒息，她还没时间脱掉。她真不知道什么时候才能喝上自己那杯咖啡。

等他尿完，他又把自己交给她。她蹲在他面前，撑开内裤的两个洞，让他穿进去。而后帮他提上裤子。

“呢——能——体——上——我的——头——鼠？”

“等我一下。我得把这里擦干净。”

他离开了她，他的前妻，他这位尽职尽责、没有报酬、无须感谢的保姆，留她一个人去擦掉他的尿。她拉开拉链，脱掉外套和帽子，给马桶座和地板喷上了消毒清洁剂，用一沓纸巾把所有地方都擦干。就是这样。可以保持干净到他下一次尿尿。

她在洗脸池里洗手，花的时间远远超出必要时间，她通过镜子研究起自己的脸。她的嘴角已经下垂了，愁眉不展。皮肤和眼睛都很暗淡。头发很趴、很油。她有好几天都没想过洗头了。她需要洗个长长的热水澡。她需要长长地睡个好觉。她需要吃早餐，需要来杯咖啡。然而，她得回到理查德的房间把一个银色的头部鼠标触控点贴在他的鼻尖上。那只需要两秒钟。但是事事都要以他为先，因此她相当讨厌他。

回到书房，他正坐在书桌前面对笔记本电脑，等着她来。她从贴纸簿上撕下来一个小圆点，按在了他的大鼻头上。他开始打字，用鼻子对准屏幕上的键盘显示，一次选择一个单词。和往常一样，等到9点比尔过来的时候，会给他洗澡，帮他穿衣服。既然她在房间里，她就拉开了窗帘，把床上用品都给撤掉了。她抱着满满一怀抱床品往洗衣间去的时候，无意中看见电脑屏幕上方“亲爱的爸爸”几个字。

“你在给你爸写信？”

“呢——不——应——噶——看——那。别——在——我——背——看。”

“我没想看。你是在向他寻求帮助吗？”

“不是。”

“为什么不？”

“我们——为什么——需呀？”

她盯着他的后脑勺，怀疑自己听错了。她肯定自己的嘴巴因为困惑张得大大的。或许是她听错了。他刚刚真的是在问，“我们为什么需要帮助”吗？

“比尔——一个——号——助手做——大——部混——

重——重——活。你——做——乙 一 饭——一——天 但是——其——其他——时——那个我——基上——不——打扰——尼。”

她攥紧了怀里的床单。她真想把每一根头发都从他忘恩负义的脑袋上拔下来。他以为刚刚是谁把尿给擦干净的？是谁要打断今天下午的钢琴课去把他的嘴巴吸干净，让学生们不用在音符间隙听他咳痰窒息？是谁担心他死在隔壁房间？是谁整晚不睡觉调整他的面罩让他能呼吸？他以为是谁给他洗床单和衣服，带他去见医生？但是，除此之外，没错，他基本不打扰她。

“我很累。”

“尼——第一——堂——课，是——呀——到——阿午。为什么——你——不——去——唐——床上？”

“你为什么不去地狱？”

她把一大堆床上用品扔到地上，冲出房间，关上了身后的门。她不想看见他。他可以一直在房间里等到比尔来。

卡莉娜站在客厅，因为愤怒而发抖，没办法决定接下来做什么。她完全没兴致去享受早餐和咖啡，太愤怒也没法小憩，而且格蕾丝还在洗澡。卡莉娜站在原地，禁锢在怒火之中，想着如果自己不再帮他会发生什么。下一次他噎住的时候，如果她不暂停钢琴课帮他吸痰，会发生什么？到了某些时刻，呼吸机将不再仅仅用来提升他的睡眠质量。他整天整夜都需要呼吸机来进行充分的呼吸。当他们到了这一步，一个月，两个月，这个夏天，夜里他的面罩松了，而她无视呼吸机的警报，又会发生什么呢？要是她明天早上醒来，经过一整晚的睡眠恢复元气，发现理查德的面罩歪歪扭扭地挂在脸上，他窒息在书房里了呢？

她站在客厅里，耗尽心神，不被感激，没有洗澡，饥肠辘辘，怀疑他要是当场死亡的话，自己估计会被指控为谋杀犯。

第二十章

每堂钢琴课的前半段都是专注于技巧——两个八度的跨度、施密特钢琴手指练习、和弦以及琶音——训练手指和耳朵。下半段是集中于弹奏上星期布置给学生的乐章。理想情况是学生在家每天都练习二十分钟。

但这个学生没有。

完成了技巧部分的内容，卡莉娜等着迪伦开始弹奏，而每一分钟的等待都在助长她的怒火。迪伦十三岁，去年到现在大概长高了六英寸。他拥有修长的双臂和手指，骨节突出的肩膀和膝盖，对自己的身体感到别扭，仿佛还没有真正搬进这个全新的空间。

迪伦白皙的脸上覆盖着泛红发热的青春痘。嘴唇上方，一小撮毛茸茸的棕色胡楂开始萌芽。他穿着明亮的金黄色短裤和一件颜色一致的运动衫。钢琴课一结束他妈妈就会把他送去练习篮球。每隔几秒钟，他就会把喉咙里不知什么地方的痰用鼻子吸进脑子里。

“你要纸巾吗？”卡莉娜问。

“哈？不用，我没事。”

不，你有事，她想说。

他研究着面前的活页琴谱，就好像是第一次读到希腊文。或许他有学习障碍，或者某种音乐阅读障碍，也可能是健忘症，她不应该轻易去评判他。又或者，他就是不想待在这儿。这让他们两个人都不爽。夜里她有一半的时间不能睡觉，而此刻，她一言不发地坐在这张长凳上，是在榨干她最后一点仅存的能量。每次眨眼，她都合上眼皮休息上一两秒钟。她太需要补觉了。

迪伦抬起左手，又缩回去，放回腿上。他无法决定把手指放在哪里。在确定自己找到正确音符前，他甚至没法试着去弹出一个音符。千禧一代啊。他们全都害怕犯错。迪伦宁愿坐在长凳上，被恐惧困住，犹豫不决，也不愿意弹出一个错误的音符。

要是她告诉他答案，那就能结束这个恼人的僵局。但是她不打算这么做。至少今天不。她每周都给这孩子提供答案，而他永远学不会。她责怪他妈妈。在他完成家庭作业的时候，她很可能坐在他旁边，检查答案，帮他熨衣服，在早上把他叫醒。这孩子很无助。

好吧，卡莉娜已经太惯着他了。她坐在那里，等待着，什么都不说，让他自己苦熬到底。

他瞥向乐谱时又吸了吸鼻涕，身体向乐谱倾斜过去，研究该把手指放在哪里。她已经教给过他许多低音谱号的记忆方法。*所有的牛在吃草，用来记住间。好男孩永远有糖吃，用来记住线。还有，棕熊不会开飞机。*无论她把口诀包装成什么样子，他都记不住，并且永远困惑于五线谱的小黑点和低音谱号的四个间。

她真希望他放弃。她已经疲于应付这些根本不想弹钢琴的学生。她希望他们全都放弃。她被这个不计后果的想法惊呆了，被她邀请到自己生命中的灾祸吓呆了，她在膝头十指交叉。若真如此，她还怎样保留头顶上的这方屋顶呢？她得对自己脑海中的想法更谨慎才行。

迪伦又吸了吸鼻涕。他不应该带着支气管炎到这儿来，如果理查德被传染上，他很容易就能发展成急性肺炎，对 ALS 患者而言，那可能就是他人生的终点。她考虑对迪伦说他们得早点结束这堂课，但他又没有驾照，他们还是要等他妈妈来把他接走，而那半节课无论如何她都会让他完成。

他面前难以破解的音乐是约翰·塞巴斯蒂安·巴赫的《C 大调前奏曲》。没有升半音。没有降半音。这是非常简单的乐曲，也是她能想象到的即便简单仍旧在弹奏和聆听时候颇为动听的曲子。第一个音符是中央 C。的确，这个音符是写给左手来弹奏的，所以它在低音部乐谱上方的加线上，而不是在高音谱号下方的加线上，和他习惯看的乐谱不一样。但是，它仍然是中央 C。

他笨拙的表现，甚至更为笨拙的沉默一直在激怒她，刺激她发烫、脆弱的神经，让她发疯。她几乎咬碎了牙齿，毫无耐心地用鼻子喘息，承受内心的自我拉锯。她绝不会告诉他该做什么。一点提示也不会有。所有东西在交到这些孩子手上时都绑着一个漂亮的小金碗。人人都是赢家。人人都声名显赫。但是在这张凳子上不行。欢迎来到真实的人生——迪伦。

他又吸了吸鼻涕，她真的很想尖叫。*弹一个音符出来！就在你鼻子底下！做点什么！*等今天过去，她可能会为此自责。如果她是个更好一点的老师，更有感召力，更鼓舞人心，他肯定就会知道该如何弹这首曲子了。今天，她要让他来承担这个责任。如果有必要的话，他们就一起安安静静地坐在这里，再坐十分钟。

她茫然地看向客厅窗外，注意到远处的三只小鸟，可能是鸽子，正蹲在电线上，两只在上面，第三只则蹲在下面那根电线上。这几只圆滚滚的黑色小鸟模模糊糊地构成了高音谱号的音符，她在自己无聊的大脑里绝望地弹奏起来。G—G—E。G—G—E。她开始在这些鸟语音符的提示下组合起曲子来，她污浊的情绪或多或少被这甜美的旋律抵消了。就在此时，理查德咳嗽起来。这不是她所期待的声音。

她听着他咳嗽的方式和含义，希望理查德就像坐在这里的小迪伦一样，能自己克服障碍。咳嗽声湿漉漉的，很黏稠，不屈不挠。

理查德的腹肌在过去的一个月中已经相当虚弱，他常常不能有效地咳嗽，也做不到简单的清理喉咙。对迪伦而言，这咳嗽听起来很可能像是隔壁房间里的某个人正在被自己的痰给淹死，但是卡莉娜已经渐渐熟悉这些噪声，早已不为所动。

理查德突然安静下来，这是发展成窒息之前的寂静，对此她永远也习惯不了，这会让她满心恐惧。她都能看见他绷紧变形的样子，他浑身颤抖，用力绷紧身体，仿佛是在使劲把咳嗽从脚指头里拽出来，脖子上的毛细血管扩张，口吐白沫。她在等，在听，想起了数年前她醒着躺在床上时等待的那些声音，夜半之后，等待房门嘎吱一声打开，理查德沉重的脚步声踏进前厅，他的行李箱轱辘滑过硬木地板。她对他的离开感到愤怒，而后又忽然痛恨他的回家。现在就是，他回家了。而她还是痛恨他。

如果情况倒转，如果生病的是她，理查德坚持照顾她，那所有人都会宣布他是圣徒。然而却没有人能让她觉得自己做这一切像圣徒。她只觉得自己可怜、愚蠢、愤怒并且没脑子，或许迪伦每周一次在她的钢琴前坐上三十分钟也是这种感觉。

理查德又咳嗽起来，打破了寂静。他拳打脚踢，口沫横飞，显然是在同空气作战，而且他清喉咙失败的声音攀爬上卡莉娜的脊柱，在她耳朵里尖叫。就是这样。她真的受够了。

她猛然站起来，把迪伦一个人留在巴赫不可能的音符的混乱里，自己则愤怒地冲进书房。千钧一发之际，她考虑了咳嗽辅助机。但是她的内心和头脑还沉浸在滚烫的仇恨之汤里，她一秒钟也忍受不下去了。她从理查德脑袋下面的两个枕头里抽出了一个，在将枕头盖在他脸上之前，从他眼睛里看见了自己睁大眼睛的样子。他的头在枕头下面左右扭动，但是并不激烈。他僵住了，双手一动不动地搁在身体旁边，无力抵抗。她又用力压了下去。

差不多用了一分钟，他的头才停止扭动。在举起枕头前她多等了一会儿。他的眼睛是睁开的，瞳孔固定不动，宛如荒岛。

她听见了中央 C 的声音。

“还好吗？”迪伦问道。

卡莉娜眨了眨眼。鸽子们已经从窗外的电线上飞走了。她转过头去看支架上巴赫的《C大调前奏曲》，把自己拽回了起居室，放走那像巧克力奶油蛋糕一样罪孽深重又温暖的白日梦。她聆听着，中央C令人愉悦的音调渐渐消失，理查德开始在书房咳嗽起来。

“没错，迪伦。是对的。恭喜你。”

她看了看手表上的时间：4点整。这节课结束了。

第二十一章

格蕾丝正坐在理查德的书桌前，沉重而恼怒，她在椅子上转过身去，这样就能面向房门，面向出去的路，以免和他对视。除了卡莉娜、比尔、医生和其他助手这些经常看见患 ALS 的人之外，大多数人都会选择不直面他们。他很憔悴，而且总是流口水，双臂死气沉沉，声音也含混不清。陌生人可以一眼就立刻认出他们，因为这就是他们的典型症状，那家伙很不对劲。但是他明白，即便是在他健康的时候，对格蕾丝来说要面对他都是困难的。

几分钟之前，她敲了敲开了一条缝的房门，问他能否进来，他正躺在安乐椅上看《权力的游戏》，但是进来之后她一个字也没多说。显然被打发到这里来违背了她的意愿，她只是忠实地遵守她妈妈的指令。她一直低头看手机，或许是在看时间，不知道还要忍受这种零交流的状况多久。她进屋才三分钟，却像过了一生一世。或许手机静音了，而她在读短信。他说不准。一小时之后她就要去机场了，回到学校。这是告别。

“我——想——让 你——知——道， 不 管——学——费——多——贵， 你 的——学——费——都——不 会——动，尼——教——育是——安全的。”

“好。谢谢。”

无论格蕾丝在成长中他少给了什么，至少他会给她提供教育。

“有没有什么能治愈这个病的药或者延缓病程的药能很快出来？”她问道，好像终于想起自己打算说的话了。

“我正——在临——床——实——呀。也——许——会呀——灵丹——妙药——吧。”

“哦，挺好。”

她看上去挺满意，没有在这个话题上询问更多。就像大多数二十多岁的年轻人一样，她很难用任何有形的方式去想象死亡。所以，当然会有什么东西救他的命。情况就是这样，总有解决办法，还有临床试验药物。问题解决了。她可以转向一个更安全、更容易接受的话题。或者回到他们不舒服的沉默之中。不管是哪种，都没人会死在这个房间里。

每天早上，比尔把神秘的临床实验药片溶解在水里，通过注射器打进理查德肚子里。每当这时候，理查德都希望自己能够感受到一些变化——他能深呼吸一下，他的发音有了进步，舌头里的肌束震颤减弱了，他能奇迹般地动一动左手拇指。然而，除了急速冷却的水流灌满肚子外，他什么也感觉不到。

或许他是在对照组当中。也有可能，比方说，这并不是治疗。但他还是留在实验中，并不是因为他把赌注压在这白色的小药片上。他已经不相信现代医学能够治愈他了。他已经沿着兔子洞走得太远，他心知肚明。已经太晚了，他没救了。他之所以接受实验，只是因为在做自己分内的事情，为通往治愈的漫漫征途贡献出自己这微小的一步。

比方说，他想象得到，在科学家研发出脊髓灰质炎疫苗之前，每一次毫无效果的努力都是帮助他们通往治愈之路的必要之举。他在学习弹奏肖邦的《别离曲》Op.10，No.3时犯过多少错误，在完美弹奏出任何名曲的学习过程中犯过多少错？在通往伟大成就的道路上都是一千次的失足，还有多于一千的死胡同。没有命悬一线的失败，成功是不可能诞生的。

总有一天，科学家会研究出疫苗、预防药和治疗药，人们会像说起脊髓灰质炎一样说起ALS。父母们会告诉孩子，人们曾经会得一种叫作ALS的病，并且会因此而死。那是一种很可怕的疾病，会让患者全身瘫痪。在跳向下一个阳光话题之前，孩子们会茫然地想象一下这种疾病的可怕，短暂地庆幸自己永远也不会患上那三个字母的病。

但还没到那一天。今天，仍然只有漏洞百出的治疗而非治愈，像格蕾丝这样的孩子坐在前排的座位上，面对他们的父亲，目击ALS荒诞而难以描述的全部细节。

就算出现某些奇迹，他的白色小药片恰好是灵丹妙药，最多也只能阻止所向披靡的ALS大军夺取更多领地，把疾病控制在当前程度。以他自己的理解来看，这种药无法重建已经被摧毁的部分。所以就算他的情况不可能更糟，那也没有什么能逆转。他还是会有两条瘫痪的手臂和两只僵住的手，勉强能让人听清的声音，呼吸困难，一根饲管，还有一只时不时跌跌撞撞的右脚。差不多只能活一年的前景令他焦虑不安，可是以现在的方式再多活十二年更难以接受。一旦深想就太可怕了。

他需要一颗灵丹妙药和一个时间机器。他可以阻断病程，而后回到过去，回到 ALS 偷走双手之前。他还可能会回到更久远的过去，回到格蕾丝两岁的时候，那时他刚刚开始和远在他乡的交响乐团一起巡回演出；回到格蕾丝四岁的时候，他四处旅行，躲避卡莉娜和她的不满；回到格蕾丝六岁的时候，他会教她如何系鞋带，如何骑车，为她庆祝拼写测验的一百分，给她读睡前故事，并亲吻她道晚安；回到她八岁的时候，九岁的时候，十岁的时候，回去了解他的女儿。

可他们非但回不去，反而面临目前的状况，在书房里，像陌生人一样道别。他们没有时间机器，没有治愈 ALS 的办法，也没什么能治愈他和格蕾丝破裂的关系。

没有任何东西能弥补那些失去，没有药片能通过他的饲管让他们之间的一切好起来。

她前前后后地转动椅子，前前后后，然后停下来，她的脚定住了，仿佛做了什么决定。肯定到了她要走的时候。她双臂交叠抱在胸口，仿佛是觉得冷或者不舒服，又像是要保护自己，直截了当地看着他。

“在我的整个童年时期，我觉得你选择了钢琴而不是我。”

在内心最隐秘之处深谙这种家庭缺陷与失败是一回事，听到这些话被另一个人大声且公然地讲出来，尤其是被他的女儿讲出来时，又是另一回事。他感受到羞愧之情的猛烈冲击，令他惊讶的是，羞愧之后，他反而卸下了压力。他迎上女儿炽烈的目光，为她感到骄傲。

“确实是。”

她的表情有些惊讶，眼睛不知道该往哪儿看。她没有指望得到肯定答复。这明明应该是接过责任的时刻，是接受职责、成长、成为她父亲的时刻，要么就是现在，要么遥遥无期。她就要回学校了。他或许不会有第二次机会了。

他还想说更多话，让她知道，虽然自己选择把钢琴放在第一位，却并不意味着他更爱钢琴。只是比起展露对她的爱，热爱钢琴要更容易一点。他擅长弹琴。万一他不是个好爸爸该怎么办？万一他像自己的爸爸一样怎么办？钢琴需要他全情投入，消耗着他全部的激情与时间。以后他总会有时间陪格蕾丝。而以后永远都是以后。这是他人生最后悔的事。

他是个糟糕透顶的父亲。就连她的教育方面，他都没能成为领衔主演，甚至连个配角都算不上。他顶多是一个替补，一个常设角色，而现在，则是个没有台词的多余工人。他一想到自己的遗产，就总是绕不开主要工作，他弹过、录制过的音乐，他的钢琴事业。如今，他看见真正的遗产就坐在自己对面，他的女儿，一个年轻的漂亮女子，他却并不了解她，也不再有时间去了解。他恐怕见不到她的男朋友、丈夫和孩子了。他看不到她大学毕业，以后住在哪儿，或者将从事什么职业。他看着她浅绿色的眼睛，和她妈妈的眼睛一样深情款款，她长长的头发在脑后束成马尾，他意识到，自己从未了解过她，而现在，他已经永远不可能了解她了。

或许，要是他随了自己的心愿有更多孩子，他可能就会成为一个截然不同的父亲。也许他会做出更好的选择，更多地参与到家庭生活中来。卡莉娜太能干了，完全承担下养育格蕾丝的责任，他真心觉得自己根本没必要在家。随着时间流逝，他觉得自己也同样不想在家。所以他埋下头去，沉溺于事业，假设自己还拥有更多机会，他和卡莉娜还会有更多孩子。不会再有更多孩子了。他收紧下巴，使劲吞咽，屏住呼吸，但眼泪还是流了出来。

格蕾丝从桌上的盒子里抽出一张面巾纸，走到爸爸跟前，把泪水从他的脸上和眼睛上擦掉。她回到座椅上，用同一张面巾纸擦了擦自己的眼角。他对她露出一个温柔而感激的微笑。他想给她的还有更多。

“我得走了。”她抓起手机。

“你——吃——春——假——会——回——家——拉——吗？”

“我打算和马特还有朋友们一起去太浩湖。但是，我不知道，可能吧。”

“那——听有——意西。你——应——去——啦。”

“我可能会在三月的时候去一周。我肯定会回家过暑假的。”

“好——的。”

“回头见。”

“回——头——见。”

她站起来，朝他走来，手搭在他肩膀上，吻了吻他的额头。

“再见，爸爸。”

她离开房间时，他想要伸出手去触碰她，用双臂去圈住她，紧紧拥抱她，用这种肢体的接触来向她展示他无法用语言解释的理由，可他的双手却比他的声音更没用。他被悔恨困扰，而且还不能清晰表达出对她的歉意，因为太过愧疚，因为发音迟钝得该死，却有太多太炽热的言语要说，也因为他对这样的对话练习不足。在她离开房间时，他想起了和自己父亲之间的过往，他的整个成年生活都背负着这种过往，沉重、累赘、痛苦，并且惶惑于格蕾丝又会带着与他有关的怎样的过往前行呢？当她的男朋友问起“你爸爸是怎样的人”时，她会怎样回答呢？她的故事又该有多么沉重、累赘和痛苦呢？

第二十二章

理查德和卡莉娜并肩坐在乔治医生小小的办公室里，他是一名辅助交流专家。乔治医生刚刚花了几分钟时间向他们大致介绍了自己和自己的工作，对目前的交流很是满意。他看起来三十多岁，白皙精瘦，戴着金丝边眼镜，过度振奋，傻里傻气，不断冒出能量泡泡，仿佛是喝了三杯以上的浓缩咖啡，但理查德怀疑这并非例行公事，而是这家伙的常态。他春风和煦的举止能让人平息怒气，也让人意想不到，和理查德见过的许多其他专家都不一样。并不是说他能责怪其他人。毕竟治疗 ALS 并不是什么快乐之源。

“那么告诉我都发生了些什么吧。”乔治医生说。

“是这样，”卡莉娜说，“有点不太好理解他，当——”

“不好意思，原谅我打断一下。我要在这里制止你了。我得从当事人嘴里直接听到。明白了吗？理查德？”乔治医生冲理查德点点头，抬起眼珠，露出笑容，“来吧。”

“我正——失——气我的——声音，然——我们——想——要——知道，能——做——什——吗——我——呢——还能——说——话。”

“好的，非常棒。我竟然才认识你，这让我有点心碎。真希望你刚刚确诊之后就过来，哪怕几个月前来也好。”

是理查德的神经病科医生把他介绍给乔治医生的，他说理查德刚一确诊就已经了解了声音存储的事情，之后也向他提起了很多次，理查德却完全没想起来。确诊的时候他惊呆了，接下来的整整一个季度都在否认。乔治医生的信息和其他那些理查德避之不及的信息一起埋藏在了口袋里，比方说饲管手术、机械通气和电动轮椅。即便在接受了诊断结果之后，他也没有接受终有一天将失去自己的声音。有些得了 ALS 的人并不会失声。或许他也不会。他觉得存储声音仿佛等同于安装了一个婴儿床，或者在玉米田里造出一个棒球场。如果他建立了声音存储，他就肯定会用得到。

“我——知道——这——怕——对——我——类——迟——了。”

“没关系。派对还在继续。就算你的声音已经失去了大部分语调，也没有从前那么铿锵洪亮——这点我可以肯定，但那仍然是你自己的声音。你发每个音节的方式，你可能会使用奇怪的词组甚至是你发出的噪声，你的笑声，诸如此类的，都是你自己所独有的。把这些录制下来，我们可以帮助你保持自己表达上的个性和人性。”

理查德好奇自己的笑声。得 ALS 之前自己的笑声也是一样的吗？他试着回想上一次哈哈大笑的情形，却什么也想不起来。他的人生已经很久没有乐趣可言了。随着口中发出的每一个声音的变化，他认定自己的笑声肯定也不一样了。他试着用心灵的耳朵去聆听，听到的只有寂静。等他回家以后要试着笑一下。

“即便你的大部分声音都已经变成了单一的音色，你还是会对它的与众不同感到惊讶。即使是最细微的变音也能传达情感上的细微差别与个性，这都是你从电脑合成音当中无法得到的。”

乔治医生根本无须通过和电脑合成的机器音来做对比，以此来使理查德确信他的声音的价值。他明白声音里极其微小的差别也能传达出无限的宽广。钢琴上弹奏出的一个音符可以传达人类全部的经验。中央 C 可以用急促洪亮的方式弹出来，那是高亢而突然的*怒吼*！它可以表示愤怒、危险、惊讶。同样的音符用最弱的音来演奏就会成为窃窃私语，像踮着脚尖走路，也是一个轻柔的吻。按住中央 C 不放，同时踩住踏板，可以表达一种渴望，一种困惑，一段渐逝的生命。

初学者和大师弹奏同样一个音符也是云泥之别。莫扎特的 A 大调第 23 号协奏曲是要诉说什么呢？它会让听者生出怎样的感受？这完全取决于由谁来弹奏。所以，没错，理查德是明白的。

“声音存储可以理解为声纹。我们的声音也是我们独特个性与身份的一部分。如你所知，得了 ALS，所有东西都会被夺走。声音存储这种方式可以在声音离开前保留下一部分自我。”

是在*他离开*前。

“合成音非常扁平。那是斯蒂芬·霍金使用的声音，你肯定是听过的。那种声音里没有任何音调。音调对于意思的表达至关重要，你明白吗？”

远比乔治医生要明白。理查德现在的声音就是单音音调的乐器，是小孩子恼人的派对号角。他的发音很模糊，他曾经尖厉的辅音削弱成了孱弱圆润的一小点。即便卡莉娜和比尔每天都要接受理查德式讲话的训练，对此已经非常熟悉，他们也会有不理解他要说什么的时候。他已经刻意放缓发音，每个音节都如同苦役，但是每说三四个单词，他的气息就不够用了。他常常在还没开口说话之前就对自己想说的东西丧失了耐心，索性就不说了。

“你可以挑选一下录什么。这个过程可能会令人厌烦，而且确实很花时间。但是我保证，绝对值得。不要在下午或者晚上的时候录，这时你的声音和精力都会处在最不佳的状态。所以你今天的会面定在了下午 4 点。我想在你声音最为疲惫的时候听一下。在早上录音。明白了吗？”

理查德点了点头。

“我们也要保护好你的能量。像‘我渴了’这种话是完全可以由电脑合成的。而‘太谢谢你了’这种话最好就用自己的声音。你明白我说的吗？”

理查德点了点头，但是除了*太谢谢你了*之外，他完全想不出还有什么可录的。

“你——有——清大吗？”

“有的！你可真是行家。没错，我们是有个清单，列出了一些可以帮助你开始的话。但是并没有固定的规则。你想录什么都可以。你或许也想录下我称为遗留消息的话。这些要比一个短语或者一个句子长，并且和日常生活无关。它们可以反映出你是谁，也可以是你想要留给你爱的人的消息，比方说你妻子。”

乔治医生望向卡莉娜，露出了灿烂的笑容。

“我是他前妻。”卡莉娜立刻开口纠正了他，她清楚的发音和音高没有给误解留下一丝余地。

“哦，反正对你俩都有好处。”乔治医生说道，仍然在笑，完全没有顾虑，“有人喜欢录电影对白，很有意思，可以给每天的生活注入一点幽默感。所以，类似‘说真的，我亲爱的，我他妈不在乎’。让这件事有趣点。”

没错，理查德可以在享用液体黄金晚餐时录制电影对白。ALS 是一种爆炸。尽管技术很酷，听起来旷日持久，理查德并不确定所有这些究竟有没有用。他剩下的就只有大把时间了。

他经常在笔记本电脑和有线电视盒上查看时间，一个小时看好几次，一种模糊而持久的恐惧在不断地侵扰他，就好像他必须得在商店关门前买点什么东西一样，或者距离约会的迟到时间越来越长，又像是在等什么人到来，门铃随时可能响起。然而，他很清楚自己并没有什么要采购，没有约会要赴，除了卡莉娜、家庭健康护理员和治疗专家之外，他并不期盼任何人来到门前。但这并不妨碍他查看时间。一遍一遍又一遍。

每过去一分钟就少一分钟。可他又用这些分钟干了什么呢？如果此刻他不是在乔治医生的办公室，那他就会在书房里吸一杯咖啡牛奶奶昔，疯狂地看下一季《纸牌屋》。他在浪费自己的时间，不然还有什么别的用途呢？他不能弹琴。他不能教钢琴。他甚至连听见自己热爱的古典音乐都忍不了，除非是卡莉娜弹的。

在她上课的时候，他总是期待着她接过琴键的时刻。他会注意到她弹奏之前的停顿，时间略长，想象她的学生挪开屁股，卡莉娜自己坐到琴凳中间。每当这种空隙出现，无论在做什么他都会停下来，等着。她开始弹奏，向她的学生演示这段乐曲听起来应该是什么样，是怎样的感觉，启发学生的听觉。

他会闭上眼睛，进入音乐之中。他和音符们一起遨游，在卡莉娜弹奏的时候和她感受着一样的情绪，就好像他不再被自己的肉身牢笼所监禁，他在飞翔。听卡莉娜弹琴非常超然，是他在确诊之后唯一能体验到的自由。他希望她能多弹一会儿，等她的学生下课走后，只为他弹奏。

“除了声音记录外，我还可以给你提供其他的沟通辅助。你会需要的。”乔治医生从办公桌抽屉里拿出一个圆形塑料纽扣，是红色的，是小丑可能会从兜子里摸出来的那种东西，“这是个很简单的呼叫按钮。所以，比方说，你噎住了，不能呼救，那你可以踩这个按钮，接收端会像门铃一样大声嗡鸣，那样就算卡莉娜在别的房间里，也能注意到。有点像婴儿监视器。这对你来说是个很好的选择，因为你还能走路。所以你能走到按钮这儿，踩一脚。你还拥有双腿，很幸运。”

尽管理查德知道自己还能用这双腿很幸运，还能讲话很幸运，还能呼吸很幸运，但是这种说法是荒唐而冒犯的刺激。不过，他试着不去介意。

他的双腿很快也会离他而去。在过去的一周里，在决定迈出一步到真的迈出步子之间有一段漫长的空白，是身体与大脑之间衔接的松散，是肌肉与骨头之间的脱节，是从意念到行动的距离。ALS 正将它邪恶的触角向南延伸。

或许他是有点妄想症。也许是他自己在想象右腿的衰退，而后身体就真的如此了。或许是身体受到了心理的影响。妈妈曾经对他说，*如果你在寻找麻烦，你就能碰上麻烦。*或许确有此事，可他显然从没去找过 ALS 啊。他知道卢·格里克[1]得了这个病，斯蒂芬·霍金也是，ALS 因为冰桶挑战被人们所熟知。这就是他对这种疾病的全部知识，他也并没有主动去了解更多。

是麻烦自己找上门来的。他是在十四个月前确诊的，腰部以下全部瘫痪，一次一条腿，这就是接下来会发生的事情，无论他有没有偏执狂一般去寻找麻烦。但在此刻，他同意乔治医生的观点。他很幸运，还有双腿。

“所——你也——幸——运，你——还——有你——的肾。”

乔治医生笑了，声音尖细，是非常愉快、毫无防备的笑声。理查德应该录下来，在存储笑声的时候用进去。他喜欢乔治医生。他好奇乔治很有可能是他的名字而不是姓氏，如果他要给他选择一个不刻板又很有趣的头衔，比方说，菲尔医生这种叫法就很像

---

[1] 卢·格里克，美国传奇棒球运动员，号称“铁马”的他为纽约扬基队一垒手，让人们记住的不仅是他的球技，还有最终导致他退出赛场的病症，即“肌萎缩性脊髓侧索硬化症”，后称为“卢·格里克氏症”或“卢·格里克病”。

一个没有亲属关系的朋友，而乔治则更像是叔叔而不是位先生。他就是乔治叔叔。

“你还会需要一堆这种技术含量很低的字母板和配套挂图。我知道它们没有眼部控制或者动眼仪那么性感，而且你最终都会得到你的性感尤物，但是你要先用这些，而且它们用起来更快、更容易。随着他声音的失去，或者到了晚上，他精力不济时，你会想用这些的，卡莉娜。”

乔治医生递给她一堆图表。理查德看了看标签：*在床上；舒服；调整和定位；轮椅；电脑；浴室。*卡莉娜翻开了*在床上*那张表。理查德扫视了一下页面。

抬起 / 下调头部	手从被子里拿出来	抬起 / 下调床脚
热 / 冷	拿掉呼吸器	调整面罩
打开呼吸机	口腔干燥 / 湿润	关电视 / 灯
润唇膏	小便	鼻子 / 盐水
鼻子 / 擦掉	抓头	擦眼睛

在床上曾经意味着与此截然不同的场景。理查德还没来得及看清每一个项目之前卡莉娜就把这一页给翻了过去。她在每一张附加图表上花的时间不过一秒左右，然后就快速翻了过去，脸上流露出崩溃和恐惧的表情。

“我知道这种感觉可能有点像是参加了游戏节目，而且从一开始的时候，这种紧张的倾听会让人觉得笨拙挫败，但是你能搞定。问是不是这个问题，或者去指你要问的内容。理查德，等你不能说话的时候，只要你还能点头或者摇头，那就很好。如果你不能挪动头部，还可以眨眼，或者什么都不做来表示否定。”

每张表格的页眉处都印着同样的信息：*你必须要一直看着我的脸，一定**不要**猜！*理查德很想知道，等他不能抬起眉毛或者眨眼的时候又该怎么办呢？要是他的面部给不出任何线索，又该怎么办呢？可是他并没有问出口。

“好的，我知道信息量太大了。还有一点点，你们就能走了。你们会爱上这个的。”乔治医生从办公桌下面的盒子里摸索出什么东西，“这是一个套头话筒和音频放大器。我们可以把理查德的声音放大。超级轻微的声音和一阵微风都办得到。拿着，试试看。”

乔治医生把麦克风的一端挂在理查德的耳朵上，掰弯金属线，这样小小的话筒就安置在了他的左脸前。

“试着说点什么。”

他觉得自己好像音乐会上的摇滚明星。他想到了麦当娜。

“摆——次——姿态。[1]”

乔治医生站了起来，非常兴奋：“是不是很棒？它可以放大低语，让你说的话能被听见。可以帮你节省很多能量。我们的目标就是让你说话四个小时后的疲惫变成两个小时。”

---

[1] 这是一部关于麦当娜的纪录片，名为《摆出姿态》，也被称为《娜姐背后的男人》。

可理查德说五分钟的话就已经很疲惫了。

“好的，所以你们有了呼叫按钮、音频放大器、字母表和配套图表，这是给你们用的话音记录器。”乔治医生把记录器递给了卡莉娜，“你录下来的每一份文件都会自动保存为我们用来建立你的声音存储的格式。你什么都不用做，只需要按下录音键就可以。它还不能靠声音启动。你得按这里打开或者关闭，所以卡莉娜会帮助你。”

卡莉娜用两只手接过面前的录音器，仿佛是有什么易碎、危险或者令人害怕的东西交到了她的手上。或许三者皆有吧。

“好了，这就是我今天要说的全部内容。如果有任何问题都请联系我，如果状况有了变化就过来见我。而且我要说，如果你打算存储自己的声音，就从现在开始。”

乔治医生最后那句话里的声音变化很微妙，但又无懈可击。琴键只是轻轻往下按了一点，声音很轻微，他的发音非常明快。这句口头判决的语气可以附加上层层深意，远远超过这些词语串在一起的浅显含义。乔治医生的最后一句话是一首丰富的协奏曲，理查德清清楚楚地听到了其中的潜台词。

你不剩多少时间了。

第二十三章

亲爱的父亲：

我写信是让你知道，我被确诊为ALS（卢•格里克氏症）了。我的两条胳膊都瘫痪了，呼吸、说话、吞咽都有困难。我不能再安全地进食，所以肚子里接入了喂食管。我还能走路，但是这个能力也会失去。抛开所有这些失去，我精神状态还不错。因为我没有办法独自生活，所以又搬回来和卡莉娜一起住了，在这里，她和一个很棒的看护团队日日夜夜地帮助我。只是想让你知道一下。

你的儿子，

理查德

这是他写完的九封信里最简单的一封。这九封信他都保存了下来，但并没有发送给父亲。他又把这封信读了一遍。除了直截了当的信息外没别的了。只有真相，夫人。他写这封信的初稿时左臂还能用，他还住在康姆大街，走火入魔似的用左手弹奏拉威尔钢琴协奏曲，没日没夜。那是刚刚过去的夏天。他分不清八月是上辈子还是昨天。

比尔给他洗完澡，穿好衣服，喂完饭，而后离开，他就在电脑前打发上午的时光。他可以检索新闻，但会有意识地不花太多时间在这片危险的全球水域冲浪。战争、恐怖主义、恶劣的政局、种族矛盾、谋杀、愚昧、怨怪——这些新闻不是令人生气沮丧就是让人痛苦万分。他已经有太多烦心事去气恼、沮丧、痛苦了。他的杯子已经溢出来了。

他常常惊觉自己每天都在用这段时间书写并重读写给父亲的信。他要周期性地编辑一下最新信件，更新一下失去清单好跟得上现状，万一哪天就冷不丁地寄出去了呢。圣诞节之后，他在里面加入了饲管的部分。

他又读了一遍信。用鼻尖指向文件，拉出菜单，然后将鼻尖指向打印，犹豫了一会儿，只是犹豫得太久，足够电脑在他将头转向右边之前就按下鼠标键，他的鼻子又指向了窗口，切断了鼠标的光标。一场懦夫游戏。

他不确定他八十二岁的父亲有没有电子邮箱，所以给他寄任何东西都需要用真实的纸张，需要一个信封，还有一张邮票。如果理查德真的要打印并寄出他写的某一封信，那肯定就是这封。不同于他其他八封写完的信，这封开诚布公的信里没有指责或者愤怒咆哮。他已经无数次想要打印这封信，不太认真地幻想过父亲在拆信之前手握信封的样子，然而光标徘徊在打印选项上时，他的心情全部扭曲了，不过，他最终还是放弃了。

一半的他不希望父亲知道这件事。不让父亲知道自己确诊，这让理查德心里有一种赢了比赛的振奋。他生来就要进行一场他并不想玩的父子游戏，规则对他来说仍旧是残忍且不可思议的，但是去他的吧，他就要赢了。他要因病退场了，每一天都会削弱对手的控制权。拥有是否让父亲知道这件事的掌控权，相当于往理查德手中塞了一把剑，那是一种极具诱惑的力量，让人难以抵抗。他要证明，在这个终极也是最后的测试中，他不想也不需要父亲提供的一切，即便身处最悲惨的境遇，他也不会向父亲求得帮助或者怜爱。他绝不会让父亲心满意足地知道，他很快就要摆脱这个原本就不想要的儿子了。

然而，理查德虚张声势的进攻很快厌倦了手里的长剑，席地而坐，这时他的护甲如此清晰可见，就蜷缩在角落。最重要的是，他害怕父亲的不在乎。他怀疑父亲是不是已经知道了，口口相传是否已经散播到了牛仔之乡，沃尔特·埃文斯才是冷落自己的那个人。

要么他的父亲并不知情；要么知道了也不会有什么反应。理查德想象父亲打开信封，扫了一眼，信纸在拳头里攥成一团，然后随随便便扔进垃圾桶。要么他读了，又折起来，把信塞进外套口袋，然后这封信就会和一些绒布还有燃气收据一起被长久遗忘在那里。在这些想象里，理查德囊括了父亲面对这封信时所有可能的反应，他的头脑不会允许父亲拿起电话或者出现在门口这种可能性的存在。理查德所了解的那个父亲绝不会对这个小儿子表达出一丝震惊、恐惧、共鸣、同情或者疼爱。

所以理查德才没有把信打印出来。

他知道自己永远也不会把其他信给寄出去。他永远也不会从父亲那里得到自己想要的东西。那他想要什么呢？他想让父亲承认，让理查德觉得自己不够好、配不上这个家是他错了。他想要父亲亲口对自己说，自己这样就很好。他想要父亲说出为他骄傲。父亲对他的钢琴事业、他的妻子、他的孩子没有表现出一点兴趣，他想要父亲为此说“对不起”。当然，也要对理查德本人说“对不起”。他想要一个诚意满满的郑重道歉。

然而，沃尔特·埃文斯是个老顽固，他是不可能改变的，也绝不可能道歉。反正现在也不重要了。道歉并不能给理查德带来什么好处。做过的事情不可能变成没做过。

可理查德还是一直给父亲写信。把话说出来感觉好很多——那是理查德七岁时就有的感受，却没有词汇来表达；那也是他在十七岁时想要怒吼出来的话，但是他没有勇气；更是他在二十七岁时想要辩解的话，却不够沉着；那是他在四十六岁时想要说出来的话，却已逐渐失去了声音。他写的这些信表达了他永远也说不出口的话，每一个敲下的词语都背负着背后古老的伤疤，每一个敲出的句子都狠狠碾碎了他封存在心底最深、最阴暗处的沉默伤口，释放出一生的羞辱与不满。可是，不管他写了多少句子，内心的冤屈似乎都无法完全表达出来。

他考虑要不要再写一封信，但是已经没有精力了。每当他直挺挺地坐在书桌前，与斜躺在椅子里的倾向对抗，脖子的肌肉很快就累了，靠在床上坐着时也是如此。他意识清醒地托举着自己十磅重的脑袋。他只能保持几分钟精确的输入，而后光标就会随着脑袋前倾而从屏幕上掉落。或许他早已对那种颈部支撑工具做好了准备，那种直立的柔软颈圈，人们出事故受伤的时候就会戴。

他又打开了第二封信。是以简历开头的，列上了理查德的成就、演出和评论（只放了好评）。如果他永远不寄这封信给父亲，或许特雷弗可以用它来当理查德的讣告。

他是柯蒂斯学院的优秀毕业生。他是新英格兰学院的副教授。他同芝加哥和波士顿的交响乐团一起演出，在纽约、克利夫兰、柏林，还有维也纳爱乐乐团。他在波士顿交响音乐厅、卡耐基音乐厅、林肯中心、伦敦皇家阿尔伯特演奏厅、坦格尔伍德、阿斯彭以及许许多多地方演出过。他的演奏被誉为“极富感召力”“令人着迷”“具有杰出的技艺”。

我是个伟大的钢琴家。全世界的听众都为我喝彩。他们对我致以长时间的起立鼓掌。他们爱我。你为什么就不能为我鼓掌呢，爸爸？你为什么就不能爱我呢？

关于这些问题，理查德从来没有找到过让自己满意的答案，但是盯着电脑屏幕上自己的简历，他至少是向自己证明了，他值得父亲的爱。*是他的问题，不是我。*理查德付出了四十六年和ALS的代价才走到这一步，感觉像是一种进步，但很可能只是转换了责怪对象，豌豆在手上，通过巧妙的花招转移到了另一个壳里，真相依然躲藏在大众视线之外。

是不是有可能，要是他喜欢弹一些更符合父亲口味的东西，要是他有兴趣弹奏比利·乔尔[1]或者甲壳虫乐队，要是他愿意在俱乐部的摇滚乐队里弹琴而不是在独奏大厅里弹古典钢琴，要是他和米基还有汤米一样玩橄榄球和棒球，父亲肯定早就认可他了。沃尔特讨厌古典音乐。他们住在一栋一百年历史的农舍里，一共有三个卧室，屋子里铺着小块地毯，墙壁很薄。只要理查德开始练习——他几乎时时刻刻都在练习，房间每个角落都会充满音乐。如果理查德在弹巴赫，那整栋房子就得听巴赫。

沃尔特·埃文斯讨厌巴赫。十分钟就是他的忍耐极限，而后他要么气势汹汹地冲进院子里干活，要么钻进小卡车，去摩尔——当地一家酒吧。如果有什么原因让他没法离开家，或者理查德的妈妈告诉他们晚餐还有几分钟就好，沃尔特要被迫多忍受几分钟理查德的练习，那他就会爆发："你能停下所有该死的噪声吗？！"

理查德又打开了另一封信，每一个熟悉的句子，每一个古老的指责，都是他最久远、最黑暗的痛苦号音，在他身体里召唤出一支怨憎与仇恨的队伍。*我弹钢琴，不玩橄榄球，你叫我娘娘腔……我热爱莫扎特你说我是同性恋……你威胁我要用斧头把钢琴劈成碎片，用这些木头来生火……你从没来过我的演奏会……你从来没有认可过我……你甚至从不了解我……你从来没有爱过我、卡莉娜和格蕾丝。*

---

[1] 比利·乔尔，美国著名歌手、钢琴演奏家、作曲家、作词家。

格蕾丝。一阵电流穿身而过，把痛苦的战场瓦解了大半，让他心里空荡荡的，他满怀无助的恐惧盯着电脑屏幕，目睹历史重演。他想象到一封与此类似的信寄给自己，是格蕾丝写的，屏幕上的信渐渐模糊起来。

你选择了钢琴而不是我。你从没看过我比赛。你得了ALS，你永远也不可能了解我了。你从没有爱过妈妈和我。

眼泪顺着脸庞滑落。请别这么想。想到她亲笔写下这样的信，想到自己留给她的痛苦，他无法承受。或许做过的事情可以变成没做过。或许这就是道歉的意义。

卡莉娜飞快地敲了几下他的门，而后毫不犹豫地走进房间。她根本不需要他应答，这让他恼怒，毕竟他也有可能不想让她进来啊。他仍在沮丧，脸上因为泪水而湿漉漉的。他没办法擦掉眼泪。

"是汤米。"她手里拿着理查德的手机，扬着脸。

"谁？"

"你哥哥。"手机里传出了声音，"嘿，里基，很抱歉，我打电话来不是告诉你什么好消息。但是，好吧……"

汤米的声音渐渐减弱，消失。他叹了口气，清了清喉咙："爸爸昨天晚上去世了。"理查德盯着卡莉娜。想象格蕾丝的信件时那没过膝盖的痛苦泥沼蒸发了。他等着看什么会取而代之。可他什么感觉也没有。

"今天一早是米基发现他的。他就坐在椅子里，电视开着。我们认为他是在睡梦中去世的。可能是心脏病发作……你在听吗？”

“在。”

“我很抱歉。”卡莉娜说。

“谢谢。守灵是星期四，在骑士殡仪馆，葬礼是星期五，在圣犹大。”

“好……好。”理查德说。

“我明白的。我也不太会说话。他这辈子过得很好。快八十三岁了。而且死在自己的家里，死在睡梦中，没有医院和漫长的疾病，也没法要求更多了，是不是？”

理查德和卡莉娜用目光进行了一下对 ALS 和死亡的交流，而后理查德才意识到汤米是想要个回答。

“没错。”

“嘿，我知道我们已经很久没见你了，我们都欢迎你来，住在米基或者爸爸家里。我也很想让你来我家，但是我们都快让孩子们睡到壁橱里去了，所以没有房间。”

理查德抬头望向卡莉娜。她点了点头。她会陪他去新罕布什尔。

“谢谢——汤——米。我们会——去——的。”

“你还好吗，伙计？”

“嗯。”

“那就好。那我们周四见。”

汤米并不知道理查德得了 ALS。米基也不知道。他们谁都不知道。他们就要发现了。

卡莉娜挂了电话，看着理查德冷漠但满是泪水的脸：“很抱歉。你真的没事吗？”

“没事。”他把椅子转向电脑，避开了她的目光，把后脑勺冲着她。

他听见她一言不发地离开了房间。他又转过椅子，确认她确实离开后才又转向电脑。他深吸一口气，至少是个浅浅的深呼吸。他把鼻尖对准屏幕，让沉重的脑袋保持直挺，对准标记为*给父亲的信*的文件夹。文件夹打开。一个接一个，他逐一选中九封信，把它们拖进了垃圾箱。他盯着屏幕。文件夹还在。光标飞速移动摇晃，在他选中文件夹并直接放进回收站时，整颗心在嗓子眼里沉重地跳动着。

就这样了。

只是一个瞬间，他的父亲和道歉的可能全都死去了，消失无踪。

第二十四章

他的钢琴不见了。葬礼之后，他们是最后抵达沃尔特家的一批人。客厅里，卡莉娜和格蕾丝在理查德身后笨拙地徘徊，等着他继续往前走或者坐下来，要么干点什么。可他只是站在那里，浑身僵硬，盯着空出来的那块地方。他的直立式钢琴是童年时期家中的固定设备，和这栋房子一样，似乎是永恒的，现在却不见了。空出来的地方没有任何东西。理查德定定地站着，试图理解它不可思议的缺席，那种感觉就好像是仅存的童年记录被抹掉了。他想象着父亲清除了自己的过去，ALS 清除了自己的未来，他几乎没有留下什么东西来。时间仿佛从身上碾轧过去，忽然之间，他的骨头那么易碎，皮肤宛如透明，他的存在那么微渺，他怀疑自己是否就在那一刻、那个地方，停止了存在。

“钢——琴——去——了？”他并没有在问任何人，即便有声音放大器，他的声音也几乎让人听不见。

卡莉娜来到他右手边，把手臂环绕在他腰部，用臀部支撑住他，帮他站稳。

他哥哥汤米从厨房走出来：“怎么了？”

“钢琴去哪里了？”卡莉娜问。

“我拿去了。露西和杰西在上钢琴课。我可以这么做吧。”

理查德如释重负。他吸了口气，出窍的灵魂回到了自己的身体里。露西和杰西是他的侄女，分别是九岁和十二岁。他点了点头。

“是的。那呀——非——好。”

“她们弹得很不错。我告诉她们钢琴是从叔叔那里来的。”

理查德的眼睛里露出了笑意，同时低下头去看自己的脚，不确定该怎样处理这个意料之外的恭维。

“你们饿了吗？我们在厨房里弄了吃的。格蕾丝？”

“好呀。”格蕾丝跟着伯伯去了厨房。

理查德在摇椅里坐下，环顾客厅，仿佛是第一次造访。很有可能是最后一次。和它的前主人一样，房子老旧过时。地板磨损，开裂，布满裂纹的墙壁上涂着廉价颜料，天花板上水渍斑驳。除了意外不在的钢琴和后来添置的巨幕电视以及特大号的躺椅外，客厅的陈设和理查德印象中一模一样。

窗户上依然没有窗帘。他的妈妈信仰太阳，没什么可隐藏。她常说她不会做任何介意邻居看见的事情。在这块六英亩、绿树成荫的宅基地上，离他们最近的邻居不需要哈勃望远镜就能看见桑迪·埃文斯顶着粉色的发卷穿着睡衣抽烟。

虽然母亲已经去世二十八年，但理查德在这个房间里更强烈感受到的，是她的缺席，而非父亲的不在场。她是他在这栋房子里唯一的同盟，是唯一能够真正看见他、认可他的人。如果没有母亲，他是不可能弹钢琴的。她为他安排课程，坚持从沃尔特那里要钱来支付学费，开车带他去上每一堂课，参加每一次独奏和比赛，并捍卫他练琴的权利。

他还记得那一次，她挡在理查德的钢琴和沃尔特的小型链条锯之间。理查德想不起是什么惹毛了他。或许他喝了半打啤酒，也可能是新英格兰爱国者队输了比赛。理查德只记得自己的心跳和着父亲手中链条锯遥远的嗡鸣，两种声音一起在耳朵里猛烈地跳动着，锯子刚刚才锯断了后院枫树的枝丫，决定再摧毁点什么东西。理查德还记得自己当时坐在厨房的桌子边，留心周围的动静，母亲在称量做苹果派面团要用的面粉和盐，她的手是颤抖的。他记得自己当时还愚蠢地问："我现在能弹琴了吗？"——母亲回答："现在不行，亲爱的。"他记得那时他十岁。

他获得奖学金进入柯蒂斯大学，她非常骄傲。她在他快要十九岁时去世了。她从来没见过卡莉娜，永远没能见到他毕业，看他进行专业演奏，也永远没能抱一抱孙女。她也永远不会知道自己的儿子有一天会得 ALS。

他觉得母亲肯定会赞同他娶卡莉娜。父亲和她的经历太不一样了，他从来不是个感性的人。沃尔特不相信任何镇子外的人，不在乎本州以外的人，更不在乎从波兰来的人。他的世界仅限于自己的那串邮政编码，他的人生只围绕着他在采石场的工作、镇上的教堂、银行、学校和摩尔小酒馆打转。他不太高兴，因为他不认识卡莉娜的父母，因此也无法判断她来自一个怎样的家庭。问到她的宗教信仰，她告诉他说自己是离经叛道的天主教教徒。沃尔特是个新教徒，并且忠实地在星期日做礼拜，他很不信任天主教教徒，而让他更不信任的就是一个无神论的女人。他听不惯她的口音，也不欣赏她讲究的用词，即便是用磕磕绊绊的英语说出来，对沃尔特来说也太过高级了。他的儿子更喜欢用理查德这个名字而不是里基，他为此责怪卡莉娜，然而这同卡莉娜根本毫无关系。沃尔特认为她自怨自艾，是个势利小人，异教徒，或许还是一个懒惰的移民，她之所以对理查德感兴趣只不过是把他当作通往绿卡的一张门票。

人们端着吃的、喝的陆陆续续涌进房间，坐了下来。没有人选择躺椅。那一定就是"那张椅子"了。理查德不太确定，大家都避开那张椅子是出于对沃尔特的尊敬还是他们觉得那椅子有点让人毛骨悚然，因为大家知道他就是几天前在那把椅子上过世的。星期一，他的父亲坐在椅子里看电视。今天他在地下的盒子里。

格蕾丝说她一点也不饿，所以和八个堂兄妹去了外面，到山上滑雪橇去了。他们的年龄从三岁到二十二岁不等，都是理查德不认识的侄女和侄子。葬礼期间他们全都面若冰霜，也没有眼泪，似乎比起死去的爷爷，他们流着口水、不熟悉的叔叔才更加诡异。或许，目睹一位老者从容退场，要比目睹一位正值盛年的人得了ALS，并且凌乱、缓慢、麻痹地爬向死亡更容易承受。年长一些的孩子们不时偷偷瞄他，好像鼓足勇气才敢这么做，如果被他的目光碰上，他们的眼睛会马上飘向其他安全的地方，通常都是看棺材。

布伦丹，八岁，他身形瘦长，剃了平头，鼻子很尖，眼神充满好奇，他不想把身上弄湿，也不想受冻，所以就和自己的父母米基还有艾米丽一起坐在长沙发上，夹在两个人中间。汤米和卡莉娜则坐在双人沙发上。汤米的妻子蕾切尔在外面，帮着两个最小的孩子沿着山坡上上下下地滑。每个人都在用纸碟吃熟肉三明治和布法罗辣翅。男人们拿罐子喝百威啤酒，女人们在喝白葡萄酒。

理查德看着哥哥们吃东西，他们交谈时，大口咬下的面包、火腿还有芝士在张开的嘴巴里晕头转向，活像滚筒甩干机里的衣服，而他又变成了餐桌边的小孩子。他很瘦小，只吃一点点东西，通常只吃一份，并且很快就吃完。父亲从来不允许他提前离席，所以他沉默而孤独地等待着，觉得每晚都在餐桌边浪费了好几个小时，而哥哥们则往嘴巴里塞满好几盘肉和土豆。和理查德不同，他们都是大块头的男孩，有大量肌肉需要喂饱。他们是每天都要跑步或者在健身房仰卧推举的运动员，年轻时总是身材极好，但是现在，他们全都超重了。他们有了啤酒肚和满月般的面庞，粗壮的手臂和双腿走起路来看着很僵硬，就像套在去年冬天的防雪服里的小孩子。

“要我给你弄一盘吗？”米基问道，他意识到理查德并没有吃东西。

“我——不能——吃吃吃——发。”

“你需要我们谁帮你拿着三明治吗？”

“不是这个原因。他如果咽下一口吃的就会被噎住。”卡莉娜说。

"我——乙个——喂——食——个。"

"他肚子里有根管子。"卡莉娜对瞪大眼睛的布伦丹说。

"我能看看吗？"布伦丹问。

"可以。"理查德说。

他们全都坐在那里，看着他，就像坐在观众席上，等待幕布拉开，演出开始。

"你——得——掀——我——衣。我——自——不——行。"理查德看向布伦丹，扬了两次眉毛。布伦丹试探性地离开座位，朝自己的叔叔走去，而后停下脚步。他回过头去看爸爸妈妈。

"去——看——吧。"

他温柔地掀起叔叔的上衣，露出了一个四分之一尺寸的白色塑料盘，和理查德毛茸茸的上腹部齐平。

"呃。"布伦丹发出了嫌弃的声音，松开了上衣。

"布伦丹！"艾米丽说，"你这样可不好。"

布伦丹飞快地回到了他在父母之间的座位上。米基用卷起来的葬礼弥撒书猛地打了一下他的脑袋。理查德的上衣已经落回了肚子上，但是房间里的每个人都还在琢磨管子所在的地方，想象着他们刚刚看到的东西。

"所以管子里都是什么？"米基问。

"叫液体黄金。"卡莉娜说，"有点像婴幼儿配方奶粉。"

"尝起——下——鸡——肉。"

"真的吗？"汤米问。

“不是。”理查德笑了，“我——在——开——玩笑。”

“你都做些什么来对抗这个病呢？”米基问。

“你——是——什——意思？”

“你看那个发起冰桶挑战的家伙，是不是？还有那个电影《渐冻人生》。你看过吗？那个从新奥尔良圣徒队回来的守卫。他得了ALS，还设立了一个非营利组织。他们的口号是‘决不投降’。那家伙真是鼓舞人心。是个真正的英雄。你绝不能就这样认输，理查德。你得对抗它。”

米基是他们高中橄榄球队和棒球队的前任队长，是新罕布什尔大学的侧卫，米基把每一样障碍物都视作能够打败的对手，能够赢得胜利的比赛。

“你——怎么——就认——我——应——对抗？”

“我不知道。看看那些伙计都干了什么。”

“你——想——我——泼——一——桶——冰——在——阿——头上？”

或者干脆接受气切，在不能呼吸的时候靠这个支持生命？无论如何都要活着就是胜利吗？ALS并不是橄榄球比赛。这个病并没有穿着有号码的球衣，失去一个明星队员就会受伤，或者可能遭遇一个不怎么样的赛季。那是没有面目的敌人，是没有阿喀琉斯之踵的对手，并保持着不败的纪录。

“我不知道。我总得做点什么。开始另一样挑战，做个纪录片或者别的什么。能够为找到治愈方法尽一份力的话，不管什么反正要去做。关键就是抗争，不要放弃。”

“好——吧。”

“你还能走路，这很好。那些家伙全都坐在轮椅里了。”

“我——很克——也——会——坐——进——去。”

“也可能不会。你永远不知道。你得积极一点。你应该去健身房，举举重，巩固腿部的肌肉。如果这个病开始偷走你的肌肉块，那你就得走在前面，弄出更多肌肉来。你能打败它！”

理查德笑了。他很欣赏这种想法，但在ALS这种病里，肌肉可不是那样萎缩的。这种病不会区分肌肉的强弱与新旧，它会一股脑儿全部拿走。锻炼并不能给他更多时间。涨潮时间即将到来。沙滩城堡有多高大、多辉煌都没用。海水终究会冲上来，把一切都冲刷成形单影只的沙粒带走。

“好——主——一。”

“我不知道该怎么办。”汤米说，“我觉得没有吃的我肯定活不下去。”

“那——你——会——放——弃。这个——管——就是——你——失——败——的——原因。”

这一点都不性感。理查德的饲管和呼吸器并没有电影和全球互联网上的奇迹那么有意思。他的抗争是静悄悄的，是每一天挣扎着呼吸，并消耗足够卡路里来让自己还能在这里。

“看到你俩又在一起了，挺好的。”艾米丽说。

“我们并没有和好。”卡莉娜说。

“对。”理查德笑了，“我们——只——住——在——罪——恶——里。”

“不是，”卡莉娜说，“无论发生什么情况都不会有什么罪恶。”

“那太糟糕了。”米基说。

艾米丽哈哈大笑：“好吧，那你为他做的这些真的太让人惊讶了。”

卡莉娜什么都没说。理查德也一言不发，没有去看卡莉娜。他很尴尬，艾米丽竟然那么轻易就表达出了理查德从来没有说的话。虽然他愿意说，而且他也无意把自己的沉默归罪于 ALS。

“嗯，里基。”米基说，“我们想和你说说爸爸的遗嘱。在他去世前我们就已经知道了，他把房子留给了我和汤米。”

他当然会那么做。

“但是我们讨论了一下，我们都同意把房子卖掉，然后分成三份。”

每个人都在等待。

理查德在心里默默重复了一遍他刚刚听到的话，问道：“真的？”

“是的。他有三个儿子，并不是两个。这样做不对，而我们想做正确的事情。”

“没错，伙计。”汤米说道，“我很痛恨自己在小时候没有为你站出来过。爸爸对你太严苛了。”

“他可能就是个犟驴子。”米基说。

汤米点点头："现在我们要为你站出来。"

理查德从没看出来，他这两个大块头、勇敢无畏、结实无比的运动员哥哥竟然也害怕父亲。表现出对小弟弟的袒护就会冒着被抛弃、被排斥、被否定的风险。就像理查德一样。他的哥哥们并没有他想的那么有男子汉气概。而他并不怪他们。

"他也是个伟大的父亲。"米基说，他的声音很轻，下巴紧紧绷住，用手指擦拭了一下外眼角，"很遗憾你永远没能站在他这边，里基。"

"你知道的，你对钢琴的擅长远远好过我们这些蠢货对其他东西的擅长，"汤米说，"他应该为你骄傲才对。杰西在谷歌上搜过你，我们全都看了你在林肯中心的演出。"

"太他妈棒了，伙计。"米基说。

"没错，你棒呆了。"艾米丽说。

"我真希望妈妈能看到你在那儿演出。"汤米说。

"那——对——我——意——义——非——凡。"泪水顺着理查德的脸滑落下来。

他从没想过会看到这么一天。随着专制独裁者的死亡，他们之间的柏林墙轰然坍塌，哥哥们就在眼前，在另一边等着他。卡莉娜从钱包里抽出一张面巾纸，走到理查德跟前，擦了擦他湿漉漉的脸庞。

"三个人三种方式，"米基说，"那才公平。爸爸对待你的方式是不对的。我们的儿子艾利克斯现在上小学了，从六岁起就不想碰球了。他热衷音乐。喜欢唱歌跳舞。”

“他真的很棒。”艾米丽说。

“没错。他是个很棒的孩子。我真的没法想象像爸爸对待你那样对待他。”米基叹了口气，“而且没有他，我也不可能成为现在的我。”

汤米点了点头。米基把手里的百威罐子放了回去。理查德消化着来自哥哥们的接纳与歉意，胸中有一片天地敞开了，原野延伸向地平线，那是早晨的天空，也是繁星浩瀚的宇宙。

他有点不知所措，也没法说话，只能默默地感谢自己的哥哥们，一代人修复另一代人造成的创伤。

“很抱歉破坏你们的气氛，但是我们真的得走了。”卡莉娜说。

“你们不能再住一晚吗？”艾米丽问。

“不行，我们还得送格蕾丝去机场。她得回学校了。”

“在你走之前，我们为爸爸干一杯。”米基说着拉开了另一罐啤酒，“你能把啤酒倒进那管子里吗？”他用手指了指理查德身体中间。

卡莉娜看向理查德，他点了点头。偶尔他会要求她这样做，她就把满满一注射器的葡萄酒打进饲管，然后用一点点酒湿润他的嘴唇，这是他尚能放纵一下的小乐趣，但和从杯子里喝酒的感觉完全不一样。也永远不可能一样。好歹他还能用舌头尝到一点侯伯王酒庄的好酒。他还能感受到葡萄酒注入小腹的温暖。

卡莉娜把管子固定上，用清水冲刷了一下，然后用百威啤酒灌满了一支五十毫升的注射器，在所有人的注视下缓缓推动活塞。

理查德打了个嗝。布伦丹笑起来。啤酒尝起来像十几岁的记忆，惊恐而完美。

“好了，留一点来干杯。”米基说，“卡莉娜，你喝葡萄酒吗？”

她用右手拿起高脚杯，左手抓着附属于理查德腹部的针管注射器：“好了。”

汤米和米基举起了啤酒罐。艾米丽和卡米拉举起了高脚杯。布伦丹举起了他的可乐。

“敬沃尔特·埃文斯。”米基说，“希望他安息。”

安息，爸爸。

第二十五章

现在是晚上 8:28，离他上次看表过去了四分钟。在过去三天里，时间就像睡在石头背阴面的肥硕鼻涕虫。卡莉娜在新奥尔良加入了埃莉斯和她的学生，去爵士的神圣祖国进行一年一度的朝圣。坐在电脑前，理查德用自己的鼻子瞄准，就像指挥棒一样，将光标箭头指向键盘上的字母，打出 iTunes 里许多爵士艺术家的名字。他播放了几秒钟赫比·汉考。然后是奥斯卡·彼得森。还有几秒钟播放约翰·克兰特。他能容忍迈尔斯·戴维斯超过一分钟。这些音符没有明确的目的地，随意漫游，是田地里走失的流浪狗，嗅来嗅去，摇晃尾巴，蹦蹦跳跳地东跑西窜，没人叫它回家。音符的组合都非常潦草，断句完全不按语法规则来，也没有标点符号，在不和谐的音符里肆意冒险。

他点击了赛欧尼罗斯·蒙克，他的嘴形畏畏缩缩的，就好像是在尝什么有毒的东西，或者是什么特别酸、特别苦、特别腐烂的东西，所以他希望自己能把歌声给吐出来。萨克斯管和小号听起来就像是逐渐升级的争吵，双方都很尖锐，并且横行霸道。他连忙将鼻尖对准了暂停键。这种进攻，这种疯狂，这种噪声，他多一秒都忍不下去。

对理查德而言，音乐是一种语言。虽然他并不说意大利语或者中文，但他发现喝意式浓缩咖啡的时候听意大利语交谈能带来愉悦感。中文则完全相反，像粗腔横调的机枪扫射，每一个单词都如针尖般刺进他的脊椎骨，仅次于有人在不断摩擦橡胶气球的表面。对理查德来说，爵士就像中文。

又或者，它就像一种抽象的表现主义。理查德可以看杰克逊·波洛克的《第五号》，在艺术成就上这幅画被认定为杰作，并且价值上百万美元，可他只能看见毫无吸引力的乱泼乱画，完全没有章法和天资可言。爵士就是波洛克。莫扎特则不一样，他是米开朗琪罗、伦勃朗、毕加索，是这些精通视觉艺术的画家。抬头看看西斯廷小教堂的天花板，那是与上帝同在的。

巴赫、肖邦、舒曼，这些古典音乐作曲家精通听觉的艺术。理查德听德彪西的《月光》时，身体里的每一个细胞都心碎不已，并且在月光下裸足起舞。而弹奏巴赫则是在与上帝对话。

理查德并没有在自己的身体里感受到爵士。它没有穿过他的心房和灵魂。他抓不到它的要点。要理解那些他感受不到的东西对他来说总是不太可能的。

卡莉娜不在家时，格蕾丝在家，临时照管她的爸爸。他们已经在同一屋檐下相处了三天，是两条几乎不可能相交的直线，始终并驾齐驱。大多数时候她都待在自己房间。她说自己有一吨重的家庭作业，但是他需要任何东西的时候就给她打电话，过去找她，或者踩一下呼叫按钮。迄今为止，除了每天的最后一顿饭，还有睡觉前接通呼吸机面罩外，他从未需要她做任何事。所以也就没有呼叫过她。

格蕾丝在家时，他会等到 9 点比尔来了以后再撒尿，让自己和格蕾丝都免于一个女儿得拉下父亲的裤子让他尿尿这种羞辱。两天前，他问她是否愿意和自己一起看个电影，任何电影都可以。她有统计学、经济学和物理学作业，没时间看电影。昨天，他问她是否愿意简短地散个步。他的右腿太孱弱，右脚也无精打采，所以不敢冒险独自出门。她说外面太冷了。今天，他什么也没问她。

现在是晚上 8:40。他一直朝门边看，期待看见她。她每两个小时就把脑袋探进书房，看看他的情况。他从 5 点就没见过她了。*你需要什么吗？……不。*

但是他确实需要她那儿的一些东西。他需要他们之间的关系正常起来，以免……他需要在情况糟糕到迫使自己把这句话说完之前，让他们之间的关系正常起来。眼下，那句话没有说完，还不用眯起眼睛去看清楚地平线上那团模模糊糊等待着他的东西，甚至无视在他面前摇晃着两只脚的敌人，是他抵抗这疾病的唯一防线。否认是他所拥有的唯一武器，不锋利，迟钝，样子更像勺子而不像刀。

他并不知道怎样才能让自己和格蕾丝之间的关系正常起来，却意识到，两个人同处一室肯定是个好机会。承认自己选择了钢琴而不是她，可能松动了分隔两人的高墙上的几块砖，但是墙体仍然坚挺高耸，那是壮观而古老的堡垒。卡莉娜明天回家，然后格蕾丝就会回到学校，暑假才能回来。她或许不会回家，她要先……

现在是 8:43，他已经没有时间了。

他想着要不要让格蕾丝帮他摆弄乔治医生给他存储声音用的录音装备。这么久了，他基本没怎么录。他和卡莉娜只录了一些简单的短语：*我痒痒。我要去厕所。你能帮我擦一下鼻子吗？你能帮我擦一下眼睛吗？我很冷。我很热。*卡莉娜回放了一遍，确定设备的确是在录音，在听过自己的声音之后，他对这项工程丧失了全部动力。他真希望自己能早点去找乔治医生，在他的嗓音饱满洪亮，仍旧充满韵律、变音和个性的时候，在他的声音还属于自己的时候，而不是这种剥离的、和其他气体混合的、没有灵魂、机器人一样的单音发声。他宁愿听自由爵士都不愿听自己的声音。等到不能说话时，他很可能也会选择用电脑合成音。

现在是 8:51。时间到了。

但是存储工作可以给他一个方便的借口，让格蕾丝来帮忙。他看了看门，看向地板上的红色呼叫按钮。他并没有叫她。他太累了。他一整天什么正事都没干，却已精疲力竭。

他所感觉的时间比真实时间更晚一些。他的房间很黑，电脑屏幕在发光，走廊里的一束光斜斜地从门缝里打进来。他站起来，站在房间边缘，听着格蕾丝过来的信号。什么也没听见。他很焦躁，离开书房，在客厅里走来走去，像个下了班、好奇心旺盛的博物馆赞助人一样研究家具和装饰风格；又像个令人毛骨悚然的小偷。客厅昏暗，被厨房的灯光温柔照亮，肯定是格蕾丝留的灯。

冰冷而漆黑的夜晚装点着每一扇窗。如果卡莉娜在家，她肯定不会拉开窗帘。

客厅干净整洁，每样物品都各归其位。可是太整洁了，反而荒凉。在他搬走之前，在格蕾丝去上大学前，整栋房子都像格蕾丝的家。她的背包、衣服、书和试卷扔得到处都是。无论她在哪个房间，她放的音乐和电话里的交谈整栋房子都能听见。她的个性与存在感胀满了整个空间。然而格蕾丝再也不住在这里了。住的人是卡莉娜。观察过卡莉娜的家后，除了能看出住在这里的人弹钢琴之外，感觉不出她是个怎样的人。

但这就是她的家，她的人生。不是他的。他本不应再住在这里了。

他看了她的钢琴，还是他们刚搬来波士顿时买的那架鲍德温直立钢琴。他的目光从琴键的一端穿梭到另一端。通过看她弹琴，听她讲解，卡莉娜的学生们过去几个月里弹的就是这些琴键，他知道，和他的豪华钢琴比起来，这些琴键的灵敏度要差许多，他想象着自己麻痹的指尖里那令人沮丧的胶水。许多年来，他一直在试图说服卡莉娜升级成三角钢琴，但她总是拒绝。

谱架上的第一页是贝多芬的《致爱丽丝》。上星期的一节课里，她的某个学生把这个曲子肢解得支离破碎。理查德十一岁时，《致爱丽丝》是他最喜欢弹的曲子。他犹豫了一下，就在琴凳上坐了下来。随着他的目光在音符间徜徉，心灵的耳朵听到了音乐，他又回到了十一岁。他在为他的母亲弹奏，等他弹完，她便亲吻他的额头，并且告诉他，这是她听过的最美丽的曲子。

他读着这首简单、弹到烂熟的音符，他仍旧热爱这首曲子，不用弹奏也能在自己的身体里感受到——在他跳动的心脏里，在他虽已瘫痪却仍旧怀念这首曲子的手指里，在他点着地面的脚上。这才是音乐。

他渴望触碰琴键。虽然他能感受到想象中的音乐在身体里奏响，但是，亲手弹过这首曲子，真实地听过这首曲子，这种体验在他的灵魂里留下了强烈的共鸣。他试着回想最后一次弹奏是什么时候，他感受到了身体和灵魂里的激流，他让拉威尔的左手钢琴协奏曲活过来时也是这种感觉，可他只剩早已褪色的印象。他抓不住。回忆是一闪而过的幽灵。眼泪夺眶而出，在发展成啜泣之前，他离开了卡莉娜的钢琴。

他追随灯光走进厨房。一碗柠檬放在方桌中间。其中一枚柠檬已经发霉了。他想把它挑出来扔进垃圾桶。他想着把格蕾丝从楼上的卧室叫下来，让她把坏掉的柠檬拿走，但是，他觉得自己微弱的声音无论如何也没办法让她听见，所以还是算了。

他走到料理台上的比萨盒跟前，倾斜的盒盖微微打开。他往里瞅了瞅。还剩下三块。他吸入了胡椒、洋葱和生面团的味道，同时还有剧烈的痛苦，因为想起吃比萨时的快乐，就好像看见一个他永远不能再亲吻的爱人，一台他无法再弹奏的钢琴。他想象着咀嚼配料和芝士，外壳口感松脆、热辣的调味酱和咸芝士在他嘴巴里，三角钢琴灵敏的反应，他的双手插进马克辛浓密的黑色头发中，他的嘴亲吻着她。

欲望让他头晕眼花，他注意到自己并没有想象卡莉娜的头发和嘴唇。他试着去回想他们最后一次亲吻，最后一次抱住她，最后一次向她索取，却发现回忆与她有关的一切是如此困难。他找不到那些回忆。他记得自己抚摩她，想要她，爱着她，就像是在别人的剪贴簿里那些泛黄、没有标志的快照。过去太久了。

现在是 9:03。

离开比萨盒，他又走到格蕾丝的咖啡杯跟前，从早上起就放在水槽边上。他俯下身，把脸凑近杯子，杯子底部残留着干粉状的咖啡，他深吸一口气，无论什么都好，他想吸入那黏稠而甜苦参半的气味。他呼出一口气。极乐世界。也是纯粹的地狱。他绝望地把舌头伸进杯子，想要舔到干掉的那圈咖啡，但他的舌头没那么长，杯子又太深。他放弃了。

健康护理中心的电话，神经科医生的电话，还有比尔公寓的电话都写在一张纸上，用磁铁吸在冰箱上。旁边是格蕾丝和卡莉娜在格蕾丝高中毕业典礼上的合照。她们都穿了一身黑，喜气洋洋的。格蕾丝遗传了她妈妈的笑容。

没有其他照片了。在这台曾经属于他的冰箱上，没有其他笑嘻嘻的孩子。他一直想要的儿子。或是格蕾丝的妹妹。那些年他一直致力于让卡莉娜怀孕，迷信医生，手淫射精在塑料杯里，希望能再有孩子。结果还是没有孩子。或许这就是为什么他想不起自己对她的爱了。

那些时间全都浪费掉了。

现在是9:06。

没什么东西可探索了，他走回书房，结果却被绊住了，忽然间灵魂出窍，半天才反应过来自己正在摔倒。他向右走，但是腿并没有反应。神经元和肌肉之间的某种相互作用被破坏了。有什么东西不再发射、倾听、着陆。什么东西松开了，断电了，迈步的指令无疾而终，连接切断了。在触及地面的刹那，他意识到摔跤无可避免，于是打算转过头，却不够快。他的下巴和鼻子受到了撞击的影响。

温热的鲜血从右侧鼻孔汩汩流下。嘴巴里能尝到金属般的咸味。他的样子很痛苦，抽搐，尖锐，鼻梁和两眼之间尤其疼。他本能地检查了一下自己的肢体，试着判断有没有什么地方摔断了。他似乎找不到自己的右腿。某种意识渐渐沉淀下来，就好像是液态混凝土灌注进他的身体，把他变成一动不动的磐石。没什么地方摔坏，他却站不起来。他的右腿不见了，被ALS毁了。他面朝下躺在厨房地板上，知道自己再也不能走路了。

他想要喊格蕾丝来，但是以现在这种姿势，他甚至没办法往肺里吸入足够空气，更别提发出响亮的声音。他抬起头，又试了一次。

“格蕾……”

他垂下头，脸贴在冰凉的地砖上。在他的下巴下面，是口水的泥潭，混合着一摊血。他不太确定自己还有没有力气再把头抬起来。他注意到身上唯一还能使用的部分。他的左脚。他反反复复将左脚抬起又放下，用穿着羊毛拖鞋的脚猛击地板，像是不祥而沉闷的鼓点。

几分钟过去了。他累了，不再用脚拍打地面。恐慌攫住了他。在他的肚子里汇聚成一个拳头，并将魔爪伸向他的喉咙。一旦恐惧占了上风，他就没办法呼吸了。格蕾丝。她每天晚上 10 点下来给他喂最后一顿饭，把他连接到呼吸机上。现在几点了？应该不会太久了吧。他必须得战胜恐惧，保持呼吸。

他迷失在自己虚弱但仍稳定的呼吸节奏里，终于听到格蕾丝的脚步声，也不知道过了多久。

“我的天哪！”

他睁开眼，格蕾丝宛如天使般出现在他面前。

“怎么回事？”

他没有花费有限的精力来解释这个明显的事实。

“好吧，我要打 911。”

“别。”他低语道，“拜托——别。”

“为什么？那我要打给比尔或者健康护理中心的其他人。”她朝冰箱看过去，看向门上的号码。

“别。太——晚。”

“要是你哪儿断了呢？”

“我——没。”

“你脸上全是血。我觉得你把鼻子摔断了。”

“那——我的——模——特生——涯——得——就——此——结——束——了。”

“我得把你翻过来。”

他把头转向左边。格蕾丝分别将手搭在他的左肩和屁股上，小心翼翼但又非常用力地把他往自己这边拉。他尽全力用自己的左脚辅助她，她终于能把他翻过来背对着地。她从料理台上抓起一条擦盘子的毛巾，在水龙头下打湿，俯下身来面对他，擦了擦他的嘴巴、脸庞和下巴。她拿着抹布粗暴地擦拭他的皮肤，稀释他脸上已经干掉结块的血迹，冷冷的水沿着他的脖子流下来，浸湿了他的后背。她温柔地擦拭起他的鼻子周围。

她站起来，打量起他。他也打量着她，看不出她是否慌张，恶心，或者害怕。或许这些情绪兼而有之吧。

“我力气没那么大，没法把你弄到床上去。”

“这呀——就行。我——可——睡——这里。”

她双臂交叉抱在胸前。

他看见书房的灯啪嗒一声开了，片刻之后，他听见放呼吸机的设备朝自己滚来。她摆了三个枕头在他脑袋下面，调整他的手臂，放在身体两侧，把被子盖到他身上。她又离开了。这一次，他听见了她上楼的脚步声。而后她又回来了，拿着自己的枕头、毯子和蓝白相间的被子。

“我睡在你旁边。以防万一。”她插上了加湿器和呼吸机，打开，检查设置。她忘记给他喂吃的了，但他不想提醒她。何况他也不饿。她手里拿着面罩，他有点害怕面罩压在鼻梁上的时候会很痛。

“很抱歉，我没能马上听见。”

“八——要——抱——歉。我——才——是——抱——歉——的——那——个——人。”

“为什么抱歉？”

他很抱歉，他没有给她足够的时间。他很抱歉，他没有时间了。他很害怕自己不剩多少时间。他很抱歉，对她来说他不是个更好的父亲。他很抱歉，她没有感受到他的爱。

不是现在，就是永不。

“每——件——四。我——爱——你——格蕾丝。我——很——抱——歉。”

她闭上眼睛，嘴角流露出无言而温柔的笑意。她睁开眼，眼泪滑落她美丽的面庞。她没有拭去泪珠。

“我也爱你，爸爸。”

她把呼吸机面罩戴在他脸上，他忍受着两眼之间剧烈的疼痛，同时氧气开始在他肺里循环进出。在他的记忆里，这是第一次，呼吸时他感觉到平静。

第二十六章

卡莉娜、埃莉斯和她的学生们到早了，分别占据了四张圆桌，每张桌子旁边都放了三把椅子，挤成半月形，面向舞台。他们在法国街的舒适港湾爵士小酒馆，就在法国区外面，隐藏在地下酒吧观众席后面的屋子里，没有窗户，只有蜡烛照明，非常舒适，他们在等待演出开始。今晚的主角是前途无量的爵士钢琴家亚历山大·林奇，伴有鼓手、贝斯手，是一个简单的三重奏。古典音乐背景，以及百老汇演出经验，亚历山大对爵士领域来说是新面孔。十月时，埃莉斯在纽约的爵士中心看到了他，对他赞不绝口，说他让她想起查理·帕克。

房间还没有坐满。卡莉娜数出了十五张桌子，外加一个楼上的包厢。他们的座位就在正前方，离舞台不过几英寸，这种感觉有点惊恐，甚至带点威胁意味，仿佛他们坐得离开放的火焰太近，好像坐在这里会有什么危险似的。

她拉了拉自己紫色的丝绸围巾，像围嘴一样兜在胸前，尽可能遮住乳沟。焦虑许久之后，她还是决定穿上自己最好的黑色长裙，细肩带，胸部很紧，从腰部开始张开，层层叠叠直到膝盖，或许有点太短了，就她的年龄而言也有点暴露了。她是十多年前买的。当时穿上更合适。她生怕自己看上去就像十磅重的土豆装在五磅量的袋子里。埃莉斯穿了牛仔裤和黑色麂皮靴，印了图案的 T 恤外面套了件黑色的天鹅绒运动衣，和学生们嬉笑聊天，非常自在，就好像她是个熟客，好像这就是她的固定座位，俱乐部在等着她来。她和这里非常契合。

学生们也都穿着黑色的衣服和牛仔裤，锋利随意，很酷。他们也同样属于这里。他们全都二十出头，那就是卡莉娜放弃一切之前的年纪，那时她仍旧相信一切皆有可能。

卡莉娜从马提尼酒杯里的塑料签子上把最下面的橄榄滑脱出来，放进嘴里咀嚼，埃莉斯则俯向右边那张桌子。埃莉斯现在背对着她，卡莉娜听不见他们的对话，她觉得自己格格不入，很不舒服，特别扎眼。她根本就没资格参加这次实践。她又不是伯克利的老师，也不是学生。她甚至算不上真正的音乐家。

她是埃莉斯那悲伤、令人同情的邻居。她是个住在郊区上了年纪的钢琴老师，是个过时的人，是个从未成功过的人。曾经，差一点就成功了。

她想回家。如果她更改航班，明天一早就离开，就能和格蕾丝一起待上两天。她想回家，穿着她的法兰绒睡衣，在客厅里读一本书。

然而她想到一坐在自家的长沙发上，就能听见理查德在书房里叫她。她长长地吸了一口马提尼，又放了一颗橄榄在唇齿间。离开他是一种极大的放松，能够从他拼命咳嗽清理喉咙的痛苦声音，整天整夜都要围着他转的紧张中得到片刻休息。今天早上，她眨了眨眼睛，在酒店的床上醒来，意识到自己没被打扰睡足了一整夜。

然而内疚很快攻城略地，踱着怪兽的步伐，擂响鼓点，恫吓着刚刚萌生的放松，光明又躲回了洞穴里。她不应该留格蕾丝和他共度四天。格蕾丝本不应该去擦她父亲的小便，不应该整夜整夜睡不了觉，而卡莉娜则休息得很好，穿着一条不太合身的黑色长裙，喝着一杯马提尼，和一群孩子一起听爵士。要是发生什么事怎么办？

“我真是等不及让你听这家伙演奏了。”埃莉斯说着又收回身子，探向卡莉娜，“艾比称他是爵士界的莫扎特。”

卡莉娜点了点头。她已经太久没有参与过任何形式的现场音乐演出，交响音乐厅、贝壳剧院、乔丹音乐厅都是多年以前的事情了。上一次听现场恐怕还是去坦格尔伍德看理查德演出。他弹了《费加罗的婚礼》的序曲。八年前？真的有那么久了吗？

如果是在音乐厅里，身处安全而教养良好的管弦乐队或者包厢里，等待听一场独奏会或者协奏曲，她也不会这么不自在。古典音乐始终都是她的大本营，是她最习惯的食物，她的保护伞。在柯蒂斯音乐学院，她是作为古典钢琴家起步的，在第三年，她的职业生涯看起来比理查德更有保障。他们从未公然承认这一点，但彼此心照不宣。老师们全都赞美她，给她提供通常只会给到高年级学生或者毕业生的机会。他们并没有给理查德提供这些机会。

这种时候他也会对她表示祝贺，但是这些祝贺的话全都僵硬而冰冷，从他的齿缝里蹦出来，只让她觉得自己受到了侮辱而非得到声援。无论何时，无论是私底下还是在公共场合，只要她的演奏超越了他，他就会在其他方面对她愈加疏远、挑剔。他不喜欢她的头发。他奚落她的语法。他会克制对她的喜欢，拒绝做爱，经常闷闷不乐。她什么都不想要，只想要那个站在聚光灯下自信自尊的他来爱自己。然而讽刺的是，他通往中央舞台的大冒险里，最大的障碍物恰恰是她。

还是学生时，他们在技巧上旗鼓相当，但是她的演奏在感情上更充沛，也更纯熟。虽然理查德精通一切乐曲里有难度的技巧，但是听他弹琴总能让她看到页面上的音符、和弦、音高，从理智上欣赏他的才华，可曲子听起来更像是分解开的元素，而不是一个整体。直到毕业之后，他们定居纽约，有什么东西让他开了窍，他开始弹奏出一首曲子的感情，而不单单只是音符。

她还记得科恩教授和他的测验。每个学生都被要求弹奏一首曲子，从科恩教授离开房间开始弹。测试很简单。就看学生能不能让老师在走廊里哭泣。

卡莉娜第一次参与测验的时候，她弹了舒曼的幻想曲 Op. 12，No. 1。她完成了最后的尾声手势，温柔、轻巧，她等待着，屏住呼吸，等待科恩教授回来。门开了，科恩教授面带微笑，双手紧握，眼眶湿润。在那个学期里，她把他弹哭了很多次。但理查德从没做到过。

大四上半学期，她发现了爵士。她急匆匆地冲进校园咖啡屋，飞快地喝了杯意式浓缩，因为她正要去干别的什么事，结果却在那里逗留了两个小时，被她的三个同学给迷住了。那是钢琴、鼓和小号的三重奏，演奏的是迈尔斯·戴维斯。这种音乐不同于莫扎特与肖邦的神圣，不要求严格的精确度。那是一种令人振奋的自由，是在旋律的既有组合之外进行戏谑的探索。她看着这三个人即兴创作、绕弯路、相互协作，创造出某种更为原始的东西，在演奏的同时发现了音乐，追随自由的联想、融洽与修饰，无论被带去何方都好。他们引发了一个契机，引起了神秘的化学反应，一条河流冲刷了在场的每一个人。她的心灵为之痴迷、眩晕、如痴如醉。

她觉得，如果没有发现爵士的话，她和理查德的关系是不会维持到毕业以后的。她放弃了古典音乐转投爵士乐，她确定他们永远不会彼此竞争，古典音乐的聚光灯将是属于他的，他会身处其中大放异彩。但是从古典钢琴转向爵士乐并不是轻而易举的转变。爵士非常复杂，其技巧难度在许多方面都远远高过古典钢琴。她的决定自然不被赞成，大多数情况下都要面临冷落嘲弄。尽管没有任何体裁算是主流音乐，可古典钢琴的世界属于特权与白人，在富丽堂皇的交响音乐厅里演奏给呷着香槟的听众们。爵士的世界在历史上属于贫穷与黑人，在逼仄的夜总会里弹给波旁威士忌喝多了的老主顾听。

亚历山大、鼓手和贝斯手登台了，音乐家们在各自的乐器前就位，听众们报以热烈的掌声。亚历山大非常瘦削，和卡莉娜同龄，黑色的拖把头油光发亮，手指可以张开几英里，像踩在起跑板上的短跑运动员一样沉稳地搁在琴键上，一触即发，只等一声枪响。亚历山大点了点头，三个人一起开始了。

旋律是非常简单的重复，曲调朗朗上口，春风拂面，但是很快就进入了即兴独奏。亚历山大弹琴时，卡莉娜闭上了眼睛，音符变成了夏日夜晚沿着乡村小路沐浴着月光的漫步，更像一种气氛而不是一段旋律，性感，缓慢，不疾不徐。伏特加让她松弛下来，她乘着这些音符，让自己被音符裹挟，血液沸腾。她被点燃了。

卡莉娜想起住在纽约东六十街的时候，徘徊在“乡村先锋”，听布兰福德·马萨利斯、索尼·罗林斯和布雷德·梅尔道，通过听、看、问、演奏和即兴创作来不断学习。学习爵士是一种三维立体的经验，是对独一无二的表现力的探索，在仓促的自发即兴创作之中生存与呼吸。而学习古典钢琴则是一种学术练习，训练技巧，坚守严格的规则，记住琴谱上的音符，独自练习。她并没有从中体会到比弹奏爵士更多的挑战力与生命力。

接下来的两首曲子是高能量的，是对行动和庆祝的呼号。亚历山大的手指像一只招潮蟹从海鸥追逐的阴影里狂奔而来，是蜂鸟在琴键上饮啜琼浆玉露，颤抖的琶音是上帝的居所。

他在键盘上由低音穿梭向高音，给五线谱之外着色，敲击落地时羞于发火的音符。这是叛变者的音乐，刺激而挑衅。

“太棒了，是不是？”埃莉斯问。

卡莉娜点点头。在第四首曲子时她又闭上了眼睛，被亚历山大的即兴重复段落迷住了，和弦的扩张从头部开始漫游。他现在已经是在露天演奏了，音乐开始关于旅途，不是目标，而是迷失在路上，他可能发现了些什么，一个修饰过的花音，一系列上升的和声，一次蜿蜒曲折的星期日兜风。他变换措辞，改变外形和质地，嵌入蓝调的音符，又像孩子的笑声般让那些音乐颤抖起来。他在键盘上翩翩起舞，追逐音符，深爱它们，而音乐则是早晨温柔的雨水敲打在玻璃窗上，纤弱，孤寂，渴望一个爱人，一个童年的玩伴，一个母亲。

乐曲终了，观众们纷纷鼓掌。卡莉娜睁开眼，眼泪滑落下来。她喜极而泣，内心发生了转变，她记起了自己是谁。

她是个爵士钢琴家。

这份明确令她震惊，她忽然间看见自己正在扮演的角色，她选择了这身戏服和面具，并且穿戴了二十年之久。她一直在躲藏，是个骗子，她本应去弹爵士，去成为自己，她却不允许自己这么做，反而戴上镣铐，囚禁在全是责怪与借口的牢房里。

起初全都是理查德的错，是他非要搬到波士顿。爵士钢琴家都生活在纽约而不是波士顿。而后理查德开始巡演了，几乎不怎么回家。他们也几乎不再做爱。她本应把处方避孕药再重新装满，但那是二月，外面太冷了，她不愿意走到药店去。

她很懒。她很蠢。她怀孕了。

之后她的借口就变成了格蕾丝和母亲的身份。她无法成为一个爵士钢琴家，因为宝宝需要她。理查德一年里的大部分时间仍然在巡回演出。她基本上就是个单身妈妈。对年轻妈妈的要求让她自顾不暇，而且很孤独，几乎没有时间分给演出，更别提回到爵士演奏上了。所以她倾向于全职照顾格蕾丝，为自己搭建了一个可以躲藏的安全窝。她向自己保证这只是个临时避难所。

卡莉娜想起了母亲，她生在一个受压迫的国度，靠丈夫作为煤矿工人的微薄工资度日，困在经济萧条的城市里，因为宗教信仰而牵绊在糟糕的婚姻里，封闭在小房间肮脏的米色墙壁内，养大五个孩子。每一天她都穿着脏兮兮的白色围裙，早早褪色的华发扎成一个圆髻，眼睛里只有顺从，她患了关节炎，骨节扭曲的手还要做饭打扫，满足孩子们的需求，而孩子们最神圣的梦想就是，一旦可以，马上离开这栋房子，这个城市，这个国家。所以他们全都离她而去了。

卡莉娜发誓绝不重复母亲的人生。正是因为卡莉娜太爱当格蕾丝的妈妈，所以她无法忍受一个孩子接一个孩子，往她作为母亲的牢房墙壁上一块一块地添砖加瓦。格蕾丝会是她唯一的孩子。一个就够了。但是理查德想要很多孩子，想要个大家庭。

她小心翼翼埋藏起来的欺骗，在最短的时间内从藏身之处向外窥探，却以羞愧之情渗透进她的胃壁，让她一阵阵恶心。她喝光了马提尼，用温暖惬意的酒水分散自己苦恼而悔恨的心情。

格蕾丝五岁上幼儿园之后，卡莉娜是有时间继续追求爵士乐的。原本也是这样计划的。但是很快格蕾丝就上了小学，卡莉娜的借口又迁回理查德身上。她在他的信用卡账单上发现了一顿昂贵的晚餐和两次喝酒；在他的手机上发现了色情短信，通信对象是个叫塔玛拉的人；从他的手提箱里发现了两条黑色蕾丝内裤，却不是给她的礼物。起初，这些背叛伤透了卡莉娜的心。她觉得不可思议，失望透顶，非常丢脸，觉得受到了羞辱。她流泪，发脾气，威胁说要离婚。之后呢，头几天的狂怒情绪过去后，她觉得自己的情绪被榨干了，非常冷静，并且还有吊诡的满足感。随着时间的流逝，她的心开始对这些事变得无动于衷。她几乎是在渴望着这种侦探工作，发现下一条该死的短信时的激动，体内瞬间的戏剧性被唤醒，可以把所有故事都给补充完整。

格蕾丝上了一年级、八年级、高中二年级，而卡莉娜把自己打扮成受害者，她虽然不再相信宗教规则，但仍要遵守，为此陷在糟糕的婚姻里，还有她自己编造出来的钢丝网一样的理由，也让她无法从泥淖里脱身。她小心翼翼地编排自己的人生，在作为老师的这份安全职业里创造出婚姻中没有的安稳，一眼就能望到老。她教学生弹肖邦，在城郊起居室的私人领域内是可以接受的音乐，在这里，她的学生们通常都很小，还没有定型，在音乐上天真地询问她，拓展她，把她推出自己的舒适地带。

而她可以责怪理查德和他的事业拖了她的后腿。他做得不对，他很坏，而她是正确的，是好的，她可以因为自己未完成的爵士梦而怨恨他，这就是最佳借口，这明亮的烟幕挡住了任何想要一探究竟寻找真相的人。真相就是，她害怕失败，害怕做不到，生怕永远也成不了理查德那样具有辨识度、被人喜爱的音乐家。

但是紧接着她就离婚了，格蕾丝上了大学，她的借口们一一走出家门。似乎没有人可责怪了，她又把手指向了时间。时间已经过去了太久。她的机会已经溜走了。为时已晚。

她看着台上的亚历山大，爵士界的新贵，和她差不多年纪，最后一根稻草也掉落了。在这个渐渐清晰起来的旷野里，她看到了每一个崩塌的借口，就像上帝的戒条，只存在于她一个人的脑海里。她未完成的人生一直以来都是自己亲手搭建的牢笼，她所选择并深信不疑的想法，那些恐惧与责难，让她瘫痪在不幸之中，不断告诉她，她的梦想太大了，太不切实际，希望渺茫，太难达成，而她根本就不配，也不应该奢望这些，更不需要这些。弹奏爵士钢琴的梦想是属于其他人的，属于像亚历山大·林奇这样的人，而不是属于她的。

在听亚历山大演奏时，脑海中谨小慎微搭建起来的牢笼竟然没有上锁，她迈了出来。她听着他打乱旋律，重重地按下升调和弦，变幻乐句，她从他的即兴创作里感受到了旺盛的好奇心，是在寻找新鲜的东西，是无所畏惧，他的自由也变成了她的自由。如果她敢大声说出来，她会说，她看见了自己的可能性。

三人组完成了今天晚上最后一首曲子，站起来，鞠躬致意。听众们也纷纷起立，掌声经久不息，在音乐家们谦逊地退出舞台时要求再来一曲。鼓掌的间隙，卡莉娜拭去眼角的泪珠，觉得无法呼吸，整个人都被打开了，周身跳动着渴望，并且，虽然她还不能肯定该怎么做，可她已经准备好去生活了。

第二十七章

理查德从沉沉的睡梦中醒来，直挺挺地坐在电视机前的轮椅里，希望自己能躺下。早上比尔把他安顿在这里时就打开了电视，但是几小时以前他就没在看了。他沉重的脑袋不断往前倾，下巴戳到胸口，向右倾倒，而他没有脖子肌肉的力量来矫正这种偏移。毛巾围兜从胸口掉了下去，上衣前襟被口水浸湿。他的眼珠也很累，因为需要一直往左上方看才能看见电视。所以他干脆看向地板，那就是他的眼睛和头颅自然冲向的地方，同时听着《法官朱迪》，屈服于现状。

他现在是坐在电动轮椅届的玛莎拉蒂里。前轮是由两台电机驱动，装饰有镀镁车轮，八英寸的轮脚，电动倾斜，还有一个手动操纵杆，是这类轮椅的标配。但是，因为他没有手，所以也不可能去操作。他是很久之前预定的这个轮椅，那时他的左手还能用，他还能弹琴，还能期待自己永远也用不到这个东西。他坐在性感跑车的驾驶座上，却没办法把手放在方向盘上，也不能踩下油门，只能永远停在停车场。

某些技术手段可以让他用下巴、舌头甚至是呼吸来操作轮椅，但是卡莉娜和理查德还没有预定。他行动所需的能量，就好像堆满保险表格的山崖，无论保险范围涵盖多少都将是一笔巨大的开销，然后等着设备送到就行。或许对于和理查德有关的任何东西来说，要投入时间和金钱在他挪动下巴和舌头的能力上都有点困难。他还能呼吸多久？订购一套由呼吸来控制的轮椅操纵装置就需要回答这个问题。而理查德宁愿不要问出这个问题。所以别人把他安置在哪儿，他就只能固定在那个地方不动，大多时候就是在电视前或者在起居室里。在斜坡完工前他不能离开家，因为他的轮椅尺寸无法通过车库的门。

出于某些可笑的原因，失去双腿让他和卡莉娜大吃一惊。本不应如此。比尔和其他健康看护中心的护理员，他的物理治疗医生凯西·德薇洛，还有他的神经科医生都告诉过他们，提醒过他们，几乎是求着他们早点修斜坡，赶早不赶晚。别等。他们全都当成了耳旁风。理查德是真的相信自己或许永远也不需要这该死的轮椅。他的右脚已经穿了很久的踝足矫形器，挺舒服的，而他的左腿形状一直很良好。他构想出了一套自己的理论，毫无科学依据，也无从论证，他认为疾病已经被逮捕了，不再长期潜伏于他的腿部，他把自己的信心全都投注于这个理论，就像宗教狂热分子一样。他永远也不会失去双腿。阿门，哈利路亚。

就在ALS切断了他对右腿的控制后不久，他的左腿也举起了白旗。瘫痪迅速攻城略地，就好像是有人拉开了他脚踝上的堵塞物，于是泥沙俱下。他坐在轮椅里，盯着地板，没法离开房子，一切都显而易见了。面对这场病，他身上任何部分都是不安全的。

他曾希望他们不要在一个大家都不想要的基建计划上浪费一分钱，一个丑陋而实用的斜坡，从前门通向车道，向全世界宣告他的残障。幸亏他的公寓终于在上周售出，他才能负担斜坡的费用。可他宁愿把那笔钱留给格蕾丝。

所以他就坐在了这里，没有四肢的土豆先生，一个逼真躯干上的摇头娃娃。他的脖子太脆弱了，没有办法把脑袋托举起来，尤其是下午以后，连头部鼠标都无法使用，即便戴了颈圈也不行，那是令人沮丧到疯狂的锻炼，所以在拿到托比眼动仪的眼部追踪技术设备前，他就不摆弄电脑了。设备已经预定了。他已经从170磅瘦到了120磅，从物理意义上正一点点消失，却占据了越来越多的空间——这个轮椅、医院专用床、呼吸机、洗澡椅，还有即将送到的霍耶升降机。

早晨把他从床上挪到轮椅上，晚上再从轮椅里挪到床上是个大工程，需要巨大的力量和训练有素的技巧。无论他的体重有多轻，人有多脆弱，也依然是死沉死沉的，像一个熟睡的孩子。卡莉娜是办不到的。自从理查德失去双腿后，比尔每天都要过来换两班，早班和晚班，用他全部的肌肉、身高和一个训练绷带把理查德的身体安全地从目标A搬到目标B。霍耶升降机看上去就像是健身器材和吊床秋千的混合体，可以让任何人安全地将他从床上搬走或者挪回来。

他听见门铃响了。就在几个星期前，这还可能是他踩踏床边地板上的呼叫按钮时发出的声音，但是现在，这只可能是门口传来的真实门铃声。他听见了男人的声音，有什么东西被推进了客厅。肯定是那个升降机了。

几分钟后，比尔的腿脚出现在理查德眼前。

“嘿，里卡多，让我们把你从那儿弄出来呗。卡莉娜有东西给你。”比尔说话的时候兴致勃勃，就像是要给小孩子送上一份特殊礼物的家长一样。*哦，太好啦！一个霍耶升降机！就是我一直想要的！*

比尔把理查德的头转回来，对准靠枕，一阵巨大的安慰仿佛温水流过理查德的身体。比尔把他推去起居室，理查德吃了一惊。他正盯着一台三角大钢琴，就在飘窗前，正对街道，那里原本应该是沙发的。卡莉娜非常开心。

“什？”

“我把它留下来了。”卡莉娜说。

“辣——是——我的？”

“我可没办法让别人拥有你的钢琴。”

他无法相信她竟然这样做了。真是难以置信的体贴、甜蜜和好意，但是他已经和这架钢琴说过再见，也接受了再也不看、不触碰或者不听见它的声音，在此之后，却再度看见这架钢琴，简直把他翻了个底朝天，就好像是他在起居室里竟然撞上了前情人，心理上还没有完全放下。他太激动了，一时语塞，哽咽起来。

卡莉娜和比尔盯着他，期待着，希望看到他的喜悦。他也想找到某种方式，把喜悦表达给他们。他越过整个房间，看着他的钢琴，他的挚爱。他无法承受他们俩全都瘫痪，静止，沉默。

“你——尼——为——我——弹吗？”

“得先调音。”

“没——瓜系——的。”

卡莉娜犹豫了。她从来没有弹过他的钢琴。他的钢琴就是他的。他露出笑容，冲她意味深长地眨了一下眼，那是他表达许可和请求的方式。她默许了，坐在琴凳上，双手搭在琴键上，稳住。

她转过身来面对他：“你想让我弹什么？”

他想了想，他最喜欢的曲子们全都坚决地举起手来，就像知道答案的急切学生们一样。莫扎特、贝多芬、肖邦、德彪西、李斯特。选我！选我！他的脑袋里有太多选择。卡莉娜坐在他的钢琴边，等待答案。她在等着弹奏。她已经等了二十年。

“给我——弹——滴——爵士。”

这一次，卡莉娜笑了，缓慢地眨了眨眼，那是她的点头，她的感谢，而她手势当中的力量则在两个人之间传递着，那是一瞬间看不见却明明白白的交流。她破除了魔咒，现在开始思考，决定要弹什么，她的眼睛向上搜寻，仿佛是在读取自己的所思所想。

她露齿而笑：“我要弹《彩虹之上》。比尔，你想唱吗？”

“小小的蓝色知更鸟在飞翔吗？当然了，我来唱。”

比尔挨着卡莉娜坐在理查德的琴凳上。卡莉娜开始弹奏，在进入歌词前，先在前奏里营造出氛围。理查德期待中她的演奏是慵懒的，可以预见的雷格泰姆音乐，积极乐观，轻松活泼，然而，她却彻底放缓了速度，定居在音符上，加入了有趣的和弦以及修饰，他被真正惊到了，被深深打动了。他在享受它。她进入了旋律部分，比尔开始歌唱。他们的演绎既克制又浪漫，有一种柔软的感伤，是一段有关失去所爱的多情回忆。那是梦幻般的催眠曲，轻轻松松地成为比尔唱过的最美妙的歌谣。

理查德听着卡莉娜弹琴，比尔唱歌，非但没有感觉到再也不能弹奏自己钢琴的悲痛欲绝或者嫉妒，反而异常开心。他放他的钢琴自由了，让它走了，把它送上了下一段没有他的旅程。而后在卡莉娜弹奏最后一个乐句时，他的心被这些音符所打动，他忽然想到，他放手的钢琴，他给予了自由的钢琴，并不是自己的。

它是卡莉娜的。

第二十八章

霍耶升降机还是没有送到，在它抵达前，比尔就是那个升降架。他往理查德的腿上绑运动绷带时，嘴里唱着麦当娜的《宛如祈祷》，绑绷带的位置就在脚踝上方。现在是晚上，比尔已经给理查德刷了牙，洗了脸。即便理查德还有五个小时才会睡觉，但也已经到了把他从轮椅里抬到床上的时间。理查德是比尔今天最后一个主顾，比尔也是理查德今天雇用的最后一个助手，而卡莉娜是没办法把他从轮椅里弄出去的。所以他只能现在去床上。

比尔把另一条运动绷带绕在理查德的躯干上，好让他不难受，卡莉娜则在一旁看着。比尔从旁边的手推车上拿出一个吸棒，按下启动键，把充满理查德嘴巴的唾液给吸了出来。比尔从自己的经验当中学到，在挪动理查德之前先做这些，否则，理查德嘴里的唾液泥沼就会在他直立时前倾，然后全都喷出来，喷到比尔脸上。他的工作可是娇气的人受不了的。接着他把一个柔软的颈圈套在理查德歪斜的脖子上，这样他的头就不会往前垂了。他把理查德穿着袜子、束了带子的双脚平行地挪到一个大圆盘上，那是放在他轮椅边的一个人形大小的转盘，毗邻他的目的地——床。它能承受一个成年男人的重量，而所有这些时间和设备都是为了把他挪动几英寸。比尔像个奥运滑雪运动员一样蹲在理查德面前。

“一，二，三。”

比尔用右手拉起绕在理查德胸前的绷带，同时用左手托住他的胳肢窝，猛地发力，理查德用那双瘫痪的腿站了起来。

他腿部的伸展肌全部麻痹僵硬，无法承受他自身的重量。这些肌肉对于任何自主命令的反应都是延迟的，就像小孩子的塑料英雄手办，只要平衡得当，他就能站立。比尔把理查德的两只手臂搭在肩膀上，防止它们垂下来，同时用力拉理查德的肩关节。比尔的肱二头肌就在理查德的胳肢窝下面，双手紧紧抱住理查德的后背。理查德站得高了点儿，但他们几乎是眼对眼的。

“我的朋友大卫要知道我每天晚上都像这样和你跳曼波舞，他肯定嫉妒得要死。他可喜欢你了。”

理查德扬了扬眉毛，想让他多说点儿。

“三年前他在 BSO[1] 看过你的演出。我差点就跟他一起去了。有意思不？我在认识你之前就已经算是认识你了。”

没有绷带绑住理查德双腿下面，他的脚踝会撇开，所以他就是一直用脚踝骨站着而不是用脚底板。在继续挪动他之前，比尔至少能让他平衡上一分钟，不知何故，他觉得这感觉似乎挺好的，四肢伸展，直立，骨头码放在一起，承受着自身体重，就好像是坐在狭窄的飞机座位上跨越大西洋之后，终于能站起来了。理查德已经在这个轮椅里，同一个地方坐了八个小时。理查德叹了口气，享受着作为直立结构的乐趣与释放，并造访了他还是直立人

[1] BSO 是波士顿交响乐团的缩写。

类时的美好回忆。

比尔把理查德九十度固定在转盘上，他们的曼波舞结束了，这样他的屁股就要触碰到床了。利用绑在理查德身体中间的绷带，比尔缓缓地把他降落在床垫上。和往常一样，比尔控制着着陆。

“我还是觉得我能做到。”卡莉娜说。

“我已经做这个很久了，亲爱的。因为是我做，所以比实际操作看起来容易很多。相信我。你可不想把他摔下去。你俩都会受伤。等霍耶升降机来。随时都可能会到。”

比尔拉扯两边的床单，把理查德的身体调整到床中间，再将理查德的手臂和双腿摆得像插在花瓶里的花朵。比尔把手伸向旁边的桌子，抓起一个差不多一升装的透明塑料水瓶。他把手伸进理查德的短裤，拉过他的阴茎，塞进瓶子里，等了一会儿。和往常一样，什么也没发生。等待只是出于礼貌。之后比尔便用手掌底部按压理查德的下腹部，一遍又一遍用力按压他的膀胱，就好像从井里抽水。奏效了，瓶子缓缓被尿液灌满。

卡莉娜挪开目光，想给他一点隐私感，这根本就是奇怪且毫无必要的举动。理查德身体的各个部位几乎一整天都以各种各样的方式裸露出来，被人摆弄来摆弄去。他需要别人帮他洗澡、撒尿、擦屁股、洗脸、穿衣以及脱衣。他的身体不过是又一项需要完成的工作，一个需要去做的工作。每一个家庭健康护理员、每一个上门护士和物理治疗专家都以非常中立的态度对待他赤裸的身体，在他的皮肤和其他人的真实触摸之间还隔着一层薄薄的乳胶手套。他不过是又一个阴茎，又一个笨拙的屁股，只是又一个腐朽的病人身体而已。所以卡莉娜没有必要挪开目光。他不过就是又一个得了 ALS 的前夫而已。

等理查德尿完，比尔又把他的阴茎塞回短裤里，离开书房去洗手间冲洗瓶子。卡莉娜这才转过脸来。她掀起理查德的上衣，用注射器往纽扣造口里注了水，冲刷了一下管道。水在他肚子里特别凉，这种感觉向来很提神。而后她就把注射器里的液体换成一磅液体黄金。

“好了，你们俩。”比尔穿戴上帽子和外套，“我要像件骚气的舞会礼服一样飘走了。”他用一只手臂抱了抱卡莉娜，亲吻了她的脸颊，“好好的，”他对理查德说，“明天见。”

“谢谢你，比尔。”卡莉娜说。

理查德缓缓地眨了眨眼。一天结束了。他太累了，一个字也说不出。

卡莉娜缓慢而稳定地推动注射器，把流食送进他的肚子。整顿饭要吃半小时，他们通常会打开电视，觉得有个伴儿，有事儿干，并且还能分分心，但是今天，电视关掉了。比尔的歌声在卡莉娜脑海中不断循环，她茫然地盯着墙壁，嗡嗡不休地唱着《宛如祈祷》，她的嘴角浮现出一抹淡淡的微笑。他好奇她在想什么。

从新奥尔良回来后，她整个人轻快了许多。他听见她在厨房做饭时会哼唱流行歌曲，早上则在她的钢琴上随手弹奏爵士舞曲。他从她的脸上看得出她在享受着遥远的白日梦。她的能量变了。

她的样子不再那么沉重压抑，她开心了很多，甚至充满希望，虽然他不能用自己瘫痪的手指准确指出这种变化，但是她身上这种无从解释的转变也引起了他相应的转变。他看着她的脸庞，再一次认出了她，那个他在很久以前深深爱上的女人。她正在喂他吃饭，照顾他，他曾自私地将这些举动看作殉道或者义务，此刻他忽然把它视作爱的举动。

他的心膨胀起来，被丰沛的情感压垮。在她哼着麦当娜时，他想起第一次听到卡莉娜的声音，她的波兰口音，他有多渴望听到她对他说话，也想起她终于对他说话时他的喜悦。他盯着她绿色的眼睛，她愉快的嘴巴，希望她看见自己在凝视她。

就像过去的那些年一样，他迫切地希望她同他说话。他还从来没有告诉过她，他很抱歉自己欺骗了她，伤害了她，把笑容从她嘴边偷走这么久。但是他很遗憾，也很希望她能明白这些，希望她能感受到他的后悔和歉意，就像他能从她身上感受到全新的喜悦一样。他想听到她亲口告诉自己，她没事。他想要被原谅。他很想。

注射器空了。卡莉娜又重新装满。在她重新注射时，没戴手套的温暖双手触碰到他赤裸凹陷的小腹，尽管从她的视角来看，她的手正忙着通过一根饲管给前夫喂饭吃，但在理查德眼里，这种触碰是亲密的、私人的，是属于人类的。

起初他有点尴尬，希望她不要注意到自己在床单和短裤下面已经硬了，但他马上又希望她注意到。每天早上醒来他都会晨勃，却什么也不能做，只能等它自己偃旗息鼓。自从十月左手也离他而去后，他就再也没有自慰过。在这日常的竖起与垂首之间，他刻意不去幻想任何性感撩人的场面。但是现在，他出其不意地挺立起来，想象着卡莉娜在抚摩它，也抚摩他，他的渴望是那么迫切，耸立在他的阴茎里，在他心里，还有他的头脑里，他默默地祈求她能注意到。他渴望她躺在自己身边，抚摩他，亲吻他。他想成为一个男人，而不是躺在床上的失败躯体。他渴望被抚摩，被爱，想要做爱。已经有太久了。他想要。

她完成了注射，用水冲刷了管道，合上了开口。她放下他的上衣，把被子拉到他胸口，而后站了起来。

“好了，得等到 10 点。你想看电视吗？”

他盯着她，眼睛一眨不眨。

“你想要什么吗？”

他笑了。如果他有力气告诉她就好了。

她犹豫了一下，疑惑地打量他：“好吧，我过一会儿来看看你。”

她把书房的门留了一条缝。他坐在床上，盯着微开的房门，听着她在厨房里给自己做饭吃，渴望着。

第二十九章

理查德坐在轮椅上，人在客厅，半小时前卡莉娜把他留在这里，他要一直在这里待到卡莉娜或者下一位家庭健康护理员过来挪动他。她把他停在阳光投下的长方形光斑中，和窗户形成一定角度，就好像胡桃木大街温暖而阳光明媚的街景能让他更加乐观，少一点受限的感觉。他知道她是好意。他看着松鼠和小鸟无拘无束地行动。所有生命体都在活动。

他听见卡莉娜打了三次喷嚏。过去一周她都在和感冒作战，尽可能远离他，以免传染。此刻她正在厨房里做早餐。咖啡和培根肆无忌惮的香味引起了他的反应，口水又汇集在他的嘴巴里。口水发出咕咕唧唧的声音，他咽了又咽，想把这黏稠的液体吞下去，努力不被呛住。一串黏稠的口水忽然从他的下嘴唇流了出来，掉在他胸前像围嘴一样兜着的棉质毛巾上，这条毛巾就是干这个用的。他左右摇头，却打不破口水的蛛网。所以他放弃了。

他把注意力转向太阳和其他活物，不去看他的斯坦威。八十八个锃亮的黑白琴键。上帝啊，如果能触碰那些琴键，他有什么不能付出？

就在他面前十英尺。

却有百里之遥。

他带着极度的渴望与歉意盯着钢琴，仿佛他打破了一个可怕的誓言，一段婚姻誓词。他想象着每一个琴键的动作，色彩斑驳的音乐，音乐活了过来，从他的体内诞生出来。他想象出一系列上升琶音，而它们全都变成了卡莉娜的笑声。

他的钢琴。他们的关系结束了。他仍然在努力放手。*不是你的错，是我。*接受责怪并不能改变任何事情。他们离婚了，相互拒绝，相互抛弃，变成客厅里吃灰的可怜雕像。

他小心翼翼地不让脑袋前倾，哪怕一点点都不行，不然就会完全垂下去，下巴抵住胸口，无法自己归位，他盯着自己的双腿，他的两只脚彼此相对，呈内八字状，他忽然有点生气比尔把他的脚摆成这么不男人的姿势，那是一种毫无把握、逆来顺受、缴械投降的姿势。紧接着，他就开始嘲笑自己，就好像一个坐在轮椅里被 ALS 整死的瘦弱男人身上还能有什么男子气概，就好像除了房间里的钢琴之外所有人都想要评判他似的。今天早上，比尔给理查德的脚上套了薄薄的棉袜，穿上了黑色的乐福鞋。一双鞋穿在一个再也不用双脚走在地上的男人的脚上。穿鞋的讽刺与悲剧感几乎让他想哭。他看不下去自己的脚了。真的。

于是他转而研究起摊开的左手，皮肉如同橡胶一般，松弛，毫无生命力，弯曲变形的左手不再归他所有，搭在轮椅扶手的靠垫上，一个小时前比尔把它们摆成什么样，现在还是什么样。理查德的整个身体就是盛装打扮的废弃物，派对已经结束了。他的注意力回到曾经优雅的左手，他命令手指舒展开来，虽然明知这不可能。他改变方法。*拜托了。*他的四肢是任性的孩子，无论是乞求、贿赂、最后通牒还是甜言蜜语，统统油盐不进。

他试着去想象皮肤之下的战争，遭受入侵的神经元与肌肉的国度崩塌毁灭，骨头、韧带和筋膜这种中立国被可怕的毁灭所包围，根本提供不了什么帮助。他的整个身体都散架了，和灵魂剥离开。

他把脑袋向左转了九十度，然后向后，测试自己，还能做这个动作让他松了口气。一旦脖子和声音也瘫痪了，他就只能使用眼部控制技术以及电脑合成音进行交流。他瞪大眼睛，又紧紧闭上。很好。等到他无法眨眼的那一天，他就会被锁在这具身体里。他并不想死，但还是希望自己死在这一切到来之前。或许这些事情不会发生。

他能感觉到舌头在口腔里蠕动，是波浪状的，就好像有一家子蚯蚓在里面跳舞，庆祝天降暴雨。说话时，他觉得舌头很厚重，声音微弱，几乎听不见。他的言谈曾经是细节丰富的画作，现在却只能痛苦缓慢地说出来，几乎没办法理解，说的时候是哽咽的，辅音缺失。是波洛克的音乐，是自由爵士。

歌德斯坦医生说现在还有百分之三十九的最大肺活量，他已开始深受其苦，每吸一口气都像是挣扎。每一次呼气也只能呼一半。在他拼命想吞下一加仑空气时，却只能抿一勺的量，每一口尝起来都是痛苦的失望，证明了他肋骨、腹部和横膈膜周围肌肉的萎缩。就连坐在轮椅里一动不动地吸入充足的空气都是一种有意识的苦力活儿。

他很可能就快需要无创呼吸机了，但他不会公然承认，也不会在白天要求使用呼吸机，即便只是作为临时休息。他绝不会让任何人在那个滑坡谬误[1]的残疾人坡道上把自己的轮椅往前推一英寸。即便是现在，每一个夜晚，他仍无法相信这竟然就是他的现状。他用床伴和漂亮女人给自己换来了一台无创呼吸机。这是他人生中最糟糕的一夫一妻制关系。而他们永远不能分手。晚上没有了呼吸机，他就有可能在睡眠中囤积过多二氧化碳，导致大脑损伤或者窒息，最后死掉。

他可不想死。

他嘴巴张大又闭上，如此数次，非常遗憾地在自己下巴上感受到新的懈怠，不会有错的。所以就这样开始了。一旦弱点出现，就不会夭折，不会撤退，只可能坚持不懈、阴险狡诈地一路向下滑进瘫痪的深渊。很快，他的下颌就会一直张开，口水的彩带将源源不断从下嘴唇流出来，他也不可能说话了。在想象这种可能出现的发展时，他皱起眉头，当卡莉娜、比尔和每一个陌生人看向他时，他们眼中的神情将难以掩饰地从惋惜变成恶心。他甚至不想用这样的面目去面对自己的钢琴。

承受下一个不可逆的侮辱会是什么时候？明天？下周？月底？这个夏天？反正是肯定会来的。

---

[1] 滑坡谬误是一种非形式谬误，使用连串的因果推论，却夸大了每个环节的因果强度，而得到不合理的结论。

他又研究起自己的手，这双看起来再也没有熟悉感的手，手指曾经那么强有力而灵活，一年半以前还能不出一点差错地弹奏八十七首勃拉姆斯的钢琴曲。他很怀念弹奏勃拉姆斯，自己吃午餐，挠鼻子，抚摩女人，让卡莉娜捧腹大笑。他抛弃了挚爱的钢琴，他要向钢琴道歉，也要为抛弃了卡莉娜而向她道歉，忽然之间，他感受到了所有失去的东西逐渐累积起来的重量，像一块混凝土板重重砸在他的胸口。

可他不能呼吸。胸口上没有石板，每一次吸气都像是要潜入广阔深海，结果跳进去才发现海水只到膝盖。现在，忽然间，潮汐都消失了。他气喘吁吁，溺水于干燥的陆地。他能感觉到肾上腺素飙升，战斗还是逃跑，这是一种生物本能。这是生命危险。*需要更多空气。*然而，他不能奔跑，不能战斗，也得不到更多空气。他决定用自己呼出的下一口气去呼救，结果只做到吐出一口痰。卡莉娜正在厨房里喝咖啡，而他将在无人知晓的情况下死在客厅里。

吸气。呼气。

他的身体被抓住了，他脖子上的筋膜与肌肉紧缩在一起，因为用力而疯狂地颤抖。这感觉就像是窒息。恐惧感从嗓子眼里冉冉升起，而那里本应是氧气的通道。他吞咽了一下，呛住了。

呼入。呼出。

一小口，一小口。他太渴求空气了。他的细胞真的很需要氧气。保持呼吸。

这就是他要演奏的乐曲。他不是这具瘫痪的躯体，不是这一对尖叫的肺，不是这种超级恐惧。他将要成为一个呼吸的乐器。

呼吸。

他回想起弹奏大师拉赫玛尼诺夫的《钢琴协奏曲 No. 3》时的方式。每天密集练习十个小时，注意力高度集中，一遍遍重复每一个乐章，同身体上的极度痛苦和精神上的疲惫作斗争，直到能凭借记忆力弹奏整首曲子为止，而且一个错音都没有。而此刻，他的坚持，他的希望，他的目标，则瞄准了呼吸。

进。出。

再一次。将空气吸进来。再推出去。再一次。不够。他很累，快要窒息，渴望空气，却不可得。

在说长不长，说短不短的几个月前，弹钢琴对他来说就像呼吸一样。而现在，呼吸对他来说就是呼吸。是他的工作。他的目标。他的激情。他的存在。他必须得保持呼吸。

他不想死。

第三十章

卡莉娜惊慌失措，打了 911。理查德被一个女人塞进救护车，她有一双极度专注的蓝眼睛，右边的眉毛上方有一个凸起的痣，很像咖啡豆。他并没有失去意识，在她抢救他时，他的眼睛一直盯着她。气管导管非常迅速地插入，几乎是侵略性的，而刚开始窒息时那令人不安的压力很快就被气管里大量空气的进进出出取代了。一进麻省总医院的急诊室，有人抽血，有人给他拍胸片，显示有急性肺炎。一个护士给他埋了静脉线注射抗生素，现在，他和卡莉娜一起在 ICU 里，等着凯西·德薇洛。

卡莉娜站在他旁边，俯身向他，双臂交叉，仿佛是在紧紧抱住自己，她专注地盯着他，一动不动，这让他很担心，因为他什么也没做。他很疑惑她究竟在看什么。她看上去很害怕。流过他静脉的抗生素很冰冷。卡莉娜像看显微镜下的样本一样盯着他，似乎没有注意到他的皮肤上起满了鸡皮疙瘩。他真希望她能给他盖上一床厚重的毯子。一段管子横在他嘴巴上，接触到脸的部分有点发痒，他想让卡莉娜给他挠挠。他试着说话，但他的努力撞上了贯穿喉咙的塑料墙壁，这堵墙密不透风，他的努力就这样被扼杀了，消失无踪。他无法说话，瞪大眼睛望着卡莉娜，感受到了她的恐惧。

使用无创呼吸机时，他还能自主呼吸。他自发吸气，机器给予辅助，确保吸气足够深入，呼出足够彻底。他眼看自己的胸脯上下起伏，意识到自己不再参与呼吸了。呼吸机百分之百接手了这项工作。他是在被动呼吸。恐惧感油然而生。他的心脏剧烈跳动，仿佛是在为了活着拼命奔跑。他的呼吸却很稳定，完全不受惊恐的心脏影响，血液加速流过了他冰冷的静脉。

凯西·德薇洛走了进来，穿着黑色的瑜伽裤，一件有点过时的超大号灰色毛衣，戴着柔软的粉色围巾，没有首饰，没有化妆，可今天是周末。他想象她坐在自家沙发上，被派过来时正在网飞上看电影。他希望自己能够为如此这般打扰她而道歉。她站在床的另一边，面对卡莉娜，开口说话前明显停顿了一下。她嘴巴的样子很忧郁。她看着理查德的眼睛，颇像平静的战士。

“嗨，理查德，嗨，卡莉娜。那么，”凯西叹了口气，“我们还是走到这一步了。我要说很多东西。你们准备好了吗？”

“好了。”卡莉娜说。

凯西对卡莉娜抿嘴一笑，而后目光向下，直指理查德的双眼，等了片刻。他很害怕她即将说出的话。虽然他从来没有亲耳听过她即将说出的东西，但他很清楚那会是什么。这辆火车在过去十五个月里一直行驶在单行道上，冲着他隆隆驶来。而他仍然没有准备好。

“所以你知道，你已经做了紧急插管，你在ICU。而我今天来的目的，是把我所知道的一切信息告诉给你。我是你的GPS，但开车的司机仍然是你，好吗？我来这里是要告诉你，如果你往右开，就会发生这种情况。如果你往左开，就会发生那种情况。你来做决定，但结果都是明确的，好吗？眨一下眼睛表示肯定。睁着眼睛表示否定。”

理查德眨了眨眼睛。

“如果你没有做插管，接上有创呼吸机，你可能已经死了。摔倒，明显的体重减轻和急性肺炎，这是 ALS 的三个危险信号。它们表明疾病正在升级，身体不够健壮。一旦发生这种情况，就会让你翻下悬崖。差不多一个月前，你的最大肺活量大概是百分之三十九。肺炎把你打倒了。你得不到充足的氧气，也没有足够的储备。现在的选择是接受气管造口手术，依靠通风口，要么就是拔管，最终断绝氧气。”

她停下了。没人说话。*最终断绝氧气。*这句话的意思和他以为的意思一样吗？他没办法问。

“那么让我们来看看第一种选择。手术。普通的外科医生会说‘外科手术没什么大不了’，他说得当然没错。这是一种简单的方法。这是他的术语，但不是 ALS 的语言。根据你的心理幸福感，这个选择会改变你的人生。这是大事。如果你接受手术，你会需要*大量的*基础设施来照顾你的生活。”

她的目光转向卡莉娜，凯西的表达已经非常明确了。卡莉娜就是那个基础设施。

“从理论上来讲，你可以通过气管切口和通风口，正常度过余生。但是你将会需要一年三百六十五天、一周七天、每天二十四小时不间断的ICU级别护理。要么就是一年支付上万美元请私人护士，要么就得至少有两个人愿意接受训练，为你在家中做这些事情。这是必需的。你现在在ICU。只有某些专门的医生和护士能够护理你。除非有至少两个人接受广泛的训练成为你的ICU护士，否则我们是不会放你回家的，因为很不安全。这是一项一天二十四小时，一周七天，一年三百六十五天无休的工作。”

“那长期护理中心呢？他能去那儿吗？”卡莉娜问。

“在马萨诸塞州有三个地方，他们的设施可以护理接受了气管造口术、依托呼吸机生存的病人，但是任何一家都需要排一年的队等一个床位，而且非常昂贵。大多数保险都不包括在内。你们的也不包括。”

理查德眼看卡莉娜的脸色变得苍白，她开始消化这个选择的可怕后果。

“插管并不是一种新技术。如果你接受了这个手术，并依靠呼吸机存活，其实就是拿一大堆令人头痛的问题去换来另一堆难题。你还是会有一堆让人头大的问题。这并不是治愈，明白吗？明白这一点非常重要。这个病还会继续发展。你或许最终会被这个病锁死在身体里。你所做的一切都是在保护这条气道。”

“如果他不做手术的话会怎么样？”虽然这个问题是卡莉娜问的，但凯西是对着理查德说出的答案。她始终保持着与他目光相接。

“如果你选择不做手术，我们要么在这里进行姑息治疗[1]的会诊，要么就是回家，接受临终关怀。你会被拔管，再连到无创呼吸机上。他们会对你进行药物治疗，让你不那么难受，然后会慢慢、慢慢关掉呼吸机。你的呼吸会越来越浅，越来越浅，最后会自主停止呼吸。你会死于呼吸衰竭。”

死于呼吸衰竭。他避免去想象其中的任何细节，回避 ALS 真正可能的结果。即便一直需要饲管，依赖无创呼吸机，拖着麻痹的双腿，无视各种机能的丧失一直在升级，关于自己要死的想法依然是模糊而遥远的，就像在远处公路上狂奔的汽车，它的样子和形状难以描摹。而现在呢，这该死的东西已经停在了他面前。他的心在尖叫，咚咚狂跳，惊惧不已。再一次，他情绪激动，呼吸仍旧平静，由呼吸机支配，这种生理机能上的失调就像自身地基的一次破坏性地震。仿佛他已经分裂开了。

“抗生素能不能治疗急性肺炎，然后他就能恢复到之前的情况，自己呼吸？”

“这不是脊髓或者肺部受伤。是他的横膈膜不再工作了。是无法恢复的。”

“可是他今天早些时候还在呼吸啊。有没有可能只是暂时的

[1] 姑息治疗在欧美等国家被称为“palliative care”，在日本、中国台湾翻译为舒缓医学，中国大陆目前将其翻译为姑息治疗。世界卫生组织对姑息治疗的定义是“姑息治疗医学是对那些对治愈性治疗不反应的病人完全的、主动的治疗和护理。控制疼痛及患者有关症状，并对心理、社会和精神问题予以重视”。其目的是为病人和家属赢得最好的生活质量。

危机？或许他还能不用呼吸机，自己呼吸？”

“几乎不可能。我每年都会看到和你们一样情况的三百多号人。在这十二年里，我一直在做这件事，这种事情，我只见到过一次。”

所以还是有机会的。只是非常渺茫。而凯西已经进行过三千次以上这样可怕的对话。理查德想为自己和她都大哭一场。

“如果你是我们，你会怎么做？”

“我不是你们，即便我每天都在围着这个病打转，我也永远不会知道得 ALS 是什么感觉。我不清楚你们的财务状况和关系，所以我真的没有办法回答。不过我会这么说。如果你们选择插管，每六个月我会问你们一次：‘什么时候对你来说是够够的了？’以我们的经验，依靠呼吸机存活的病人通常都会不断得急性肺炎。这个病是不会停止的。眼部的活动很多年之内都没什么问题，但是就像我说的，最终他可能会被锁死在自己的身体里。”

“大多数人怎么做？”

“有百分之七选择呼吸机。”

“为什么会这么少？”

“这是一个非常困难又非常私人的决定。如果理查德接受手术，假设你是他的护理人，那么你的生活质量会一落千丈。我不在乎你有多善良或者多粗暴，到最后你肯定会产生一种被称为同情疲劳的情绪。基本等同于创伤后应激障碍。”

凯西等待着，或许是觉得卡莉娜还会有另一个问题。可是她沉默了。凯西又把注意力转回到理查德身上。

“在马萨诸塞，如果你们想要插管，然后又改变想法，可以选择在医院里关掉呼吸机，或者回家接受临终关怀。再问一下，格蕾丝多大了？”

“二十岁。”卡莉娜说。

“她在上大学，是不是？”

“是的。”

理查德眨了眨眼。

“如果你想要看见她毕业或者结婚，如果你还想再多留一阵子，有些人会选择用呼吸机完成最后一件事，然后关掉它。”

格蕾丝毕业还要两年多。他很想看到那一天。他也想看见她结婚。他想认识自己的外孙。他想要活着。

凯西坐在他床边，这样她就能离他的水平视线近一些，她把手放在他手上。她的眼睛是浓红茶色，疲倦而友善。她的手是那么温暖，充满了神圣的人性。

“你怕死吗？”

他眨了眨眼睛。

“很抱歉我这么直接，但是无论我们做什么，你都会死。你害怕死亡时的痛苦吗？”

他眨了眨眼睛。

“你还怕别的什么？”

放手。消失。不存在。还有另一层恐惧，潜伏在他意识的阴影之中，但是他无法识别出来。

“我会给你和卡莉娜留下一些资料和一个字母板。我知道你们还没有使用过这些，会很慢，而且会让人抓狂，但它能让你把想问、想说的话给表达出来。”

“我们要多快做这个决定？”

“我不希望你们今天做决定。好好想一想，想想那些问题，我明天会过来。他不能像这样插管太久。这个决定不能超过一周。他等不了那么久。”

凯西说明了一下如何使用字母板。理查德只听进去了一半。让他更加在意的是呼吸机稳定而富有节奏的声音，推送空气，从他的身体里进进出出，这是他的身体在被动呼吸所发出的打击乐。进。出。进。出。是时钟嘀嗒嘀嗒。凯西结束了她的教学。

“好了，我明天再来。所以我们已经百分之百明确了这两个选择。你的选择要么是拔管，相当于选择死亡；要么就是接受手术，并且要求卡莉娜全天候照顾你。你明白这两个选择及其各自的后果了吗？”

理查德眨了眨眼，没有看卡莉娜。他默认她也一样明白了。

要么是他的人生，要么是她的人生。

第三十一章

医院的自助餐厅排起长队，卡莉娜站在队尾，等着支付自己的第二杯咖啡。她一点也不着急。站在她前面的男人穿着蓝色工作服，端着一盘酸奶、格兰诺拉麦片、水果和橘汁。她很饿，但是一想到食物就让她紧张的肠胃翻转起来。更多的咖啡也不能让她安生，但她需要买些什么，找个理由留在自助餐厅里，而咖啡好像是最简单的选择。昨天晚上她离开理查德在ICU的房间，还没有鼓足回去的勇气。她还没有拿起字母板。她不知道他在想什么，他想做什么。她也没有问过他。她知道她必须得问。但是再来一杯咖啡再说吧。

如果这是一部电影，她肯定已经用手蒙住了眼睛，屏住呼吸，默默祈求这个女人等在队伍里买咖啡，而不要上楼去ICU。如果这是一本书，她一定会合上书，不再往后翻。她不想知道他的决定。

她就是这么个胆小鬼。过去她不是这样的。她曾经无所畏惧。她在十八岁时离开家人，离开家，离开祖国，从来没有回头看过。那个女人去哪儿了呢？她真希望自己能拿回英勇无畏的精神，她以优秀毕业生的身份在异国他乡的大学毕业，和纽约最好的爵士演奏家们一起演出。或许她可以先成为喝完咖啡的女人，搭电梯去ICU，拿起字母板，搞清楚接下来要发生的事情。

如果他想要手术呢?

她绝不可能成为他的全天候护理人。可是又没有其他人可以。他的父母全都去世了。他的哥哥们都有工作，还有妻子和孩子要抚养。私人护理肯定很贵，理查德的钱也早用完了，全都扔给了他的治疗、轮椅、升降机和格蕾丝的学费。他绝不能要求格蕾丝为他做这些。她绝不允许。

他早就不再是她的丈夫了。她没有义务这么做。他并不是她需要背负的重担。她想到了他的那些风流韵事，以及所有他睡过的女人。这些女人现在都去哪儿了？反正不在医院自助餐厅里。不在ICU。余生的每一天他都会在那间书房里，她们也不可能在那儿。

她想到了苦心骗他的那十年，假装想要更多孩子，每个月都要伪装出扫兴的样子，为自己虚构的不孕不育编造一些医学上似是而非的理由，假装去看了医生。第一杯咖啡让她胃里泛酸，她觉得自己要吐了。

他想要更多孩子。尤其想要个儿子。那些年里的每个月，他都觉得他们是在努力造人。格蕾丝三岁时她去上了个节育环，没有告诉过他。她很怕告诉他真相，怕他不要她了，怕他会和自己离婚。然后她该去哪儿呢？丢尽脸面，孤身一人，一个带着学龄前儿童的单身妈妈，在异国他乡离了婚，也没有工作。

格蕾丝十三岁时，卡莉娜去妇产中心取节育环。却拿不出来。节育环已经嵌入了子宫壁，要取出来就得动手术。因为害怕手术，她向理查德坦白了一切。坦白了这十年来的欺骗。

当她允许自己再度回忆起那一天，她仍旧恐惧他脸上的神色，他的表情从震惊到悲伤再到愤怒。愤怒留下了，把他整个人都点燃了，可能连心也点燃了。他们分居了一年，又花了另外两年正式离婚，但他们的婚姻早在她告诉他自己做了什么的那一天就结束了。

他从未原谅她。她也不怪他。无论他犯过什么错，这桩罪过完全属于她。或许在接下来的十年中照顾需要依赖呼吸机的他是自己活该，是偿还这桩无法原谅的罪过。或许这样最终能让她被宣判无罪。

如果他说想要手术，她能拒绝做他的看护人吗？从本质上来说，她已经宣判了他的死亡。如果他还想活着，她有什么权力，可以说他应该去死呢？她是否应该闭上嘴，做他想做的事就行，不惜代价帮他活着？一种古老又熟悉的仇恨的火焰。二十年前，他接受了新英格兰学院的一个教职，决定了他们从纽约搬到波士顿，全然不顾她的幸福，她的自由和她的职业生涯。他偷走了她原本渴望的人生。现在又是如此，这么多年之后，她再一次真正考虑起弹爵士的可行性，而理查德又拥有阻止她的力量。

她不想让自己的人生被判决为他的看护，一个锁在他瘫痪身躯上的囚犯。他会怎么做呢？这对他们其中一人来说将会是死刑。

“就这个吗？”

“啊？”卡莉娜抬起眼，有点困惑。

“就是这杯咖啡吗？”收银员问。

“哦，是的。不好意思。”

卡莉娜付了钱，找到一个空着的两人桌。她双手捧住纸杯，鼻子凑到杯口，没有喝，只是嗅着咖啡的香气。她查看了手机，期待有短信或者邮件能让她有点事做。但是什么都没有。

她试着去揣测理查德的想法，去赌他的决定。他的身体报废了，而且基本上算是死了，可他的头脑，他的智力，他的性格仍旧完好无损。她会怎么做呢？她小小地抿了一口并不想喝的咖啡，在咽下去之前就知道了自己的答案。她是不会接受手术的。她绝不会靠一套呼吸机活着。她绝不希望任何人放弃自己的人生只为让她活下去。她不想那样徘徊不去，锁在身体里，一切需求都取决于他人。

但是格蕾丝。她还不想离她而去。大学毕业后格蕾丝会做什么呢？她会和什么人结婚呢？她的人生会是什么样？她会成为怎样的人？卡莉娜想要知道，想要留在这儿，亲眼看到这一切。

如果不是永久的呢？要是他选择做手术，好在两年内看见格蕾丝毕业，又或者他只需要一年的看护，等到疗养中心空出床位就可以呢？她能做得到吗？她还待在他们的婚姻里，套牢在他们破裂的关系里，为了格蕾丝、面子、宗教信仰和保障，又忍了至少十年。所以她可以为他做一两年。但要是更多年呢？要是他不计代价就想活下去呢？

她闭上眼睛，默默祈祷，想要找出正确的做法。她睁开眼，盯着手中的咖啡，盯着坐在她对面看手机的医生，盯着收银员给下一位顾客结账。没有人也没有任何事情能给她答案。

就连凯西也无法告诉他们该怎么做。*插管手术是个可怕的选择。我永远也不会那么做。我建议在家中进行临终关怀，拔管，窒息死亡。这是唯一的路。*卡莉娜希望决定可以像这样黑白分明。然而，她和理查德被双双扔进了灰色海洋的深渊。没有地平线，灰色的天空里看不见北极星，他们面前只有这些不可能的选择。

她一直坐到咖啡冷却，杯子却还是满的。已经快 11 点了。是面对音乐的时候了。她把杯子丢进垃圾桶，搭电梯去了 ICU，在进入理查德的房间前先深吸了一口气。

床的靠背已经升起来一些，所以他现在是坐着的。他醒了，用浑圆有神的眼睛望着她。他比昨天看起来要小了许多，瘦削的身躯魔术般消失在医院的床单下，呼吸管和呼吸机已经把他完全淹没了。这台机器一直发出咔嗒咔嗒的声音，呼呼运转，理查德的胸口每三秒钟就强有力地起伏一次。她注视着床边桌子上的字母板，又飞快地将目光快收回到理查德胸口，假装没有注意到那东西。

她试着微笑："凯西来过了吗？"

他什么也没做，只是用睁得大大的眼睛盯着她，她不太明白他没有回应的意思是没来，还是没听见她的问题，又或者是在无视她。

"你还在等凯西吗？"

他眨眼了。

“好吧。”

她可以等到凯西来了以后弄清楚他是否做了决定。她不用问他。凯西可以问。她这么打算。她坐在床边的访客椅上，打算一直捣鼓手机，直到凯西出现。卡莉娜在没有网的情况下滚动脸书上的新闻速递。她坐在他右手边，而理查德又不能扭头，但她能感觉到他的目光落在她身上。她抬起眼，他的眼睛立即锁定了她的双眼，非常迫切，乞求和她交流。

“我们等凯西来，好吗？”

他盯着她，没有眨眼。

“你想在她来之前跟我说些什么，是吗？”

他眨眼了。

完蛋。

“你知道自己想怎么做吗？”

他眨眼了。

她胃里一阵发虚，心也跳到了嗓子眼。她极不情愿地缓缓拿起字母板。她转过身去面向门口，期待凯西出现。没人在那儿。她又转过身来面对理查德，举起了字母板。

“第一个字母在第一行吗？”

她等待着。他没有反应。

“第二行？”

他眨眼了。

“是 E 吗？”

“F？”

“G？”

“H？”

他眨了眨眼。

“H。”

“第二个字母在第一行吗？……第二行？……第三行？……第四行？”

他眨眼了。

“第四行？”

他眨眼。

“是 O 吗？”

他眨眼。

“好的，H—O。第三个字母在第一行吗？……第二行？……第三行？”

他眨眼。

“M？”

他眨眼。

“Home（家）？”

他眨眼了。一滴眼泪从右边的眼角滑落下来。她从外套口袋里拿出一张面巾纸，给他擦了擦脸。

“你想回家？”

他眨眼了。

但这个意思是他想要接受手术然后回家，还是拔管然后回家？

“你想做手术吗？”她听到自己这么问。

他盯着她，睁大眼睛，眼泪从两只眼睛里涌出来。可他还是没有眨眼。

“你想让他们取出管子然后回家？”

他眨了眨潮湿的眼睛。

“我的天，理查德。你明白那意味着什么，是不是？”

他眨眼了，而她松了口气之余又极度崩溃。眼泪喷涌而出，她痛哭流涕，用同一张可怜兮兮的纸巾来回擦着自己和他的脸庞。

“对不起，理查德。”她翻口袋想找新的面巾纸，结果没找到，“对不起。你想让我给格蕾丝打电话吗？”

他眨了眨眼。

“好的。她会过来的。还有谁？你的哥哥们吗？

他的眼睛没有眨。

“比尔？”

他眨眼了。

“特雷弗？”

他没眨眼。

“好的。我，格蕾丝和比尔。还有别人吗？”

他用闪着光的潮湿双目直勾勾地盯着她的眼睛。她用湿漉漉的纸巾擦了一下鼻子，吸了口气。

“你害怕吗？”

他眨了眼睛。

“我也是。”

她坐在他的床边，握住他枯瘦如柴、没有生命力的手。她拉出自己的衬衫袖子，温柔地擦拭从他眼中溢出、滚落腮边的泪水，又擦了擦自己的。

“谢谢你。”她低声说。

他眨了眨眼睛。

第三十二章

格蕾丝还没有脱下外套。她站在床脚，离他有一定距离，手提箱就放在身边。她是一个小时之前到的，从机场直接就来了。她面色疲惫、目光呆滞、面无表情，让理查德感到陌生。这不是她平常的样子。他想让她靠近一些，笑一笑，在这种情况下，他竟然荒谬地觉得自己能做得到，他只是想看到他最喜欢的那个她——炯炯有神的眼睛，玫瑰色的颧骨顶端栖息着轻松的笑容，神情喜悦。他猜想自己的脸，没刮胡子，一根管子插进嘴里，压在脸颊上，在她眼中是如此陌生。

格蕾丝刚来时，卡莉娜问了她许多问题，都是关于功课和男朋友的，但是她们已经聊完了。屋子里的每个人都沉默着。卡莉娜坐在他旁边的椅子上，双臂紧紧交叉抱在胸口，仿佛很冷。她看上去很疲惫、很严肃，还有一种模模糊糊的警觉。凯西站在呼吸机旁，正在看手机。比尔坐在床脚，摩挲理查德的双脚，用温暖强健的双手帮他焐脚。上帝保佑比尔。

等待的感觉如浓重的迷雾，不祥，不真实。这一刻的感觉很重要、很紧迫，却什么也没发生。异常平凡。

一个剪了男孩发型、戴着很多银耳钉的苗条女人进了房间。

“你们好。这是理查德吗？”

“嗨，吉妮。”凯西招呼道，“没错，这是理查德·埃文斯。

这是他的前妻卡莉娜，他女儿格蕾丝，还有非凡的比尔，家庭健康护理员。这是来自临终关怀中心的吉妮。”

她没有同大家握手，而是拥抱了每一个人。她站在理查德身边，伸手搭住他的肩膀。她的眼睛是棕色的，没有化妆，清澈见底，从容自信。她微笑的样子很自然，和当前的情形毫不违和。她的姿态里没有愉悦，没有遗憾，也没有强行的伪装，也没有说*我与你同在*。理查德想对她说谢谢。

“我要让医生知道你在这儿。”凯西说着便离开了房间。

“在医生来之前，我们先说几件事。我们今天的目标是让你舒舒服服地回家。医生会拔掉气管导管，把你换回无创呼吸机上。在他进行操作之前我们都不知道情况会怎么样，如果负责呼吸的肌肉已经完全停工，那无创呼吸机就没办法维持你的呼吸。如果出现这种情况，我会通过静脉注射管给你注射吗啡和镇静剂，它们马上就能起作用。我会在这里确保你感觉平静。你不会挣扎，也不会觉得自己窒息了。每个人都会在这里陪着你，听起来还行吗？”

机械呼吸机把空气送进理查德的肺里，又把空气给抽出来。她刚说的话显然没有哪一点听着还行。他眨了眨眼睛。卡莉娜握紧他的手。比尔握紧他的双脚。理查德一分钟之前才见第一面的吉妮，她的手一直放在他的肩膀上。他很感激，因为她的出现和安抚，他打消了许多疑虑。这显然不是她的第一场竞技表演。

凯西·德薇洛和康纳斯医生一起回来了，他的白大褂纽扣下隐约露出蓝色的领带，前襟口袋里别着钢笔和手机，脖子上挂了个听诊器。理查德刚进 ICU 时，他的胡子刮得干干净净，现在已经冒出了胡楂。过去三天里，他进进出出很多次，来检查理查德的情况。

“情况怎么样了？”康纳斯医生问。

理查德觉得气管受了伤，干燥，遭受了虐待。嘴唇也干裂得厉害。他强迫症似的想要清理喉咙，这是一种很难戒除的习惯，并试着忽略头顶强烈的瘙痒，简直快要钻进脑子里。而且要是事情进行得不顺利，他今天就得死了。

“我们还在等别的什么人吗？”凯西问道。

所有人都看向理查德。他没有眨眼。

“没人。”凯西说。

“有人。”吉妮说，“我叫了个音乐治疗师。”

“一个什么？”凯西问。

“有人会过来弹吉他，是很放松的音乐，可以让理查德平静。”

理查德警惕地扬起眉毛，希望卡莉娜能看见自己。

“老天，千万别，”卡莉娜说，“别让他来。”

“你确定？”吉妮问。

“相当确定。他对那玩意儿深恶痛绝。”

理查德眨了好几次眼睛。

“我会用手机放点音乐。”卡莉娜看向理查德，“莫扎特？”

他想了想。*不。继续问。*

“巴赫？”

他盯着她，没有眨眼。

“舒曼？”

他眨眼了。

“好的。”

她并没有问他放哪首曲子。他相信她知道。他看着她搜索曲子。音乐响了起来。

她当然是知道的。那是舒曼的《C大调幻想曲》Op. 17，舒曼最负盛名的杰作，也是理查德最喜欢弹奏的乐曲。他听着第一乐章的开始几个小节，有些疑惑。

“没错，这是你，在卡耐基音乐厅弹奏的时候。”卡莉娜说。

他的嘴巴动弹不得，眼睛却在微笑。他眨了眨眼睛。

每个人都在听这段音乐，等在他们面前的头等大事暂缓下来。这首幻想曲的第一乐章稠密而梦幻，是激昂的悲叹，舒曼承受着对挚爱克莱拉的渴望，她的父亲拆散了他们。听音乐时，理查德的目光与卡莉娜紧紧相扣，明白她知晓这首曲子背后的含义，他在心里强烈地渴望她知道自己有多感激她，又有多抱歉。即使他的喉咙里没有插管，即使他没有那么累，也没有那么恐惧，甚至可以正常使用字母板，他也不确定能不能找到足够有分量，也足够真实的词汇来拯救自己对她犯下的错。

他一直与她四目相对，希望音符能为自己表达，而他也紧紧包裹在她的目光中。泪水滑落脸庞。卡莉娜握紧他的手，点了点头。

第二乐章忽然切换了氛围。那是昂扬的行军，充满力量，奔放、浮夸、迅速，尤其难弹。理查德的职业生涯走马灯般浮现。柯蒂斯、新英格兰学院，受人尊敬的音乐厅和交响乐，享誉国际的指挥家，管弦乐团，演出，独奏音乐会，听众，长时间起立鼓掌，压力与褒奖。这是美妙的一生，却倏忽而逝。

康纳斯医生检查了理查德的重要器官，解释了自己要做的事情。

“准备好了吗？”

理查德看向格蕾丝。比尔注意到了，伸出手臂，让她靠近些，进入他们围成的圈子里来。她站在了妈妈旁边。

“我在这儿，爸爸。”格蕾丝看上去怕极了，“我爱你。”

理查德眨了眨眼，也表达了自己的爱。他祈祷这不要是最后一次听她说这句话。

康纳斯医生俯身在理查德脸上，撕开了胶带。

“好的，三个数。一，二，三。”

康纳斯医生猛拉管子末端，它从理查德身体里升了出来，长度惊人，这种操作很像惨无人道的身体检查，和插管时一样令人窘迫。管子取出来了，所有人都看向理查德，等待着。没有人呼吸，包括理查德。

他已经在弹奏第三乐章了。旋律庄严和谐。无创呼吸机面罩扣在了他脸上，但是仍然没有空气。呼吸机很安静，没有任何声音，只有理查德在弹奏舒曼。房间很拥挤，他的头开始胀痛。他将注意力集中在格蕾丝、卡莉娜、比尔和音乐上，忽然间，音乐的震动与房间里的人之间没有了边界。他不想离开他们。他想继续听，继续振动，继续呼吸，继续存在。

他还想要多一些音符。另一个乐章。只要再长一点点。他不想死在 ICU。

他的肺部召唤横膈膜和腹部的肌肉，搜寻，恳求。他奏响了舒曼幻想曲的最后一个音符，更加缓慢，更加轻柔，充满希望，是对上帝的喃喃祈祷。房间里的每个人，包括理查德的肺，全都一动不动等待一个答案。

第三十三章

他们已经回家三天了。在理查德的允许下，吉妮两天前给他切断了无创呼吸机。他的呼吸非常浅，但仍然在呼吸。如果忽略如此短促的呼吸，他看上去没有丝毫不安或者苦苦挣扎的迹象。吉妮定点给他注射吗啡以防他不舒服，注射安定防止焦虑。他现在昏昏欲睡，意识偶尔清醒，偶尔昏沉，大部分时间都在睡觉。卡莉娜知道这样想不对，但还是不断去想他还能这么坚持多久。

安全到家后，她和比尔把理查德的医院专用床推到了客厅，这样他就能待在他的钢琴旁边了。格蕾丝拿着被褥和枕头搬到沙发上睡，吃午饭时仍穿着睡衣，在笔记本电脑上写学校里用的论文。她一直睡在沙发上，整天整夜照顾爸爸，等待最后时刻的到来。他们全都在等待着。

房间静谧到令人不安。他们没有打开电视。卡莉娜取消了这周的钢琴课。她已经有三天没离开过家了。他们全都脱离在时间之外，如蚕一般蜷缩在起居室里，不关心世界大事，一心听着理查德微弱而断断续续的呼吸声。

并不是卡莉娜一定要在家。现在没有那么多事要做了。她早就闷坏了，很乐意同埃莉斯一起去晨间散步，但她还是不愿冒险离开家。那个结局最终到来时，他甚至可能都不清醒，可她还是觉得自己应该在场。她欠了他那么多。也可能，是欠了他们俩。

吉妮每天过来几个小时，查看情况，她来之后就负责监测他，给他吃药。几分钟前她才刚刚离开。比尔晚上过来。他来到理查德床边，给卡莉娜做伴。他应该会在这里待上几个小时。

她查看了一下时间。这个时间她通常要给理查德喂饭了。然而她只是给理查德的饲管里注入清水，然后合上纽扣式造口。两天前，吉妮在这里的时候，理查德是清醒的。她问他要不要中断营养品。他眨了眼。她又问他是否想中断呼吸机。他也眨了眼。

他有急性肺炎，但已经不再治疗。他那 110 磅重的瘫痪身躯已经灌满了吗啡和安定。他已经两天没吃饭了。然而，他身上还有某一部分在坚持着。

“我要去洗个澡。”格蕾丝说。

“好的，亲爱的。”

卡莉娜坐在理查德床边的翼状靠背椅上。他睡觉的时候，她打量着他的脸庞。斑驳的胡须下方脸颊凹陷。六天前匆忙进医院后，就没人给他刮过胡子了。他的嘴唇干裂，生了癣。他的头发和睫毛黑黝黝的，很漂亮。

他呼出一口气。她等了又等，有些疑惑，便靠近一些。他又吸了一口气。他怎么能还有力气呼吸?

她把手覆在他手上。他的手很瘦，冰冰凉凉，对她的触碰没有反应，皮肤上有些斑驳杂色，是瘀血造成的。这种疾病太可怕了。没人理应承受这一切。

“我很抱歉，理查德，我很抱歉。”她开始哭泣，“我很抱歉。”

一开始，她的道歉是因为 ALS 的不公与可怕，但是随着她不断哭泣，不断重复这些话，道歉的含义转变了。她挪动到椅子边缘，把脑袋凑近他耳边。

“对不起，理查德。对不起，我拒绝了你渴望的大家庭。对不起，我欺骗了你。我应该鼓起勇气告诉你实情。我应该放你自由，让你和其他人去过你想要的生活。对不起，是我不再去做你爱上的那个女人。是我推开了你。我知道是我。对不起。”

思绪万千之时，她凝望他的面容，在他们往事的幽暗长廊里检索，看看有没有更多埋藏起来的话没能说出口。没有了。眼泪平息了一些。她从旁边桌上的盒子里抽出一张面巾纸，擦了擦眼睛，擤了下鼻子。她深吸一口气，又深深叹了口气，这预料之外的噪声在离开她的身体后变得低沉而痛苦，像是哀号。她又吸了一口气，感受到了二十年来久违的轻松。

“我们尽自己所能做到最好了，对吗？”

她等待着，听着他的呼吸。她的手又覆回他手上，同时审视他的脸庞，寻找一丝回应。她无从得知他是醒着的还是被大剂量的安定给放倒了，又或者是处于昏迷之中。他并没有睁开眼。她甚至试图从他面部肌肉无意识的抽搐中寻找出合理的解释。他纹丝不动。他无法握住她的手。她不知道他是否听得见自己说话。

“真希望我能做得更好一些。”

“都还好吗？”格蕾丝问。

卡莉娜转过身去。格蕾丝正站在楼梯底端，穿着红褐色的芝加哥大学运动衫，黑色打底裤，踩着拖鞋，湿漉漉的头发扎成马尾。从她的姿态和表情当中，卡莉娜看不出她有没有听见自己的坦白和哭泣。

“还是老样子。你饿了吗？”

“不饿。”

从昨天起，卡莉娜就没见格蕾丝吃过东西，仿佛是为了和自己的父亲团结一致。格蕾丝又窝回沙发上。很快就到了晚上，黑暗涌入起居室。笔记本屏幕上的光像手电筒一样照亮格蕾丝的面庞。卡莉娜站起来，准备去开灯，结果，她站起来，径直走到钢琴边。

她坐了下来，手指放在琴键上。她不假思索地开始弹奏肖邦的《降E大调夜曲》Op.9，No.2。旋律很温柔，比较简单，弹起来感觉很好，就像能给人带来安慰的食物。这首曲子的节拍、玻璃般的颤音和装饰音所带给她的自由让她非常喜欢。旋律唤起了她的一些记忆，妈妈的波兰饺子，柯蒂斯宿舍窗外温柔的雨水，在纽约和理查德跳过的一曲华尔兹。乐曲铺陈开来，渐渐变强，变成激昂的拥抱，随后又落入缓缓的水流，挥洒五彩纸屑，是一次归家之旅，安全，平稳。

她弹出最后一个温柔的音符，乐声消失前回荡在整个房间，是一段甜蜜的记忆。她转过身，惊讶地看见格蕾丝已经从沙发上站起来，坐在靠背椅上。她的眼睛波光粼粼，噙着泪水。一开始，卡莉娜以为她是被肖邦的夜曲所打动。但随后她就开始谛听。

她一直在听。她屏住呼吸等待着，紧张地想要听见一声吸气。房间仍旧寂静无声。即便已经明白，她还是等待着，想要确定。

他走了。

尾声

卡莉娜站在书房里，手里捧着一个空空的纸箱。理查德去世已经七天。她一直躲着这个房间。

比尔给她带了些箱子来装理查德的衣服。她打算捐给慈善组织“美好愿望”。她站在原地，一动不动，过去几个月来，这些设备俨然成为她生活的一部分，如今眼看成了废物，成了历史文物。医院专用床，轮椅，霍耶升降机，抽吸机，咳嗽辅助机，无创呼吸机，尿瓶，转盘。她要把这些还有其他可能忘记的东西统统提供给健康护理中心。

她把箱子放到地板上，却不知道从何下手。没有理查德，房间变得很奇怪。她觉得清理干净之后，这里就能变回小书房，但是她想象不了。他只在这个房间里住了四个月，但这里再也不像属于她的书房。得了 ALS 的理查德在这个房间。她看着空荡荡的床铺、轮椅、写字椅，觉得他的生命力烙印在了每一处。有关理查德和 ALS 的记忆仍在这个房间里，浓重得化不开。她的眼睛潮湿了，摩挲着手臂上的鸡皮疙瘩。或许他决定要缠着她了。

她在他的书桌边坐下，在椅子里转来转去。或许格蕾丝会想要他的电脑。她昨天已经回了学校，看起来一切如常。她有课程，有朋友，还有需要全身心付出的苛刻时间表，这些都能让她往前走，这样很好。

家里再一次回归寂静。不会再有无创呼吸机呼呼的运转，不会再有面罩歪斜时的警报声，不会再有咳嗽、堵塞、窒息。这些声音都终结了，消失了。理查德也消失了。

她要做些什么呢？她感觉到一种熟悉的空虚，像是某些沉重而恶心的东西沉入胃里，仿佛吞下了变质的食物。她是要恢复钢琴课，还是说她应该整理好房子，搬到纽约？她心跳加速，因为这个大胆的想法而紧张不已。她在椅子里转来转去，没有得出结论。

或许就现在而言，打包好理查德的衣服就足够了。她叹了口气，却并没有离开椅子。不仅没离开，还在手机上查起了邮件。收件箱的第一封信来自乔治医生。她打开了。

亲爱的卡莉娜：

理查德的事情我很遗憾。认识他我很高兴，虽然如此短暂。我知道你说过，等到他不能说话的时候，他决定使用电脑合成音，而非储存自己的声音，因为进行声音录制对他来说太困难了。是这样，在洗掉借给你们的录音机之前我检查了两遍，然后才给了另一位病人，里面只有一条遗留消息，你会想听听的。我附在这封信里给你了。

好好的，

乔治医生

她犹豫了一下，点击了附件里的MP3文件。“嗨——卡——

莉——娜。我——喜欢——乔——医——上——叫——这——是遗——产。我的——遗——产——是什——一直——以——来——我——想——了——许——多。特——会——是——我的——钢——琴——事——业吗？还是——格蕾丝？这——一个——更——好。

“或——许——是——这 个。我——必——须——对——你——说——的哇。卡——莉——娜。对——不——起。我——欺——骗——了——你，对——不——起。我是——你——停——弹——爵士——的——原——因，对——不——起。对——你——我——是——个——差——劲——的——丈。你，值——得——更——好——的——人。

“如果——我——杜——自己的——遗——产——有——所——希望，拉——就——是——这个。你——是——那么——有——天——赋。你——和——年轻。你——很——几——康。你——有——你——需——的——一切。

“去——纽——约——吧。弹——爵士。过——你的——人生。要——快乐。”

她愣愣地坐在椅子上，再一次听到理查德的声音简直不可思议，他的留言令她震惊，这些是她一直所渴望的，所需要的话。她又播放了一遍，小腹里不舒服的感觉消失了。她的心脏强有力地跳动起来，苏醒过来，兴奋起来。她又播放了一遍，他的话语释放了她二十年来紧握不放的最后一丝责怪与怨尤，二十年来她不计代价要做正确的那一个，而这个代价太过巨大。

听他的留言时，一个关于未来的计划渐渐成形，坚定的想法在她的心灵之耳听来犹如完美音调，那是她一生都在渴望弹奏的音符。她要收拾好这个房间，然后她会需要更多箱子。但是首先，她又播放了一遍他的留言，为能听见他的声音而心存感激，她原谅了他，感觉到了他存在于这个屋子里，也存在于他的言语中，而她自己也终于被原谅了，她自由了。

莉萨的行动呼吁

亲爱的读者：

感谢阅读《无声的音符》。或许在阅读本书之前你已经读过了《相约星期二》，看过了《万物理论》，或者是把一桶冰水倒在自己的脑袋上。或许你已经或多或少注意到了 ALS。而现在，我希望你能够更深入地理解患有 ALS 是一种怎样的感受。

我也希望你能够加入我，将共鸣转化成行动。为 ALS 的看护和研究做一些小的捐赠，你能够推动 ALS 治疗甚至治愈向前一步，也能够帮助那些此刻急需妥帖护理的病人。

请花一点时间，检索 www.LisaGenova.com，点击“读者在行动：ALS”按钮，向 ALS 一号组织捐款，这是一个很了不起的组织，决心要在 2020 年找到 ALS 的治疗或治愈方法，并决定从现在起提供更完善的护理。想要了解更多有关 ALS 一号的信息，请登录 www.ALSONE.org。

谢谢你肯花时间加入我们，将怜悯的关注转化成实际行动。我们的读者群体能有多么慷慨，多么富有力量，让我们拭目以待！

爱你们的

莉萨·吉诺瓦

鸣谢

这本书始于理查德·格雷泽（Richard Glatzer），他和丈夫沃什·威斯特摩兰（Wash Westmoreland）一起撰写了电影《依然爱丽丝》的剧本，并导演了这部电影。理查德患有延髓 ALS，这意味着他的症状是从脸部肌肉开始的。我从没听过理查德的声音。由他参与导演的精彩电影《依然爱丽丝》是他用一根手指在一台 iPad 上完成编剧的。

理查德，我永远都感激你为电影《依然爱丽丝》所付出的一切，感谢你同我分享患有 ALS 是怎样的感觉，感谢你向我们展示了美好与勇气是什么模样，感谢你没有放弃梦想。理查德去世于 2015 年 3 月 10 日，就在朱利安·摩尔（Julianne Moore）凭借片中角色斩获奥斯卡最佳女主角后不久。

我还见到了凯文·戈斯内尔（Kevin Gosnell），他的妻子凯西，还有他的儿子杰克和乔伊（后来改名斯考特），就在凯文确诊为 ALS 后不久。在认识他的几分钟之内，我就明白了三件事：

1. 在 ALS 占据他之前，他差点就要改变世界。

2. 他即将改变我。

3. 我爱这个男人和他的家庭。

就在凯文毁灭性的确诊后，他以我能想象到的最大公无私的方式重构了自己可怕的处境。他想："我即将经历的考验能给别人带去些什么呢？”于是他集结了医学、科学和护理领域最顶尖的人才，组建了 ALS 一号，一个非凡的合作组织，决心要在 2020 年探索出治疗甚至治愈 ALS 的方法，同时承诺为目前患有 ALS 的患者提供尽可能的最好的照顾。我诚邀你们都能上 ALSONE.org 了解一下凯文的珍贵遗产，并加入其中。凯文去世于 2016 年 8 月 8 日。

谢谢你，凯文，谢谢你邀请我去你家，谢谢你同我分享你的人生与家庭。我对 ALS 的许多认识都来自你。但是除此之外，你还是我迄今为止认识的最好的人之一——你的慷慨与美好，你充满关爱的指引，你毫不动摇的使命感，对身后的世界做出的巨大贡献，你给儿子们上的生命之课，我现在也教给了我的孩子们，你将丰沛的爱分享给你的家人，分享给所有闯进你生命当中的人。在你家里时，我总觉得自己也是这个家庭的一分子。我很爱你，很想念你。希望我做到了让你骄傲。

我是在麻省总医院的 ALS 门诊部认识的克里斯·康纳斯（Chris Connors），那时他刚确诊 ALS 六天。基于他的情况，他竟然如此平静，笑得很大声、很风趣，让我震惊。我立刻就喜欢上了他，问是否能与他保持联系。在接下来的几个月里，我们通过邮件保持联系。他的“ALS 日记”非常私人，脆弱，悲伤，但又充满了笑料。读他的大部分邮件时，我不是大哭就是大笑。

克里斯，谢谢你分享给我你的幽默，分享给我你有多爱艾米丽和孩子们，你的恐惧，你的勇气，以及同 ALS 相处时面对失去的种种细节。认识你，喜欢你，让我觉得自己幸运至极。克里斯去世于 2016 年 10 月 9 日。我建议你们都去网络上搜一搜他的讣告。

我认识克里斯·恩斯特龙（Chris Engstrom）是在他父母位于科德角的家中。他和我同龄，很英俊，枯瘦如柴，他被扼制住的声音基本已经听不清楚。他是耶鲁大学的艺术教育家，喜欢在树林里徒步，但是他再也不能走路，也不能手握画刷。他脚上的登山鞋令我心碎。但他可以扬起眉毛表达肯定，他居然还能交流——一开始是用绑在手臂上的滚动字板，别人帮他把手放在电脑鼠标上，后来就只能用眼睛操作眼动仪。他的笑容很美，还有眼睛里闪烁的光芒——我很确定他是在跟我调情。

克里斯成了我亲爱的朋友。谢谢你，克里斯，谢谢你分享了自己的恐惧、挫败与愤怒，还有你的希望、信仰与爱。我很敬仰你的画作与诗歌。我还嫉妒你的写作能力。谢谢你阅读了这本书最开始的几章，为我提供深刻的见解和恰到好处的反馈，谢谢你不让我有一个字的懈怠。我爱你，并且想念你。克里斯·恩斯特龙去世于 2017 年 5 月 7 日。

无尽的感激同样要献给鲍比·福斯特、斯蒂夫·扎林、苏·威尔斯、珍妮特·苏姆、大卫·伽柏、亚瑟·科恩、契普·法内利和劳伦斯·詹姆斯·哈德逊。感谢你们的慷慨与信任，感谢你们分享的经验与看法，感谢你们帮助我在写作本书时理解 ALS，感谢你们分享了超越书中故事的大智慧。

感谢凯西·葛思妮、丽贝卡·布朗·乔治、凯西·福斯特、吉妮·吉福、乔伊斯·斯伯林、杰米·海伍德、本·海伍德以及苏·拉迪莫，感谢你们如此慷慨地分享了罹患 ALS 的经验。你们对丈夫、兄弟和朋友的爱与支持非常了不起，鼓舞人心。

谢谢你们，梅里特·卡德科维克兹医生（Dr. Merit Cudkowicz）、詹姆士·贝利医生（Dr. James Berry）和助理医师达莲娜·萨维吉（Darlene Sawicki），感谢你们允许我在麻省总医院的 ALS 门诊部如幽灵般旁观，感谢你们回答我提出的一切问题，感谢你们帮助我了解 ALS 的临床现象。很容易想象一个如你们一般的团队是需要建立起情感防火墙的。这种疾病无法治愈。你们目睹了太多悲痛、失去和死亡。我完全被你们震惊了，我真的太感激你们每一天给予每个病人的善意、尊重和人性化关怀，远远超过了纯粹的治疗需求。你们都是英雄。

接下来还有罗恩·哈夫曼（Ron Hoffman）。罗恩是“慈善关怀 ALS”的创始人兼执行理事，这个组织向踏上这趟陌生、复杂、困难旅程的被压垮的家庭提供紧急指导、设备和安慰。他是个天使，也是个英雄，我管他叫亲爱的朋友，远远超越了感激之情。他还是《神圣子弹》一书的作者。每个人都应当读一读他这部重要著作。罗恩，谢谢你邀请我进入你的世界，经历这么多次旅行和家庭访问，谢谢你向我展现如此美好的工作，谢谢你教给我那么多，关于 ALS、生存和死亡。对于有幸认识你的人来说，你是老天送给每个人的礼物，包括我。

诚挚的感谢送给来自“慈善关怀 ALS”的艾琳·麦克唐纳德、克里斯丁·科普雷、茱莉·姚和来自“ALS 疗法开发学会”的罗博·哥德斯坦，谢谢你们倾囊相授，向我分享如何照料 ALS 患者，并把我介绍给他们。诚挚的感谢送给约翰·克斯泰罗，感谢你向我展示了所有 ALS 患者逐步瘫痪过程中能够用来交流的充满魅力与创造性的工具。感谢你们为 ALS 患者提供的一切帮助，让他们与外界保持联系，保存他们的声音。诚挚的感谢送给凯西·布利斯，谢谢你帮助我理解了临终关怀和姑息疗法的重要性。

感谢阿比盖尔·菲尔德和莫妮卡·里奇奥给我上了完美的钢琴课。至于对古典钢琴、爵士钢琴以及作为钢琴演奏家的人生有深入了解，都要衷心感谢阿比盖尔·菲尔德、大卫·库恩、戴安娜·古尔卡西安·拉比、杰西·林奇和西蒙·泰代斯基。

感谢安娜贝尔·潘迪拉、约翰·吉诺瓦、路易斯·施耐德和乔·戴奇带我去钢琴音乐会，爱你们。感谢格西亚·门泽尔和安娜·欧格雷迪为我解答有关波兰的大量问题。感谢珍·博格斯特龙、艾莉森·卡拉翰和维基·贝奇尔，感谢你们极富洞察力的编辑和对这个故事的支持。

深爱并深深感谢我的早期读者们：安妮·卡雷、拉瑞尔·达利、玛丽·麦克乔治、金·霍兰德、凯特·拉赛特和丹尼·华莱斯。感谢你们在我写作时阅读了这些章节，感谢你们和我一起体验这趟 ALS 之旅，感谢你们坚定不移的爱与支持。

感谢以及很多很多的爱要给萨拉·斯万、詹姆斯·布朗、梅里特·卡德科维克兹、罗恩·霍夫曼和凯西·葛思妮，感谢你们阅读了原稿并提供了宝贵的反馈。

作者按

2017 年 5 月，差不多在我完成这本书的终稿时，FDA 批准了一种治疗 ALS 的新型药物。依达拉奉（Radicava）将于 2017 年 8 月成为可以提供给患者的处方药，就在本书付梓出版之后。治疗方法将采用二十八天为一个疗程，通过静脉输液完成，每一次输液花费一千美元。我们还不知道保险是否能覆盖这项治疗。在日本的实验当中，依达拉奉能够延缓百分之三十三的躯体症状恶化。

译后记　听着肖邦走向终点

翻译完这本书后，我做的第一件事，是去豆瓣修改了对《依然爱丽丝》的评分。我将三颗星改成了五颗星。

初看《依然爱丽丝》，我看到了一个略显草草收场的结局，惋惜其中的情感与矛盾没能打成一口深井。等我合上这本书，我才知道，《依然爱丽丝》的导演理查德是在渐冻人症濒临晚期时完成了这部电影，在电影创作期间，他已经丧失语言能力，电影的小说原著作者，也就是这本书的作者，从未听到过他的声音。

导演是一个怎样的工作呢？我们看到的导演很多时候都是拿着大喇叭吼完演员吼摄影，吼完灯光吼道具，很难想象没有了声音的支持，一个导演要如何调度一个庞大的剧组。可他做到了，不仅做到了，还让朱丽安·摩尔夺得了当年的奥斯卡影后。

对不起，我违反了自己曾经信誓旦旦立下的原则，作者与作品是两回事，作品呈现到大众面前之后是不应当为此做任何注脚的，好与坏都属于作品。在作者本人的后记里，我们可以看到更多理查德创作的细节，在这个故事里，我看着一个艺术家的灵魂一点点锁死在自己的身体里，忽然明白，文艺作品永远都是复杂的，永远都和真实的人生血肉相连，是无法干净切割而不流一滴血的。

摩尔拿了奖后不久，理查德辞世，我们是该鼓掌，还是该唏嘘呢？

想起我曾在自己的小说里也写过一个得了 ALS 的角色，那篇小说叫作《路的尽头》，故事里的男孩在接受自己的命运裁决时，脑海中闪过的诗是《火车》，是“桥都坚固，隧道都光明”。那个故事对渐冻人症只是浅浅提及，可写到最后，我知道他将随着这首诗穿过那条黑暗的隧道，还是把自己写哭了。后来有许多读者告诉我，这个故事都让他们非常难过。

但在写那个故事的时候，我对 ALS 的认知也只是来自医生朋友的客观介绍，事后回想，算是无知的。

我是在翻译完这本书之后，在随着钢琴家理查德一起听着肖邦的《夜曲》走向终点时，才终于明白 ALS 到底是什么。

它到底是什么呢？是我所能想象到的最绝望的一种人生。

眼睛是 ALS 患者的最后一道防线，晚期的病人全身僵直，无法动弹，丧失声音，唯一与外界的沟通方式就是用眨眼来回答别人的提问。可是最终，眨眼这个能力也会消失，一个活生生的灵魂从此被锁死在一具僵硬的躯体里。

在这一刻到来之前，如果你不曾提前预约自己的死亡，那往后的漫漫长夜将会如何度过？

理查德选择听着肖邦的《降 E 大调夜曲》结束生命，释放家人，也释放自己。

如果是我呢，或许也会做出同样的选择。因为继续存活的恐惧远远超过了对死亡的恐惧。

而这个世界上就是有那么多的病人手持宣判，走在去往残酷终点的路上。

在这条路上，或许没有人像卡莉娜一样为他们弹奏肖邦，帮他达成与生活最后的和解。

卡莉娜，故事的另一个主角。其实很多时候，我甚至认为卡莉娜才是这个故事真正的主角。和许多女人一样，她是被婚姻生活毁掉的那个人，一手好牌打成输得最快的那一个，等到爬出泥潭，却再也没有重新开局的勇气。

激情退却之后要怎样面对赤裸的现实，两个同样前途光明的钢琴家要怎样面对家庭生活，当一方为另一方做出了牺牲让步来迁就，其中所有被搁置的不甘、怨怼、后悔是否埋在名为家的地基之下，永不见天日？而所有这些感情燃烧留下的灰烬，又是否只是我们放弃自我的借口，而非另一半强加给我们的乌烟瘴气？

卡莉娜就是在这样的内心拉扯中结束了婚姻，送女儿走进成人世界，然后再也找不到逃避的理由。翻译到故事的后半段，我甚至有一些更残忍的想法，那就是卡莉娜不敢也不愿面对属于自己的人生，所以承担起照顾前夫的重担对她来说或许反而是最容易、最轻松的选择，比人到中年重新开始要简单得多。

这种残忍的反省也是我喜欢这个故事的原因。它不只讲述ALS患者从确诊到离世的过程，不只是矛盾重重的前一家三口怎样面对生死相互和解的故事，不只是那些笑中带泪的细节和仍旧未完成的遗憾，在这个典型美国故事的水面之下，在深情而不沉重的细细波纹之下，涌动的暗流是复杂的，是暧昧的，是残酷的也是温柔的，正是这种属于生活的真正底色触动了我。

或许我们真的很难不对自己说谎，很难不将那些不愿面对的责任推卸给爱人、环境、变故。

或许我们也都会在遭遇绝望的时候砸碎一个玻璃瓶，大声质问“为什么”。

或许很多事情不会变好，比如理查德还没来得及把心事讲给父亲，父亲就已经永远离开。又如，理查德的身上最终没有奇迹降临。

可重要的正是，在很难如愿，也不这么好的人生里，不那么完美的我们在去往终点的路上，接受所有的不如意，接受所有好好坏坏的馈赠，大不了就听一听肖邦，在颠簸路途上脚步温柔，在路的尽头坦然微笑。

最后，要特别感谢在翻译过程中，好友黄菁、宋倩文在乐理知识上为我答疑解惑，感谢编辑任菲姑娘细致严谨的工作，并且还特意整理出了书中所涉音乐的合集与我分享。希望我们的共同努力，能够不辜负这个动人的故事。